永远的小庄

肖龙 著

花山文艺出版社
河北·石家庄

图书在版编目（CIP）数据

永远的小庄 / 肖龙著. -- 石家庄：花山文艺出版社，2024.3
ISBN 978-7-5511-6924-0

Ⅰ.①永… Ⅱ.①肖… Ⅲ.①散文集－中国－当代 Ⅳ.① I267

中国国家版本馆CIP数据核字（2023）第229436号

书　名：永远的小庄
YONGYUAN DE XIAOZHUANG

著　者：肖　龙

封面题签：周振华
责任编辑：刘燕军
封面设计：谢蔓玉
版式设计：刘昌凤
美术编辑：王爱芹
出版发行：花山文艺出版社（邮政编码：050061）
（河北省石家庄市友谊北大街330号）
销售热线：0311-88643299/96/17/34
印　　刷：涿州汇美亿浓印刷有限公司
经　　销：新华书店
开　　本：880毫米×1230毫米　1/32
印　　张：9
字　　数：220千字
版　　次：2024年3月第1版
　　　　　2024年3月第1次印刷
书　　号：ISBN 978-7-5511-6924-0
定　　价：69.80元

（版权所有　翻印必究·印装有误　负责调换）

每个人的精神原乡，
却源自他的童年记忆！

2024.1

序：浓浓乡情，浓浓真情

梅雨墨

  肖龙又要出书了，走出了他文学道路上的第二步。他的第一本散文集《光阴有痕》是 2021 年 9 月份出版发行的，出版以后很快被抢购一空。这说明，真正有血肉的好文字还是会受到读者喜欢的。这才不过两年的时间，肖龙的第二本散文集又要面世，这还真让我有些吃惊，因为这样的创作速度实在是有些惊人的。

  《光阴有痕》的序是军旅作家王宗仁给肖龙作的。王宗仁是当代著名散文家，享受政府特殊津贴，散文集《藏地兵书》获第五届鲁迅文学奖，曾担任中国散文学会的秘书长，现在还是中国散文学会的名誉会长之一，他写的《藏羚羊跪拜》是一篇经典名作，誉满华夏。而现在肖龙的第二本散文集《走啊走》邀请我来作序，我多少还是觉得有些压力的。不过，仔细想想，我认识肖龙的这几年来，他一直在文学的道路上努力地行走着，我作为一个见证者，倒也是能够说上几句的。

  2019 年春天，《西部散文选刊·原创版》杂志搞了一次征文活动，颁奖地点选在云南的普者黑。因为当时的电视剧《三生三世十里桃花》大火，这部仙侠剧里的场景极美，仙气飘飘，而拍摄就是在云南普者黑完成的。所以，征文启事一经发出，参加者众，好文更是数不胜数。就是这次征文活动，我认识了肖龙。他的文不算太出彩，但是写得中规中矩，很有潜力。因为获奖的等次不高，他有些犹豫，不大想去参加颁奖，我打了电话，力邀他参加这次活动。后来，事实证明，他这次去普者黑是正确的。

在普者黑刚见到肖龙的时候，他显得很腼腆，说话也有些局促，直到晚上的欢迎宴会上，端起了酒杯，和我喝了几杯酒以后，才逐渐地放开。几天相处下来，肖龙认识了不少朋友，以后这些人都成了他写作路上的知己，对于文学创作，他也有了新的认识和看法。

从此，他在文学创作上仿佛是开挂了一般，一发而不可收，好作品不断见诸各大报刊。后来创办了一个文学平台，也是搞得风生水起，直到最近阜阳市颍州区作协换届，他又以满票当选为区作协主席，完成了一个普通业余作者向专业创作者的转变，实在是可喜可贺。

这部散文集的名字叫《永远的小庄》，开篇的第一篇文章是《走啊走》。其实，最早看到这篇文章的时候是在去年年底，肖龙写完这篇长达八千余字的散文就直接发给了我。我读完后，深受感动，马上推荐给了《青春》杂志，很快，《青春》在2022年的第二期《笔生花》栏目全文刊发了出来。肖龙从父亲大病未愈、不敢迈步写起，回忆了自己少小时，跟着正值壮年的父亲第一次出远门卖家乡土特产生姜的情形，父亲的一句"走"给了自己多少鼓励，多少希望，让孩时的自己又是那么崇拜和佩服。同时，又让他彻底地明白了生活的艰辛与不易，正像文中写的那样："这一瞬间我似乎明白了这个字对于父亲这些为了生活不得不四处奔走的人具有的意义。在奔向幸福生活的路上，没人不想迈开双腿快步奔跑，可是在那个年月，对于从土地里走出来的人来说，没人能跑起来，只有一步一步踏踏实实地向前走，才是最稳妥可靠的方式。"而且，"只有双脚才是对待残酷生活最强大而有效的武器，只有一步步地向前走，才能迈过那些不堪的黯淡岁月。"这篇文章的最后是这么写的："就这样，一只刚学会飞翔的鸟，第一次拉着一生都在行走的父亲，飞翔在回家的路上。"暗含着在父亲影响下逐渐成长起来的自己，终将会取代父亲成为这个家庭的顶梁柱，承担起自己应该承担的责任，抵御生活中的各种苦难和磨难，不辜负父母的养育之恩。

　　肖龙的这篇《走啊走》之所以感人至深，关键是对题材的把握与开掘做得相对到位。与亲人的朝夕相处，一颦一笑、一枝一叶都可以生动有趣，这缘于对亲人的了解。父爱的厚度，体现在父亲生活、劳作中那些亲切平凡的细微之处，不需要任何雕饰，信手拈来便成文章。文字中描写的一切均发自内心，不掺半点儿虚浮与夸张，这是人间至爱、至情，随便撷取一些，都能引起读者强烈和持久的共鸣。

　　生活，无论是带着激情还是保持冷静，都是一位作家把握文章题材的必要条件。双脚踏出的路才是坚实的。现代生活形态的推陈出新，早已到了令人眼花缭乱的程度，"等一等灵魂"的反思并非空穴来风，我们可以在大都市繁华的世界里获取片刻的沉醉，而生活的脚步注定要踏上泥土才更加具有意义。而肖龙正是带着真性情踏入泥土，把身心融入最熟悉的生活，他知道自己从乡村来，也知晓自己的灵魂皈依必是那一片乡村，所以明白一个最直白的道理：谁都不能抛弃土地，而抛弃了土地就意味着背叛。

在他这部散文集里,《过故乡,必徘徊》《谁都不能抛弃土地》《永远的小庄》《每一粒粮食都有自己的归宿》《麦收季》《谁家先尝春》《无根之行》《微风扇里麦花香》等篇目,都是根植于大自然的绚丽与壮美,走进带着泥土芳香的乡村去切身感受到的。而这份感受如果少了汗水的参与,同样也会逊色不少。所以,这些篇章又都是有活生生的人物参与进来,显得有血有肉,丰富饱满。

余秋雨先生在《乡关何处》一文中写道:"乡愁越浓越不敢回去,越不敢回去越愿意把自己和故乡连在一起——简直成了一种可怖的循环,结果,一生都避着故乡旅行,避一路,想一路。"此句正是《荀子·礼论》中"过故乡,则必徘徊焉,鸣号焉,踯躅焉,踟蹰焉,然后能去之"的白话版。这种意境被肖龙很自然地运用到了自己的文章中,不落俗套,简洁自然。

走入与走出,是文学创作的一般规律,散文创作也不例外。真诚地领略生活,熟悉它,认知它,才能带着感悟与思考走出来,形成文学作品。一直以来,文学采风活动,就是动员和带领散文作家走进生活,感受大自然的真性情,感知生活的原汁原味,在感受与感知中品味,从而发酵成滋味醇厚的散文作品。在这部散文集里,有不少是在文学采风中所思所想留下的感悟,比如《呼唤一条大河》写的是黄河,《王化之境》写的是阜南县王化镇,《孔城老街,历史的一缕阳光》写的是桐城的一条老街,《在一片金色的海洋里撒野》写的是内蒙古阿拉善之旅见闻,《站在高原上》写的是陕北高原,《与同一片山水的两次邂逅》写的是大别山,《荷花是焦岗湖夏日的主宰》写的是毛集焦岗湖,还有几篇是写自己所处的这片大地的风土人情和文化底蕴的,如《得颍意甚奇》《洄溜断章》《颍州的雪》《千年一妙臂缠金》等,都是写他生活和工作的地方——阜阳和颍州。把这些篇章读完，掩卷沉思，就会发现，这些散文都有一个共同的特点，那就是真诚，不造作，以一种近似于白描的手法娓娓道来，不着痕迹。而只有带着真诚走进自然，才有可能与大自然直接对话；只有带着真诚走进生活，才有可能真正熟悉生活。散文创作要坚持以人民为中心，坚持以精品奉献人民，如果不能走进大自然，走入人们的日常生活，与山川同呼吸，与民众共步调，是不可能真正完成使命的。在这一点上，肖龙无疑是取得了成功。

情感的投入可以赋予文字以张力。事实上，在走入生活这个特定的语境上来说，深入是一个并不轻松的话题。不能深入的原因很多，客观的制约与主观的意愿都或多或少地存在。我们经常看到一些虽有一定文字基础，但抒情生硬、观点肤浅的散文作品，个中缘由不难探究。只有付诸真情实感，才能看到最纯真的色彩，听到大自然的妙语，悟出生命的真谛。我们提倡带着真感情去品尝生活的苦，分享生活的乐，用个体情感的参与写出动人的文字，引发心灵的悸动。在肖龙的这部散文集中，诸如《父母的爱情》《凤凰于飞鸣锵锵》《安居记》《为了爱，梦一生》《此去路迢迢》《担心一种野草》《那些花儿》《无根之行》《难以忘却的师恩》这些篇目都是真情之作，感人至深。我想，如果散文作家都能够像肖龙这样自觉做到走入普通民众的生活，带着一颗虔诚之心，想民众之所想，忧民众之所忧，盼民众之所盼，像对待亲情那样自然与熟悉，俯仰之间流淌着浓浓的真意，作品的活度、深度与力度定会得到极大的提升。

以人民为中心，应该成为散文创作思想的自觉。衷心希望肖龙在今后的创作中，一如既往地坚持走入人民，走入生活，理解生活，品味生活，反映时代，这是文学工作者的神圣使命，更是通过散文作品感染民众，完善自我的一种境界。我和广大读者都期待着肖龙能在文学道路上坚定地走下去，创作更多的无愧于人民，无愧于家乡，无愧于这个伟大时代的优秀作品。

目录

第一辑　永远的小庄

走啊走	003
永远的小庄	016
过故乡，必徘徊	022
每一粒粮食都有自己的归宿	028
微风扇里麦花香	031
麦收季	034
谁家先尝春	039
烧火	042
谁都不能抛弃土地	046
担心一种野草	050
父母的爱情	054
无根之行	059
不敢叹风尘	072
难以忘却的师恩	077
每一句指责都关乎爱	084
在冬天里和父亲对抗的轮椅	088
今夜小庄入梦	097

第二辑　奇妙的遇见

孔城老街，历史的一缕阳光　　103
王化之境　　110
遇见一个小小孩　　116
在一片金色的海洋里撒野　　119
站在高原上　　124
与同一片山水的两次邂逅　　128
荷花是焦岗湖夏日的主宰　　133
得颍意甚奇　　139
洄溜断章　　144
洄溜的砖　　147
蛙鸣夜放花千树　　151
颍州的雪　　155
千年一妙臂缠金　　160
在寿县我愿做一条鱼　　166
凤凰于飞鸣锵锵　　172
历史转啊转　　179
旷野里隆起千年之光　　184

第三辑　那些花儿

呼唤一条大河	193
英雄的河流	200
安居记	210
为了爱，梦一生	215
此去路迢迢	221
走在冬天里	224
"扛布袋"	228
那些花儿	232
阜阳的面	236
两棵枣树与一段历史	245
病榻之书	254
人生八十正当年	260
在平原期待一场日出东山	264
人间安有却鼠刀	267

第一辑

永远的小庄

走啊走

给父亲洗好澡，我双手紧紧搀着他的两只胳膊，扶他从浴室里向外走。他却低着头，双眼紧盯着地面，迟迟疑疑地不向前走，似乎土地是有手的，在拽着他，扯着他。

走啊！我说。

他还是低着头，盯着路面，一动不动。我急了，催他，怎么不迈腿走？他嗫嚅道，你别扶我，我自己走！

原来，我的搀扶并不足以让他有安全感。我只得慢慢松开他。

他停顿了十几秒钟后，试图迈动双脚，我能明显看得出他在用力，可是一双呈八字形屈立的腿像被大地牢牢吸附了似的，怎么也抬不起来。双腿弯曲，自然承不了体重，站不稳，身体便颤颤巍巍地摇晃着，像一株被风吹撅了根的老树，摇摇欲倒。我赶紧又扶紧了他的一只胳膊，在我的搀扶下，他伸出另一只胳膊，慢慢地向前探着身子，斜向前方扶着马桶的水箱，又从我手中抽出来另一只胳膊，也扶着水箱，扶稳了后，这才一寸一寸地向前挪动着双脚。

您这么怕走路，腿会退化得越来越快的！我说。

父亲并没有把我的话放在心上，而是当成了一句玩笑呵呵呵地笑了。我知道父亲是天生的乐天派，也知道他一生都特别胆小，他的双腿明明是没问题的，医生也说他要加强锻炼，可他一直在自己吓唬自己，怕走路，更怕跌倒。

再不锻炼，将来您瘫在床上怎么办？

我的话让父亲又停了下来。他停了十几秒钟，低声说，我要能走，能不走吗？

我一时无语。父亲的话，反过来又将我定在了那里。

父亲什么时候开始不能走的呢？他曾经是多么能走啊！他的力气又是被谁偷走了呢？

一

"走！"

夜色朦胧中，父亲双手牢牢抓住车把，双臂用力伸直的同时，向上一跳，用体重压下了架子车。他没说"出发"，而选择了"走"！

我得了命令，立刻挽起车襻带，先搭在右肩上，又在右侧小臂上缠了一下，双手抓紧襻带头，一躬身，襻带立刻兴奋地挺直了身子，紧绷在了我的肩上和后背上。

这是我人生中第一次出远门，和父亲一块儿，徒步到近九十公里外的颍上县去卖拐子。我们当地人把生姜叫拐子，我问了很多人为什么这么叫，都说不出所以然来。后来我想，大概是因为生姜长得奇形怪状，七扭八歪的，取其外形，所以我们才叫拐子的吧。

我异常兴奋，心里对外面的世界充满了向往。我们途中要穿过阜阳城，这个城市我只去过一次，还是在小学毕业的暑假，父亲带我进城配眼镜。父亲像我这么大的时候正在阜阳读书，他给我讲了很多阜阳的名胜古迹，什么鼓楼、北关、校场、文峰塔、奎星楼等，我便异常向往。我和父亲到百货大楼配眼镜，看到了人民路两侧参天的梧桐，人民路就像被蒙上了一层厚厚的绿毯，走在下面，暑气顿消，异常凉快。多少年后等我进了城，这些树都已经不知道跑到了哪儿去了，人民路像一条被人遗忘在太阳下晒干了的蚯蚓，灰白着身子，一动不动，身上来来往往地爬满了蚂蚁。配眼镜要到四楼沿街的一个柜台，配眼镜的师傅戴了副眼镜，五十来岁的样子，斯斯文文，像是个文化人。他让我站到某个地方，用左手捂住左眼，再用右手捂住右眼，辨别"E"的方向是上还是下，是左还是右。然后拿出一个测试镜框，从柜台上一个盒子里选出两片测试镜片来，分别插进左右镜框里，让我戴戴看，我说不清楚，他又拿出一片加在上面，我说清楚了，他就判定了我的视力。他弯腰在柜台的下面抽出来一个镜片盒，找出适合我的度数的镜片，在一个打磨机上反复打磨镜片，感觉合适后，安装在一副棕红色的眼镜框上。我戴上后，他让我试着走走，我就走到窗户前向下看，看到楼下很多小小的人和小小的车喝醉了酒一样在晃，我就踩在他们的头上，我恐高，心里一慌，眼前一晕，几乎摔倒。我赶紧扶住东西，闭上眼睛，深吸了一口气，慢慢转过身，走到了柜台旁边。我相信父亲没有看到我的这个表现，因为他没有问我怎么了，他一直很愫我。愫是方言，溺爱的意思。母亲常说父亲愫我，把我惯坏了。就像这次配眼镜，母亲说不就是"鸡墟眼"吗，不用配，乡下哪有戴眼镜的人，人家会说你烧不熟的。傍晚天将黑，鸡进笼或上架休息被乡里人说成鸡上墟，这个时候看事物模糊一片，所以乡下人说近视眼是鸡墟眼。烧不熟是我们乡下人说一个人烧包的意思。可父亲是个读过中专的人，他知道近视眼需要配镜子，尤其是我刚刚开始读初中，不配镜子是不行的,于是坚持带我进城。配了镜子,父亲带我去鼓楼,路过体育场,看到很多的旧书摊,我淘了几本画书。远远地看到了人民影院,县委大院,看到了繁华的鼓楼和老北关,还有城隍庙。我的心里充满了兴奋、好奇与喜悦。多少年后我扎根在了这里,可鼓楼早已名存实亡,老北关也成了这个城市曾经的一个符号,那些耳熟能详的名胜古迹都不复存在,变成了一个个地名存在于人们的记忆里,寻不到,也摸不着。我想若干年后,哪怕这些地名,也会消失于这个城市的记忆,我的内心又充满了痛惜与惆怅。

我卖力地拉着车襻带,想着自己已经十七岁了,可以为父亲减轻点儿负担了,我很骄傲,内心也很激动。车襻带是一条比皮带稍宽点儿的尼龙编织布带,但是父亲的肩头很坚硬,早已经把它磨去了光泽,失去原来应有的样子,有些暗淡,有些残缺,残缺的地方露出了长短不一的线头,所以车襻带早已经失去了最初的宽度,尤其在肩头部位,更为窄细。相应地,父亲的肩膀处,不知道磨破了多少上衣,一次次地被母亲摞上一层又一层的破布,它们相对于车襻带,更为脆弱。最坚硬的是父亲的肩,他曾经无数次拉着一架子车拐子远上亳州,河南驻马店、商丘等地,那一车拐子少说一千多斤,可他的肩膀除了深深的勒痕和紫红的血印,从来没有被磨破过,磨穿过。父亲的力气并不大,我知道,每年收庄稼,向庄稼地里拉粪,都会有邻居或亲戚来帮忙,他们都知道父亲的力气不大,因为他是个知识分子的形象,插队落户到我们村,没干过粗活累活。我多次看着他的肩膀感觉到奇怪,一个没多大力气的人,他的肩怎么就磨不破呢?父亲笑笑说他是孙悟空,石头变的。我掐了他胳膊一下,他"哦"了一声,只笑,没打我。

原来他是知道疼的,他不是孙悟空。

出家门到街上，一公里的路程，完全是泥巴路，坑洼不平。天还没有亮，我拉着襻带走在前面，一会儿踩在了车辙里，一会儿踩到了车辙脊梁处，双脚不停地左歪右扭，拉襻带自然就使不上劲，全靠父亲在使力。到了街上，父亲和其他几个拉车一同去颍上的叔叔们靠着马路边依次停好车子，他们都问我累不累，我确实没有感觉，就说不累，他们都冲我竖大拇指。我的豪气得以放大，催着父亲赶紧走。父亲和其他叔叔们说了两句到哪里休息到哪里住下的话，然后又双手扶着车把，轻轻一跳，车把立即屈从于他的体重，落了下来。

"走！"

他又对我说。

我赶紧弯腰弓背，拉直车襻带，用力向前拉动架子车。

"累了你就说！"

父亲提醒我，我说没事，然后用足了力气拉动身后的这辆板车。我不想让车襻带松下来，软下来，那样就说明我没有用上力，父亲就会用更大的力。父亲几年前和三舅等几个人到河南去卖拐子，他一个人拉一辆板车，在河南省沈丘县境内被一辆货车从后面剐了一下，车把砸在了腿上，一条腿折了。当时我六七岁的样子，刚刚有些记忆。一天凌晨，正在熟睡的时候响起了敲门声，伴着三舅那熟悉的声音："芸娘，快起来，出事了！"大姐叫芸，亲戚邻居们都喊母亲"芸娘"；大姐出嫁后，他们又喊母亲"水娘"，因为我叫水。听三舅说了来龙去脉以后，母亲急忙收拾好衣物，准备去沈丘，我也撑着要去，母亲就答应了。出门时，满村的公鸡母鸡都在扯开嗓子鸣叫，似乎都在送我们。到了沈丘县人民医院，父亲正躺在病床上，手术已做好，小腿上绑了一圈夹板，脚踝处还坠着几块砖，起到拉伸的作用。父亲仰躺在床上，看到我来了，强装笑脸，但是疼痛又将他的微笑生生地赶了回去。交通认定肇事司机承担全部责任，赔偿了千把块钱的样子，半个月后，父亲坚持回家，医生不让，父亲依然坚持，他心疼每天几十块钱的医疗费。都说伤筋动骨一百天，半年内不能负重，何况父亲是小腿骨骨折了呢。出院后，他仅仅在床上躺了不到两个月，就开始下地干农活了。他的腿奇迹般地痊愈了。左邻右舍都说，老肖，你是行好得好啊！父亲是个好人，村里人都这么说。我的脑海里想着这些过去的事，又想着父亲曾经骨折的腿，就想多掏点儿力，便拼命地往前拉。正是深冬时节，已经要穿棉袄了，若不干体力活，怎么也不会出汗的。可是我还没有走到两公里外的镇中，就已经汗透了内衣，额头上也布满了汗珠。父亲问，累了吧？我说不累，然后继续向前拉。

二

那时的这条路属于县道，柏油路面，路很窄，双向两车道略宽点儿。路面柏油常年风吹日晒已经老化剥落，石子儿开始从束缚中挣脱出来寻求着自由，我的脚一碰它们，它们就一下子跳开很远，似乎是不再甘于这样的命运。多年后我也像脚下的石子儿一样逃离了乡村，闯进了城市，在一片冰冷中艰难地打拼着，逐渐忘记了土地的温柔以待。假如一个地方的石子儿集体逃离，路面就会留下一个大大的深坑，人踩在上面可以轻松迈过去，可是车子不行，驮着上吨重的货物的架子车更不行。很多时候车轱辘掉下去后，我和父亲就不得不反复几次才能将它拉出来，遇到实在拉不出来的时候，其他几个叔叔就会过来帮着推出来。

我们出发的时候尚星斗满天，生活驱赶着我们，我们驱赶着黑夜，一路向东，追赶黎明。走到驿堂店，天才刚刚放亮。驿堂店离我们家才六公里，是古代的一个驿站，后来发展成一个跨公路的村庄，路边有摆摊卖白开水和粽子的。初中三年，我每个礼拜都要从这里走过去走过来，从来没在这个茶水摊喝过水。这次我实在是太累，父亲说，歇歇吧，我说好，我们就停下了。我要脱棉袄，父亲不让，怕我闪着风，感冒，我就解开扣子，敞着怀走到茶棚下面，往一个被无数个来来往往的旅者用羁旅征尘染黑了的小凳子上一坐。卖茶的老头儿从一个高凳子上站起来，他佝偻着腰，上身几乎与地面平行，横在肩上的头微微抬起来，用眼一扫我们的车队，赶紧从污黑的案板上一摞倒扣着的粗瓷碗中拿过来一个，又拿过来一个，挨个儿摆好，不多不少正好是我们的人数。加糖吗？他问我们。都说不加，说糖茶喝了更渴。其实他们都想加糖，但是加糖后五分钱一碗，不加糖二分钱。老人看了看我，说，吃粽子吗？我摇了摇头，父亲带有锅盔馍，母亲昨天晚上都煎好了，猪油香味特别浓。其实我是真想吃一个粽子，它是我们平时不敢想的奢侈品。所有的人啃了些干馒头，喝了碗开水，简单粗糙的早餐就对付过去了，但是艰辛困顿的日子并不是轻易就能对付得过去的，我们必须还要尽快赶路，在最短的时间内抵达目的地。

"走！"

父亲对所有的人喊道。

我父亲年龄比他们差不多要大十来岁，他们愿意听从父亲的命令。我突然明白了父亲为什么老是喊这个字，这一瞬间我似乎明白了这个字对于父亲这些为了生活不得不四处奔走的人具有的意义。在奔向幸福生活的路上，没人不想迈开双腿快步奔跑，可是在那个年月，对于从土地里走出来的人来说，没人能跑起来，只有一步一步踏踏实实地向前走，才是最稳妥可靠的方式。一个"走"字，可以让人展开无限的想象，有大步流星地走，也有踟蹰不前地走，甚至有走一步退一步甚至两步地走。我们庄是一个很大的古寨，几十个不同的姓氏，千余口人，家家户户都在为了生计奔走忙碌着，可是日子给予每一个人、每一户人都有不同的回馈，那些稳步向好的已经吃穿不愁，可是也有吃了上顿没下顿的。父亲刚从附近的园艺场辞职不干插队落户到这个庄子里的时候，房无半间，钱无分文，地无一垄，他和母亲寄住在别人家里的过道里，生活敞开了一个无边的破网，他们不得不一个接着一个地缝补着网上的破洞，防止窘迫的日子里那些珍贵的、有用的零碎收成了漏网之鱼。父亲对"走"有着深刻的理解，他从少年时代便离开故乡步行四十余公里到阜阳林校读书，其间，我的祖父母双双离世，工作后又常常步行七十公里走到故乡，照顾我的两个幼小的叔叔。后来他把我的两个叔叔接到了身边，但是每年他依然要步行走回故乡，他舍不下故乡和埋在故乡土地里我的爷爷奶奶。他知道，只有双脚才是对待残酷生活最强大而有效的武器，只有一步步地向前走，才能迈过那些不堪的黯淡岁月。如今日子一点儿一点儿地好了起来，但父亲还要日子更敞亮些，让我们不会为了一个粽子而在茶摊前犹豫着是否掏出口袋里的那点儿可怜的零花钱。所以他还要继续向前走，不停地向前走。

可我的肩膀开始疼痛，肩上那条平时一根手指就能挑起来的车襻带，不知道为何，变得越来越沉重，沉重到只要一绷紧，我就感觉到似乎驮了一个石磙在肩上。疼痛此刻更加突兀在我瘦削的肩膀上，每一用力，从车襻带里就仿佛钻出来一把布满钢针的刷子，在我的肩膀上来回不停地摩擦。我将车襻带从右肩换到左肩，从左肩又换到右肩，结果两侧的肩膀都疼痛难忍。深冬的寒风也变得诡谲起来，明明很冷，却无力挡住汹涌的汗水。我能明显感觉到一股股小溪在我的身体里横冲乱撞，寻找决口，企图冲出我尚还纤嫩的皮囊。它们成功了，汗水止不住地往外冲，终于冲了出来，又一点点地汇聚成汗珠，汗珠一粒接着一粒地又连成线，从浓密的发丛里一泻而下。我的眼镜上有左一道右一道的汗水流过的痕迹，灰尘落在上面，更为明显，像一条干涸的小溪底床。汗水顺着脖颈滑下，落入怀里，滚下后背，一阵风吹过来，又感觉到刺骨的凉。我平生第一次深刻地感受到了生活的艰辛。

三

我们在傍晚时分赶到了颍西镇，此时我对城市已经没有了任何的希冀和兴奋。现在我每每在城市里遇到乡下来打工的人，问他们去没去过生态园，去没去过双清湾，他们大多回答：哪有那个闲心去玩！我当时的心情就如同他们，一点儿去看城市的闲心都没了，有的只是劳累和疼痛，困顿和疲倦。还走不走？有人问。父亲说，走，到颍南镇我们再休息。颍南镇在城市的东南角，去往颍上的必经之地，但距离颍西镇至少还要有五公里以上。其他人祖祖辈辈在乡下，没进过城，只有父亲对阜阳这个城市很熟悉，他们听从了父亲的意见，一鼓作气地拉着拐子继续向前走。我是真想停下来休息，因为肩膀疼得实在是厉害。从过了杜园，我就已经不再拉着车襻带了，而是改为在后面推着车子。父亲让我趴在车子的顶上休息，我没答应，也不能答应，父亲已经很累了，我再上去，车子又重了近百斤。

顺着阜临路，走到一个岔路口，父亲指了指路口中心的一座三层红色砖塔，说这就是奎星楼！我看了看，竟然如同看一堆高高的砖堆。父亲又指了指前方，那是文峰塔。我抬眼看了看，果然在前方的一片狼藉中，一座高高的七层塔不伦不类地挺立在那里。说狼藉，是因为除了一些陈旧、破落的民居外，周围就是脏乱不堪的木料厂和成堆成堆的垃圾。现如今这里已经改造成了文峰公园，公园很美，可是文峰塔依旧不伦不类地挺立在那里，因为塔的东侧南侧，一栋栋高楼大厦拔地而起，像一座座大山倾轧着它。很多摄影爱好者如今若想拍下一张满意的文峰塔照片，都很难避开背景中的那些高楼。文峰塔始建于康熙年间，因为奎星楼只有三层，难以振兴阜阳文风，所以又建了七层的文峰塔。如今阜阳的文风依旧水波不兴，又是因为什么呢？是那些高楼压住了文脉吗？有人说是，更多的人说不是，说不是的人又有着各自的答案。我们从奎星楼斜向东南，从一片满是坟茔的树林子里直穿过去，远远地路过文峰塔，又过了二里井，继续斜向东南，终于在天黑时分赶到了颍南镇。

颍南镇如今早已经不复存在，一座座高楼大厦就像海洋里浮浮沉沉的巨轮，忽隐忽现，浮游不止。而当初的颍南镇，是一个实实在在的城市边缘的近郊镇。到处都是低矮拥挤的民房，道路崎岖不平，垃圾满地，典型的"脏乱差"。我们路过当时的县中学，又叫红旗中学，这个学校是我中考第一志愿却因几分之差失之交臂的学校。我扭头看了看学校大门和大门里两排高大的梧桐树，心里泛出一种难以名状的滋味。今天我就从梦想的学校大门口走过，与它的距离是那么近，又是那么远，我不属于它，它同样不属于我，之于它我可能连一个过客都称不上，只是一个拉着一车子生姜外出去贩卖的农家孩子，甚至很有可能今夜还要睡在马路边。我感到无边的沮丧裹着黑暗和疲倦向我袭来。又走了一段路，我已经记不清到了哪里，我们终于停了下来，大家都忙着围火造饭，父亲也在准备着晚饭，可我实在是太累了，饥饿此时已经无足轻重，一躺在父亲铺好的地铺上，我就酣然入眠了。

那一夜，我没有梦。我这一生几乎每天都在梦境中度过，求学梦、发财梦、仕途梦、文学梦、娶媳妇梦、噩梦……诸多梦想已经伴随了我近五十年，也折磨了我五十年。这些梦想除了娶媳妇，其他的并无一实现，因为那些梦想距离我太遥远，太不切合实际。而那晚，我真的享受了一个无梦的睡眠，这对于一个活着的有思维的人来说，是多么难得啊！我们就在马路边的地面上铺个席子和被子就和衣而睡了，虽然是深冬，并没觉得冷，困倦乏累成了最好的御寒之物。

四

第二天晚上，我们最终抵达了颍上县城，就在自由菜市场附近的马路边席地而眠，这一觉依旧很香，很踏实。

第三天早上，父亲早早地把我喊起来，因为要趁早占个摊位，晚了就被别人占了，这关系到一车拐子的销售问题，再远点儿关系到我们一家人的生计问题。我揉着惺忪的双眼，极不情愿地从地铺上爬了起来，父亲看到了，说，咱早点儿卖完，就管早点儿走了！父亲还是用了个"走"字，而没说"回去"。如今我越来越感觉到父亲口中常说的"走"字的妙处，但是，现在人类花样繁多的出行方式逐渐代替了这个"走"字，双腿和双脚被解放了出来，可是身体和思想却被禁锢在了逼仄狭窄的空间里。颍上县不出产拐子，那个年代长途贩运青菜的极少，我们拉去的几车拐子自然就成了抢手货。第一天，我和父亲每人摆了一个地摊，受父亲常年的熏陶，我早就会识别秤星了。来问价格的很多，可是我听不懂他们的话。有人蹲在我跟前问我，好些钱？我就纳闷，好些钱什么意思？是好贵的意思吗？我就急忙解释，我们拉了二百里地来卖的，不贵。买菜的人看了看我，又问，那你这好些钱？他的这句问话，提醒了我，搞错了他的意思，很可能是问我多少钱一斤？我赶紧说，三毛钱一斤。又来一个人，问我，种生姜是不是需要大量的"shei"？我再次陷入了迷糊，问他，啥是"shei"？他笑了，比画着说是水。三里不同俗，十里改规矩。我们已经离开家乡近百公里，语言已经发生了很明显的变化，颍上居于阜阳和淮南之间，发音更接近淮南话。走千走万，不如淮河两岸。我们走了那么远，来到了淮河岸边，虽是短短两日，却感受到了不一样的风土人情。我们的拐子吸引了菜贩子，他们过来要求全部买走，这当然是我们求之不得的，但是价格要便宜五分钱。父亲和几个叔叔商量了一下，同意了，因为这一车如果单靠零售每天卖几十斤，不知道要到什么时候才能卖完。再说分秤少，合秤多，并吃不了多少亏。当天下午，所有的拐子被称重划价，结付清以后全部被拉走了。父亲和几个叔叔又从当地买了些大米，颍上产米，拉回去到集市上出售，又可以挣些差价，弥补卖拐子损失的五分钱。晚上，父亲带我吃了碗肉丝面，是真香，我一生都忘不掉的香。

第四天,父亲早早起床烧水做饭,也就是馏馍烧茶,我们把白开水都叫茶。吃饱喝足,父亲检查有没有遗漏的东西,完毕后冲着其他几个叔叔们喊道:"走!"

我们出发回家了,重新温习两天前我们刚刚走完的路。父亲让我坐到车上去,我不坐,让他坐,我拉,他一摆手,说,你坐吧!父亲惯我,左邻右舍都知道,同行的一个叔叔开玩笑对我说,水啊,你是你大的宝贝蛋咧,他咋舍得让你拉他啊!所有的人都笑了,我也不好意思地笑了!

买回来的米并不多,返程的路也就轻松多了。其他几个叔叔侧坐在车把的一侧,单脚用力一点地,配合车后米的重量,人连同车把升起来很高很高,车子也随着向前滑行了很远很远。滑行一段后,人又落下,然后再一点脚,身体再次腾空升起。拉车的人此刻就像一只在空中飞翔的鸟,忽高忽低,忽紧忽慢,自由自在地翱翔在归乡途中。这种方式对远行的拉车人来说是一种畅意的享受,可是父亲不会,他只是一只负重前行的蜗牛,只能靠双脚交替快速地向前走着,走着,追赶着前面那几只归心似箭的鸟!眼看着与前面的鸟距离越来越远,我就说,大,车子给我吧,您来坐车上。父亲上了车,我让他向后面坐坐,以增加板车后部的重量,我也斜坐在车把上,脚尖用力一点地,我立刻向上飞了起来。父亲胆小,怕摔着,双手紧紧抓着两侧的车帮,问,行不行啊?不行咱就慢慢地走!我迎着风大声回答,没事!不久前,我刚刚和我那些小伙伴学会了飞着拉车。

就这样,一只刚学会飞翔的鸟,第一次拉着一生都在行走的父亲,飞翔在回家的路上。

永远的小庄

一

小庄是一个村庄的名字。以其小,故为小庄。

已经很多年不曾亲近小庄。等我再次路过小庄时,小庄已经消失了踪影。

透过小庄窄窄的土路入口,我看到小庄里种满了玉米和高粱,微风中俯仰不止,"唰唰唰"的歌声里蓬勃着生机。无数只鸟儿在枝叶间欢快地舞着,叫着,叫声中我分明听到了一种留恋和不舍,也听到了一种呼唤和向往。

在我离去的无数个日子里的某一天,小庄突然施了易容术,我所关于她的一切记忆消失得无影无踪。在我面前的,那些小路终于摆脱被踩踏的命运,恢复了土地应有的模样,蓄满了翠绿色的长发;那些颓圮的茅屋,被现代化机械推倒后,也全部归于土地,再次成为万千生命蓬勃繁衍的沃壤;那些竹林,那些枣树、杏树、柿树、桃树,被某种外力齐刷刷斩断了与土地的联系,不知所终。

还有我的那些故去的亲人,他们被岁月收割后,从小庄里出发,去往了某个不为所知的地方。

如今,我和小庄之间,已经不是距离的问题,而是我依然在,记忆中的小庄却再也不见。

我感觉到了一种锥心的痛,一种如植物一般失去了根系和土地的痛,一种无以维系乡愁的痛。

二

小庄很小,小到不过十来户人家,零星散落在一座座土坯屋里。从东家到西家,从庄前到庄后,小庄里的人祖祖辈辈守着这片不过足球场大的村子。

小庄太小,小到藏不下一只公鸡的啼鸣。一只公鸡的啼鸣,可以唤醒整个村庄。叫声从一个角落里响起,小庄的角角落落里立刻响起高低参差的啼鸣,从独唱到二重唱,再到三重唱,大合唱,小庄便在嘹亮的鸡鸣声中,欣欣然开始迎接一场新的黎明到来。

小庄之小,小到拢不住一缕炊烟。鸡鸣唤起了早起的人儿,男人们扛锄拉车,披着星光,踩着露珠,去往土地这个农人最忠实的伙伴,源源不断地挖掘生活的补给。女人们在家劈柴,和面,点起土灶里的火,微风一吹,袅袅炊烟就越过树梢,飘向了村外。每家的炊烟似乎都打了印记,带着特殊的味道,耕作的农人敏锐地捕捉到了自家的炊烟,便似闻到了饭香,会心一笑之后,收工回家。

小庄的小,小到一颗星星,就足以照亮整个村子。一颗星给予人的力量,可以在一个人的内心里点燃一团火炬。小庄的人们,无数个日子里,心里都燃着一把熊熊的火炬,无论在多么困苦的日子里,他们都以乐观、豁达的心,过着与世无争、简单朴素的生活。

小庄虽小，颐养着先人，也哺育着后人，这里是他们的根，拉不折，也斩不断。

三

小庄同样也撑不下一个孩子的童年。无论我躲藏在小庄的哪个角落里，外婆一声轻唤，便会准确地捕捉到我。

记忆里的小庄，像记忆里的外婆一样，纤瘦，慈祥，一圈明亮清澈的水成了她的腰带。水不深，约到脖子，却养育着万千的鱼儿，如同我一样，无忧无虑地生长着。用竹篓捉小鱼，用弯钩捉黄鳝，用马尾钓黑鱼，清贫的岁月里，没有什么比一条鱼能给农家孩子带来更大的幸福和快乐了。

我和表兄们经常在小沟里"扳鱼"。找来一个罐头瓶子，绕瓶口左右对称系上绳子，以使瓶子在拉动的时候保持平衡。随后，罐头瓶里放些馍，扔进水里，静等贪吃者入瓶。贪吃的大都是很小的杂鱼，有籴鱼条、石滚皮、麻红腻子，以及一些根本无法叫出名字的小鱼虾。这些鱼儿特别警觉，扳鱼必须要有耐心，又要机警，保证一切都在可控之内，就像一场请君入瓮的伏击战。

清贫的童年里，这些搬上来的杂鱼，不会被用来喂鸭子，而是被拌上油、盐或者味精，裹上面粉，猪油爆香葱、花生、姜，煎出一种活色生鲜的味道。你无法想象那种香味带给一个孩子的诱惑，以及因为这种诱惑而常年在脑海中形成的一种固化了的记忆，是如何强烈而持久。

岁月可以褪色，小庄的某种味道却恒久地存于我记忆的胶卷上。想念外婆时，拿出那些胶卷在记忆的暗房里冲洗，借此复苏一段褪色时光。

四

外婆的屋后是一片片浓密的竹林。竹子属于典型的北方青竹，没有南方毛竹的粗壮高长，而是清癯挺拔地向上生长着，你挨着我，我挨着你，不卑不亢，比肩而立在沟畔，形成了一道竹墙，守护着小庄。

竹子不仅仅是小庄的守护墙，也是小庄的头发。枝条纤细、修长，风中轻摇慢曳，如丝如缕。那些表姐们时常会在小沟里洗濯自己乌黑的秀发，头发在清澈的河水里飘摇，纤细、修长，丝丝缕缕，如风中正在摇曳的竹条。

我在那片竹林里发现了一只刚孵化的雏鸟，茸茸的毛，粉嫩的皮肤，紧闭着的双眼，娇小而柔弱。

没人知道雏鸟怎么就落在了竹林里。

竹林上方的天空中，一只鸟在徘徊低旋，时而又落在沟畔的柳树枝上，焦躁地鸣叫着。它一定是雏鸟的妈妈，竹林太密，因无法飞下来救回自己的孩子而着急。

这里时常会出没野猫和黄鼠狼。如此娇嫩的生命，一定会成为天敌的一顿美餐，我担心，就将它捧在手里，带回了家。

"造孽哟！"外婆责怪我，"快送它回家去，它妈妈会急呢！"

按照外婆的吩咐，我爬上了屋后竹林旁的那棵柳树。浓荫中，一个小小的巢穴在风中悠荡，还有一只雏鸟摇晃着柔弱的脖子，喳喳喳地叫着。这里就是雏鸟的家了。

外婆说得没错，雏鸟的妈妈很焦急，它警惕地看着我，在枝权间来来回回蹦跳着,急切地鸣叫着。它看到了我手中的雏鸟,或许已经揣度到了我的心思,放下了敌意,在我的身边飞来飞去。我轻轻地把雏鸟放进了鸟巢,鸟妈妈很开心,声音也变了调,不时发出一阵欣喜的长鸣。

我从此记住了外婆的话,鸟也是有家的。

五

小庄如同一棵老树,在时间的流淌里悄悄老去。

前些年,那些老屋愈发颓败,四季的风携着光阴在残砖废垣间穿梭跳跃,斑驳着小庄平淡的一生。

我的外婆、舅舅和那些村人们,先是熟睡在了小庄的皱褶里,继而沉入了小庄的最深处。

不要轻易去低估一个时代摧枯拉朽和重生再造的力量。

当我再次走近小庄,她已经从另一片充满着生机与活力的土地破土重生。这是一件多么不可思议的事啊!

乡村振兴,让小庄发生了巨大的变化。几条笔直的水泥路成了小庄新生的肋骨。一座座新颖别致的小楼华丽地取代了古朴的茅舍和土屋。小巧的健身公园里,木质的栅栏圈起一片片花园,一朵朵白色的、粉色的、紫色的小花在春天里竞相绽放着生机和活力。

一批年轻人如出巢的鸟,揣着梦想和希冀,陆陆续续飞出了逼仄的小庄。一些人选择了留守,他们在小庄的周围培育了成片的树苗,为四面八方的人送去了绿色的希望和梦想。

在朝阳的照射下,几个孩子在花团锦簇中奔跑着,他们成为那些远去的老人生命的延续，也即将成为小庄新的主人。

我已经无法寻回记忆里的小庄，如同无法寻回那些亲人。我也无意去寻回记忆里的小庄，如同我无力寻回那些远去的时光和逝去的年华。

我在心里默念着小庄，那个逝去的小庄；也在心里祝福着小庄，我把它定义为新小庄。

我必须要接受小庄的蜕变，故而，我忽然又充满了对小庄涅槃重生的喜悦和期待。

过故乡，必徘徊

故乡在哪里？笔端？梦里？抑或记忆里？似乎又都不是。故乡就像一个影影绰绰、如影随形地紧随你身后的一个长长的尾巴，已经深深地植入了你的肌体上，与你的精神以及灵魂融合在了你的躯壳之内，想甩甩不掉，想断断不了。你抬头望她，又不见她；你回头找她，仍不见她；可她又确实在，就在你的身边，时时刻刻跟着你，黏着你。

第一次听关于故乡的故事，是父亲口中的"老家"。"老"之所以老，是因为新。父亲把他少时离开的故乡称为老家，那是因为他把居住了大半生的地方，看成了新家，看成了异乡。

父亲十五岁离开亳州市利辛县一个叫肖寨的村子，到阜阳求学，其间，遭遇父母双亡，他和我两个年幼的叔叔本来正是绕膝承欢的孩子，突然之间成了孤儿。二叔恰值龆龀，三叔不及垂髫，面对孤露无荫庇的生活，父亲稚嫩的肩膀第一次感受到了同庚之辈无法想象的责任和担当。作为长兄，或许也就是从那时起，他决计要承担起家的责任，并为之艰辛求学，没有伙食费，靠喝白开水维持一日三餐，别人到食堂就餐，他在寝室里睡觉。生活的艰辛无以复加，而父亲用一种极致的耐力和它比拼着，最终取得了胜利。不能不说，父亲是在为兄弟三人的生活，或者说是生计、生存，寻求一个他力所能及的出路。

毕业之后，组织分配父亲到合肥某单位工作，被他拒绝，后又有从军入仕的良机，也被他拱手让给了别人，原因只有一个，离家太远，他无法割舍两个年幼的弟弟。父亲选择在距离故乡七十公里外的原阜阳县园艺场工作，这里距离我的两个叔叔最近，距离故乡最近。但是由于工资低，入不敷出，无奈父亲又辞职插队，在当地落了户，娶妻生子，扎了根。凭着一手的好算盘，他在生产队谋一会计之职，一天挣两份工分，聊以将我的两个叔叔抚养成人，相继成家。他一生都认为自己是流落在故乡之外的游子，哪怕他在老家生活了只有十几年，却把那里当成了永远无法割舍的根。老家已经不是一个物理意义上的存在，而是升华成一个高大伟岸的精神符号，屹立在父亲的心上，无论多少风吹雨打，从来不曾倾斜、动摇。但是生活逼迫他不得不一脚踏出故土，从此孤身远征一般，再也回不去从前，回不去故土。而故土难离啊！他便念念不忘那个打少年时就离开了的地方，直至花甲，直至古稀，直至耄耋之年。

在还能自由活动的日子里，父亲每年都要回老家一次，我不明白他为什么这么执着地要回去，就像候鸟一样，每到冬天来临，他就拉着架子车，车上装满生姜，弓着腰，追逐着脚下的汗水，一步一步地迈向他心中的老家。那条连接着故乡和异乡的路漫漫修远，父亲的脊梁高高隆起，像一只负重前行的蜗牛，在这条路上吃力地向前走，向家走，老家埋着我的爷爷奶奶，那里有他的根。父亲笃信基督教，他从来不给爷爷奶奶上坟烧纸，但是他一定是要回去的，回去了，爷爷奶奶就会从土地的深处走出来，重新活在了他的心里，他就知道自己是有家的，那颗心也就安定了。

生姜是父亲自己种的，而老家是不产生姜的，父亲拉的生姜总能被乡邻抢购一空，或者给钱，或者用红薯、红薯干置换，父亲从不计较什么形式的交换，他都乐于接受。生姜一次次拉来，父亲一次次地亲近老家，一次次重温着与爷爷奶奶相契相聚的幸福；而生姜又一次次卖完，他也就不得不一次次将已经活过来的爷爷奶奶重新又送回土地深处，然后告别了故土，再次踏上奔往异乡的路。他把生姜留给了故乡，留给了故乡的父老乡亲，也把自己对故乡的念与想，留在了那片盛产香椿和红薯的土地；又把红薯和红薯干带去了异乡，那同样也是因为他时时刻刻念着、想着那片故土啊！

父亲有一个四叔，我称四爷，是父亲在老家唯一的长辈。四爷只存在于我童年的记忆里，我对他仅存的印象，就是他每次来我家都会给我买一些糖果。他从老家来，和父亲一样，靠的是一双不知疲累的双腿，从早晨天不亮出发，日暮时分方到。夕阳西下，群鸟栖息，四爷风尘仆仆地突然出现在我家院子里，看到我，老远就喊着："水儿，水儿，看四爷手里是啥？"是啥呢？几个花花绿绿的糖果纸包裹着的水果糖，剥下一颗放到嘴里，总能含化一个晚上，那一个晚上的时光似乎也就涂了蜂蜜似的，充满了甜蜜的感觉。我们兄弟姊妹四人都没有见过爷爷奶奶，平时特别羡慕那些有爷爷奶奶疼惜的小伙伴，如今带着糖果来的四爷，就给了我在小伙伴中间炫耀的机会。而老家，也因为四爷的到来，在我的记忆中充满了甜蜜的美好，充满了无限的向往。但母亲对四爷并没什么好印象，在爷爷奶奶去世之后，四爷不仅没有帮着照顾我两个年幼的叔叔，还时常到我家借钱借物。母亲心直口快，说话不好听，但父亲似乎从来都不会拒绝，钱物依旧借出去了。

只是四爷后来也告别了故土,远赴东北投奔了他的儿子,我就再也没有见过他。后来从东北传回来信息,说四爷客死他乡,最终也像一片落叶,在异乡化为尘土。四爷也永远停留在了我少年的记忆里。

我第一次回老家,是因为三叔的婚事。三叔成年之后,因为四爷的一再要求,不得不返乡回了老家。四爷的儿子在东北鹤岗的某煤矿工作,身边无人照顾,于是就想让三叔回去,以照顾他和四奶的晚年。等三叔回去之后,才知道自家的宅基早就被四爷占用,四爷只给三叔腾出来两间漏风的土坯房,三叔就在这两间土坯房里与三婶完了婚。那年我只有六七岁,三舅、表哥等人每人骑着一辆自行车,我就坐在前杠上。天不亮出发,怀着兴奋与好奇,一路颠簸,直到下午,才到达父亲口中常念叨的老家。等我下了车,双腿早已经麻木,无法走路,屁股也觉不到疼痛。我无法评估那一刻看到故乡的新奇和喜悦,虽然三叔家的两间破屋让我有些许的失望,但是满满充溢在胸腔的,是对这个被父亲多少年来反反复复念叨的老家的新鲜感。由于住房太紧张,那晚,父亲、母亲、三舅、表哥以及我的两个姐姐都分别住在了三叔的左右邻居家,我和三叔邻居家的一个小伙伴露天睡在他家的当院。仰躺在苇席上,兴奋地望着故乡深邃的天空,我的困意被一种汹涌的情感吞噬,久久无法入睡。"此夜曲中闻折柳,何人不起故园情。"那时我还年幼,尚不能理解"故园情"到底是一种什么情感,即便是现在,我也无法准确地说出那晚占据我大脑的到底是一种怎样的情感。那晚的夜空似乎异常明亮,浩繁的星辰如同盛夏里成群结队的萤火虫,密密麻麻地飞舞着,眨着眼睛笑,争着挤着要把所有的光洒下来。它们或许也知道我是一颗孵化在异乡的小鸟吧，所以要争先恐后地照亮我这个第一次踏入故乡的稚童的梦境，照亮我此后经年一次次归乡的路。总之，那一夜的星辰，在此后无数个日子里，一次次地被展映在我的梦境里，多少年来就那样不停地眨着眼，冲着我笑。

二叔从七岁跟随父亲去往异乡，投亲靠友，成家立业，因了贪杯酗酒，几年前脑出血，虽治身故。都说叶落归根，但二叔和四爷一样，二人像故乡遍地椿树上的一片枯叶，被故乡的土地上隆起的风吹向了不同的方向，最终没能归于那片故土，只身一人流落在了异乡的方寸之地。送别二叔，古稀之年的父亲"长太息以掩涕兮"，时不时地就会泪流满面，哽咽不已。"春风又绿江南岸，明月何时照我还。"中专毕业的父亲是深谙这首古诗蕴含的思乡之情的，故乡和异乡之间隔了泉河，沙河，茨淮河，春风从一条河吹向另一条河，从故乡吹到异乡，从异乡又吹回故乡，来了又去，去了又来。年年河水冻了又融，草木绿了又黄，而故乡的那轮圆月之舟，什么时候又能载着父亲、二叔，回到那个赋予他们生命的老家呢？！父亲知道，那个老家，此生是再也回不去了。他亲手把自己的弟弟从故乡带出来，而今却无力再将他带回故土，带回到爷爷奶奶的身边，所以，他才不止一次地"思乡泪湿巾"了。

最近一次带父亲回老家，是前年的春节。春节前，父亲说他很想远在老家的三叔，和三叔通电话时，老泪纵横，失声痛哭。"片云凝不散，遥挂望乡愁。"父亲努力亲近着脚下已经生活了六十余年的异乡的土地，心却一直像一只飘在空中的风筝，那线，依旧在故乡的椿树枝头拴着。正月十二，我们兄妹四人带着父亲、母亲回到了巩店镇。虽然路还是那条路，但父亲已经不再是当年健步如飞的父亲，他老了，步履蹒跚，举步维艰。他颤颤巍巍地走下车，看着这个已经天翻地覆了的故乡，眼含热泪，四处张望，寻找着记忆中的样子。游子归来，左邻右舍都来嘘寒问暖，亲不够的家乡人，聊不够的家乡话，喝不够的家乡水，一切都在改变，包括一砖一瓦一条路，一人一事一片房。一切似乎又都未变，除了那渐次离去的父亲小时候的玩伴。回想起少小离家时的情形，如今老大又不能回，父亲几度哽咽落泪，突然间沉默了起来，有很长一段时间他不再说话。

日渐西斜，太阳以这个季节鲜有的温暖眷顾着这个小院。几只麻雀似乎也想看一看从远方归来的游子，从院子外面飞进来，落到地面，好像很熟络的样子，在我们身边旁若无人地跳来跳去，啄食着地面上的碎屑。父亲坐在阳光下，目光像是被什么东西扯住了一样，直直地望着地面，蓦然间拉了拉身上的袄，双手撑着椅子两边，慢慢地起身，说，走吧，回去！然后像是要逃离一般，催着我们，第一个坐上了车。

余秋雨先生在《乡关何处》一文中写道："乡愁越浓越不敢回去，越不敢回去越愿意把自己和故乡连在一起——简直成了一种可怖的循环，结果，一生都避着故乡旅行，避一路，想一路。"此句正是《荀子·礼论》中"过故乡，则必徘徊焉，鸣号焉，踯躅焉，踟蹰焉，然后能去之"的白话版。父亲在异乡就是一株无根的飘蓬，而当回到了故乡，却又感觉自己像一只无处栖巢的鸟。在两万多个日子里，他无数次在故乡和异乡之间徘徊，踯躅，鸣号，最终却没有勇气去面对故乡的一土一房，一人一物。可能这就是近乡情怯吧！

每一粒粮食都有自己的归宿

那天参加一个活动之后,我和妻子回到镇上。妻子说吃蒸面条吧,我说可以。妻子就下车,到超市买了五花肉、面条,一些豆角和豆芽。父亲和母亲都不爱吃太干的面,于是在蒸制的时候,我就多放了点儿水。父亲不爱吃豆芽,因为豆芽容易塞牙。其实父亲的牙很好,吃馒头都要带焦的才行。但他吃不了豆芽,每次都要将豆芽挑出来,又舍不得扔,犹豫再三,最后还是将那些豆芽塞进了嘴里。

这次,我特别留意不给父亲盛豆芽,所以父亲吃得很快。父亲将手中的饭碗放下,低头用手指小心地捡着掉落在身上的面条。父亲已经八十有余,吃饭开始掉落饭渣。这些饭渣曾经以植物的名义直立于田野,是粮食的另一种形态。父亲年迈之后,它们多次逃脱父亲的指挥,黏附在父亲的衣服上。父亲将它们一一捏起,缓慢地塞进嘴里咀嚼。我不让他吃,妻子也不让他吃,但他不听,他只听从自己的内心。

父亲一生与粮食有着无法言述的情结。年少时期他离开家乡外出求学,其间我的爷爷累倒在一场集体大劳动现场,我的奶奶随后溺死在故乡的一条小河里。此后,父亲就像一只孤独的鸟,不得不自己四处寻觅粮食。那时粮食对他来说就像生命一般珍贵,但是他距离粮食却是如此遥远。好在政府有扶助,学校有补贴,父亲艰难地度过了那段艰辛的岁月。

母亲更是不舍得丢弃一粒粮食。她和父亲结婚时只有一笆斗粮食,还要养活我两个年幼的叔叔,她只能用最少的粮食,拌上野菜,或者树叶,做成极稀的糊糊来度过艰难的日子。我的记忆中,母亲从来不曾浪费一粒粮食,她对粮食有着近乎偏执的爱。

年少时期的晚上,乡村的夜总是早早来到。那时,父亲和母亲常常爱说一句话:人是一盘磨,睡倒就不饿。起初我是相信的,后来却再也不相信,因为我即便睡着了,夜半醒来,依然会感觉到缺少粮食的饥饿感是如此令人心慌。我无法想象,父亲和母亲,当年经历过怎样的一场又一场的恐慌。

土地包产到户后,庄稼年年丰收,日子渐渐丰裕,粮食已经不再需要父亲四处寻觅,也不需要母亲从牙缝里一粒粒节俭了,但父亲和母亲每年都要贮存一定的余粮,以备灾荒。如今的生活一天一个年似的,但勤俭节约的习惯已经根深蒂固,父亲依旧不能容忍自己掉落饭渣,母亲依旧不肯扔掉剩饭剩菜。每次回乡下看望他们,我都会在冰箱里发现很多剩饭剩菜,而这些饭菜最后都会被母亲重新加工后吃掉。我让母亲扔了,她总是不肯。有几次我偷偷将剩饭倒掉,事后母亲总要唠叨很长一段时间。她和父亲深爱着每一粒粮食,更心疼那些无家可归的粮食。

粮食之于父亲和母亲,从来都是最为亲密的、不能背叛与抛弃的朋友。他们把粮食奉若至高,不轻视,不鄙夷。每一次耕种,再到每一次收割,父亲和母亲都会有一场必不可少的仪式,或上基肥,或除杂草,或磨镰刀,或补麻袋,或扬场,或入仓,一道道有条不紊的仪式多少年来一如既往地轮番上演,成就着粮食的一次次涅槃、成熟、再涅槃的轮回。

　　每个人就是一粒粮食，从母腹呱呱坠地之后，便开始在土地上生长、繁衍，再如庄稼一样老去。每一粒粮食都有自己必然的归宿，或直接被耕种进土地，承接着生命的延续；或以另一种形态与土地相携，助力着另一个生命的成长。父亲和母亲是一粒粮食，我是父亲母亲收获的粮食，女儿是我和妻子收获的粮食，女儿也终将收获属于她的粮食。作为粮食，我们终将会归于土地。

微风扇里麦花香

麦子扬花了！父亲说。

父亲坐在轮椅上，足不出户，已经三年有余，可我并不纳闷他能准确地说出小麦扬花的时间。这是一种默契，与农事和农时之间的默契，与土地和作物之间的默契。

推着父亲，我们一起向村外走去。出了村子不远就是麦田，间或一小块一小块零散的油菜。初夏的皖北铺排着大片大片明亮的绿色，油菜花已经谢了，一根根菜荚倔强地往上生长着，日渐丰满的肚腹里孕育着粒粒黑色的精灵。除了油菜，就只剩下没有涯际的麦田了，像是比赛似的，已经抽离出来的麦穗，比油菜荚更为倔强，穗穗直指天空，麦芒聚拢起早晨金质的阳光，给这片广袤的大地抹上了厚重的底色。

微风掀起一层接着一层的麦浪，由远而近，由近而远地翻来滚去。想起父亲的话，我便蹲下身子，查看麦花的模样。作为一个农家出身的孩子，很惭愧我是说不出麦花的模样来的，如同当年的父亲。父亲曾经也是一介书生，是艰难困顿的生活，让他从一块土地转移到另一块土地，用披星戴月的耕作，取代了一个少年正在蓬勃的梦想和希望。那些曾经与父亲亲密交谈的笔墨纸砚，被父亲冷落在了某个角落。父亲尝试着一场新的持久的交谈，那些陌生的钉耙、扫帚、扬场锨开始粉墨登场，扮演着不同角色，走上了父亲全新搭建的舞台；那些黄豆、麦子、玉粟黍，如同父亲曾经播下的一粒粒文字，在黄色的土地上组合着父亲的另一个憧憬和梦想，并伴其一生。

我凑近麦穗，仔细查看父亲口中的麦花。高度近视之后的花眼让我不得不摘下眼镜，或许就是它，阻断了我与麦子的交流。一股特别的味道悠悠地流进了鼻孔，轻轻一嗅，有淡淡的甜，浅浅的香。那些细小的浅黄色的麦花，一个个杂技高手一样，将自己挂在麦芒上，若不仔细看，哪能注意到它们的存在啊！这就是麦花，没有想象中花朵一样盛大热烈的绽放，那么不起眼，静静地，不事张扬地，悄无声息地开放着自己的青春。

有诗这样写麦花的轻巧和微小，"圆荷浮小叶，细麦落轻花"。虽然小，但麦花是有味道的，"永日屋头槐影暗，微风扇里麦花香""宴坐不知红日晚，笋舆归路麦花香"……这种味道，更是让历朝历代的诗人念念不忘，他们只用了一个"香"字，便写尽了一切，似乎这麦花的味道便只这一个字可来形容。但最惹人的，还是麦花的颜色，一度让无数诗人折服长吟。"梅子金黄杏子肥，麦花雪白菜花稀""十百琅玕接屋山，麦花淡白菜花斑"，这是初绽的麦花，在万顷的青绿色的麦浪中泛着雪一样的白光。诗人的想象总是那么丰富，一句"万顷雪光抽夏日，一天翠浪弄秋时"，让你分辨不清眼前到底是雪还是花。无论是雪，还是花，它们无疑都在酝酿着一场盛大的丰收。也就是一夜之间，那些雪白的麦花又变化了另一种色彩。"桑椹熟时鸠唤雨，麦花黄后燕翻风"，桑椹熟了，斑鸠开始不停地呼唤着雨水的到来，麦花悄悄褪去一身洁白，披上了金黄色的盛装，在燕子飞过的一刹那，漾起了金色的涟漪。

随着麦浪起伏的，还有父亲缓缓伸出的手，那是一双曾经无数次侍弄过麦事的手，似有似无地轻触着一根根青黄色的芒针，生怕手一旦重了，会惊落了那些小巧玲珑的麦花！旭日将我的影子长长地投射在麦浪之上，父亲的影子则浓缩成了一堆，我们都随着微风不停地舞动。

开心吗？我问父亲。

微风吹过，一朵麦花脱离了麦穗的挽留，落在了父亲的眉间。他没有伸手掸落那朵花，而是呵呵地笑着，说，手中有粮，心中不慌啊！

麦收季

一

"谷熟一时,麦熟一晌",这话一点儿不假。

我常年居住皖北,这里是小麦的主产区,故对稻谷的喜怒哀乐诸般脾性不甚熟悉,对于它何时长成何时出阁,我拿捏不准。据说淮河以北稻谷可一熟,长江沿岸两熟,至珠江甚至可以三熟。

稻子非要等到气温升到一定的高度才可种植,一生看似轰烈,其实仓促、草率、浮躁而短暂。小麦恰恰相反,低调,内敛,它总是在气温低到一定程度才播种。似乎没什么庄稼能像小麦一样,整个生长期贯穿了秋、冬、春、夏四个季节。

麦子的成长相对稻子来说从容而笃定,只一季,从今秋到明夏,不急不缓。

麦子在深秋遇到土地。这是一个万物萧索的季节,麦子却毫不迟疑地投入土地的怀抱,被土地拥抱,恩宠,抚育。在不足两百个日出日落里,麦子从一粒种子脱落成一株清秀的苗,进而分蘖、拔节、孕穗、抽穗、开花、灌浆,最后成熟。

其实"麦熟一晌"并不只是谚语,强调了一个时间上的点,带着一种时不我待的紧迫感。倘若晴空丽日,暖暖的西南风来个深深的拥抱，麦子怕是无法拒绝成熟了，收或不能收，确实也就是一个太阳的事。

"一晌"的时间太紧迫，需要抢。

二

女儿出生在小麦播种的前夕，她是嗅着麦子生命萌发的气息，从母体里生了出来。

因妻子工作的原因，彼时我们借居在一个农村小集。集市依河而兴，河的南岸是一片广袤的田野。田野里，小麦刚从冬天的束缚里解脱，沐着春雨的润泽，嫩绿盎然。女儿正追逐一只白色的蝴蝶。那只蝴蝶掠着麦苗的尖梢在空中飞，女儿在麦田里奔跑，我和妻在女儿的身后奔跑，麦子和星星点点的野花在春风里奔跑。

麦子的一生是长途奔跑的一生，从凋敝的深秋起跑，穿越整个沉厚、肃杀、幽闭、冷酷的冬天，一直跑到绿意盎然的春天和活力迸发的夏天。

女儿喜欢在春天的麦田里玩耍。此时原野被一种希望的底色霸占，我从麦田里薅一枝淡淡的白花，放在眼前，透过花瓣的间隙目送奔跑的女儿。

巨大的麦田瞬间舞起了绿色的波浪，浪花里涌动着春天的芳香。

我无法赶上女儿奔跑的步伐，只在视线里为女儿荡开一条奔向远方的路。

三

麦穗金黄,芒刺向天,这是小麦向天空和太阳做最后告别的姿势。

如女孩子大了要告别父母出嫁一样,麦子迟早要告别土地。但麦子不出嫁,麦子在短暂的休眠之后,会选择在另一个秋天,再次起跑,重新投入土地的怀抱。

我想起一个问题,女儿会重新投入我们的怀抱吗?她能听得见土地和我们的呼唤吗?我不确定。

麦子的一生是轮回的一生,从播种入土,发芽,到出苗,到成熟,而颗粒归仓。再播种,发芽。如此往复,周而复始,生生不息。

一株麦子就是一个能够直立行走的生命,穿越了四季,修完了它的一生,在盛夏前夕,最灿烂热烈的时光来临之前,而归隐。

归隐不是堕落。归去来兮,麦子在等着另一场重逢。

四

田野并不空旷。

田野里密密麻麻地站立着无数麦子。

麦子已经抽穗,一粒小小的麦仁成为麦子步入尘世最初的形态,也是最后的形态。

经历了秋的肃杀、冬的寒凝、春的无常和夏的躁动,麦仁在麦壳里演绎了从青涩到丰满的蜕变,蓄满了太阳的底色,鼓胀着火热的激情。

麦子最终选择了成熟。成熟是一个艰辛而痛苦的过程，因而麦芒变得桀骜，尖锐，敏感，带有锋芒。

麦芒是麦子最先抵达天空的部分，它从最初的柔软、易折，变得峻挺而尖细。它是麦子一生唯一可以拒绝这个世界的屏障，也是麦子攻击这个世界的武器。

麦芒是孤独的，成长的代价就是孤独。

而麦子是仁心的，它徒长了这些虚张声势的芒刺，内心却一直向往着天空。

五

女儿也在不断的奔跑中，长成了一株麦子。

最后的灌浆期，女儿承受着无比之重。论文，择业，爱情，社会，一切来自四野的风雨伺机向她靠近，或选择渗透，或选择设障，或直接攻击。

女儿没能如麦子一样长出来芒刺，她用一种柔软接待所有来到她身边的东西。

我们是父母收获的麦子，女儿是我们收获的麦子。麦子的未来仍在脚下，女儿的未来在远方另一片更加广阔的土地上。

她已不满足于脚下一株麦子的生长空间。她用一种看似成熟的姿态，稚嫩地憧憬着绚丽的天空。

天空是一个诡谲的术士。

女儿不知道，如一株不谙世事的麦子。

六

麦仁是农人的孩子,是幼稚,还是成熟,只需农人看一眼。

摘下一粒,扔入口中,牙齿轻轻一碰,嘎嘣有声,响脆入心,麦子便是熟了。农人就笑了。

麦子也开始笑,麦子的笑带着浓烈、憨厚而独特的气息,它吸引着农人,也吸引了镰刀和木锨。

镰刀飞舞,将麦子从土地的挽留中解脱出来。

木锨昂扬,将麦子撒向高空,走向更广阔和自由的世界。

透过纷扬的金色麦粒,我依稀看见女儿迎着风,沐浴着太阳,飞向一片更高更远的麦田。

谁家先尝春

平房未翻建楼房前，院子里有一棵碗口粗的香椿树，栽在堂屋和西屋之间。树已成气候，每年新发的香椿芽蓬茸繁多，足够一家吃的，亦可分享给邻舍。到了夏天，树冠葳蕤一片，在门前形成了一块阴凉之地，倒也惬意。

2017年春天，我着手建新房。那棵香椿树刚刚绽出新芽，假以时日，是足以饱尝春色的。但在推倒老屋的同时，这棵树因影响建新屋而同时被连根挖起。至此，院子里再没了香椿树的影子。连续两个春天里，一日三餐，没了椿香，便好像日子里缺了无数的味道。

2019年春天来临之前，我从小妹家挖了几棵香椿树苗，大坑，大水，栽在了屋后的小沟旁。都说春色从来不负人，当年春天，小树便接二连三地绽放出一簇一簇的嫩芽来，在告别七百余个日子后，嫩绿的春色，春味，重又回到了我家的餐桌。奈何树苗太小，整体出芽不多，浅尝辄止，未能留下富余。第二年，树苗稍许大了些，但依然不富余。今年是第三年，入春以来，我就满怀期待和憧憬，尤其是三月下旬后，每次周末回乡下看望父母，总忘不了到屋后查看一番椿芽的长势。其殷殷之情可想而知。

屋后有一分多地，在小沟的南岸，北岸是村道，沟半坡被村民栽满了油菜。我在水利部门工作,村内的大小沟前几年我们刚刚疏浚治理,母亲知道河道清淤疏浚的不易,没像其他村民一样在沟半坡上种东西,只在屋后的空地里栽满了油菜。阳春三月,正是油菜花怒放的时候,金黄的油菜花簇拥着新楼,一派田园之风。这正是我向往的退休生活。奈何退休还遥遥无期,只能尽可能地在每一个周末都回到这里,感受父母在的天伦乐,感受土地在的根植情。

若到沟边查看椿芽的长势,必须要从油菜地里穿过去。密密匝匝的油菜丛,每次穿过我都似一只虫子一般,在稠密的植株间寻找着缝隙。许是今春雨水太勤快,油菜异常茂盛起来,每次穿过去,金黄色的花粉便会沾满了一身,像是抹了漆,却透着花香。气温也反复无常,忽高忽低,几棵香椿树便懒惰起来,迟迟疑疑地不愿绽开芽苞。太阳偶尔在春雨的间隙露出一小脸,很快又新来了一场雨,这椿芽也愈发慢腾腾地,姗姗来迟。

上周照例回去,刚准备去屋后查看,母亲说:"别看了,香椿被人摘了!"我一愣,怎么会呢?是种在油菜花海里啊,又在沟沿,谁能注意到这里呢?母亲看出来了我的不解,又说:"前天,你五婶说她家的香椿被人摘了,我一看,咱家的也没有了。我以为是你上礼拜回来摘的呢!"我说:"我没摘!"母亲说:"我知道你没摘。"妻子在一旁接过来话说:"栽在那个地方,谁能看着呢?"是啊,谁能看着呢?当然有人能看着,不然也不会不翼而飞。

娘俩便议论起谁会摘我们家的香椿来,分析一定是附近的人,不然不会发现油菜花丛中的香椿。又分析这人会从哪里过来,南不可能,东、西也不可能,只有从沟对岸,因为沟里没水,是干沟。

我在一旁倒是对这个人生了兴趣。美国海洋生物学家蕾切尔·卡逊曾说过："我们必须与其他生命共同分享我们的地球。"套改她的话说，我们必须与其他人共同分享我们的美味。把美妙的味道分享给别人的时候，我们何尝不是感觉这种味道更加美呢！这个人一定是对这个春天有着异常敏感的感觉，比我还要灵敏，先于我尝到了春天的味道。他一定是快乐的，我又何必执念于他是谁呢？

烧火

2017年初，乡下的老屋西山墙和后墙出现开裂，尤其是西山墙，足可以伸进一个人的拳头。我说推倒重盖吧，娘不同意，并且表现出了一贯执拗的坚持。

相对于娘的坚持，安全还是更为重要，所以一开春，我最终说服了娘，着手推倒了老屋，重新盖起来两层的楼房。历时将近一年，2018年春节前夕，楼房终于盖好，看着宽敞明亮的新房，娘很开心。在此后的一段时间里，她总是难掩内心的喜悦，逢人就说自己活得值了，说自己这一辈子也没想到能住上楼房。

在厨房的问题上，我和娘各执己见。娘要另盖灶屋，便于支土灶，她还不习惯把灶屋称作厨房。可我想把一楼的一个房间做厨房，因为娘已经年迈，不方便从堂屋走出来，穿过院子，再到另一个独立的厨房里做饭。来回走动总多了些危险，尤其是雨雪天。

娘到底还是遵从了我的意愿。考虑到娘不会使用煤气灶，我让大姐夫在一楼西北角的一个房间支起了土灶。大姐夫最拿手的手艺活大概就要数支土灶了，用乡下的话说，很纳风，好烧，大姐夫自诩为"节能灶"。

新支的土灶不需要安装风弦，灶膛离地面很高，灶膛下面和灶膛内的空间都很大，可以源源不断地向灶膛里输送充足的空气，充分助燃秸秆，热能也就可以充分释放，确实节能，一顿饭基本可以节约一半的柴火。但是烧锅的方法要得当，填上柴火后，必须要用挡板挡住灶门，这样灶膛里柴火燃烧时空气受热膨胀上升，带动灶膛底的空气垂直向上升，鼓动火苗也跟着上升，火焰的外焰刚好覆盖锅底，受热均匀，锅烧得也快。

可娘烧了一辈子的老式土灶，坚信风是风弦鼓吹的，火势是靠柴火的多寡撑起的。

上个周末，我和苗苗回乡下，苗苗买了一只鸡，剁成块，拌上淀粉，我负责油煎，娘负责烧火。娘一把接着一把地向灶膛里添柴，灶膛里总是满满的，却不堵灶门。这样进入灶膛里的风就有两股，一股是灶膛底自下而上的，一股是从灶门平行吹入的。因为灶门畅通无阻，平行进入灶膛的风量远远大于灶膛底风量，又加上灶门风向基本与烟囱出口的方向一致，所以灶膛里的火苗随着风向一股脑儿地向烟囱里灌去，大半的锅底都无法受热。结果除了贴近烟囱的部位特别热，而大部分锅底由于不热，淀粉总是粘锅。

我多次和娘商量，让她把灶门堵上。娘有些生气，说，烧了一辈子火，到老了我不会烧了？我和她解释节能土灶的原理，她说自己不懂，就知道烧火要用柴。没那么多的柴，烧不了那么大的火，这是老祖宗留下的话。又说，你打小不会烧火，我就不信现在你就会烧了。

说完这些，娘讲起了我小时候两次烧火的故事。

一次烧火是原来我家土坯灶屋刚建起来不久，我六七岁的样子，大姐、二姐和父亲去田里干农活，娘让我帮着烧火。土灶是南北向支的，灶门向着门外，灶门前堆放着干柴，干柴里面墙角竖着高粱秆编织的席簸，用来晾晒谷物。大抵是我第一次烧火，手忙脚乱，柴火也故意捣乱，时不时会从灶膛里掉落。灶膛前撒落的都是秸秆，掉落的柴火引着了地面的秸秆，我扑灭不及，柴火顺势向我身后燃开，燃着了我身后的席簸。火势越来越大，烟雾越来越浓，呛得娘直咳嗽。娘背对着我擀面条，她回头一看，发现我身后的火苗顺着席簸直向房梁冲去。好在娘临危不乱，急忙拎起身边的水桶（那水桶里时常会挑满水），扬起来泼到了席簸上。

另一次烧火应该在我八九岁的样子。娘说当时我家正在掰生姜——把从地里薅出来的生姜掰去叶和杆，以便放在姜窖里存放。当时天气已经比较寒冷，我穿着棉袄棉裤。大姐、二姐都在忙活，只有我是个闲人，娘就让我烧火。我依然是笨手笨脚的，有柴火不停地从灶膛里跌落出来，落到地面，有火星或者柴火很调皮，落在了我的棉裤上。娘说，那是她刚刚用新棉花给我缝的棉裤，暄乎着呢。可就是因为暄乎，那火星先是燃着了棉裤的外层粗布，接着燃着了棉花。而棉花纤维的特殊构造决定了它的燃烧在没风的情况下，并不张扬，没有明火，只有火星在不停地游走，慢慢由一个点，逐渐向四周扩散、燃烧，形成一圈一圈的火星，燃尽一层又一层的棉絮，突破一道又一道的防线，如一条吸血的蚂蟥，不知不觉中慢慢侵入了我的皮肤。

这种温水煮蛙式的悄然抵近，让我全无察觉任何痛感。

做好饭了，娘让我出去喊父亲和大姐二姐吃饭。我起身来到院里，刚站好，一股冬风迎面吹来，正好吹到棉裤上。有了风的煽动，火星瞬间张狂，火苗立刻蹿起，我感到左腿的膝盖内侧一阵灼痛，当即躺在地上哇哇大哭。娘正在盛饭，听到我撕心裂肺的哭喊，不知道怎么回事，急忙冲了出来，正好看到我的棉裤烧着了。娘二话不说，赶紧脱下了我的棉裤。可为时已晚，我的膝盖内侧已经严重烧伤，足有碗底大小。邻居五婶说，狗油可以治烧伤，娘赶紧摸黑挨家挨户问谁家有狗油，找到后，每天坚持给我抹上几次。不知道过了多久，烧伤处痊愈，但却留下了一个胎记一样的疤痕，伴随着我的一生。

讲完这些，娘说，这一辈子就让我烧两次火，却都出了事，吓得她后来再也不敢让我烧火了！

我能听得出娘口中深深的自责，就开玩笑说，我是个放牛的，谁让你非要我烧火呢？娘说，你大姐、二姐是会烧火的，不都是忙着在干活吗？我又说，谁让你给我起个小名叫"水"呢？水火不容啊！一句话把娘逗笑了，笑得眼泪都出来了。

娘给我们讲这些陈年往事时，满脸的红光，浑浊的双眼里盈蓄着晶莹的泪光。那渐行渐远的记忆被她描绘得有声有色，就好像在讲刚刚发生的故事一样。

光阴漫漶，世事翻易，眨眼间四十余年过去。而今娘已耄耋，我也逾知天命，再听娘聊起那些芝麻大小的陈年旧事，内心总会感慨，为什么每一个娘的内心里，总会安放着孩子所有的过往？

谁都不能抛弃土地

寨子的西北角，寨沟的外侧，有我家一片自留地，紧挨着的是二姐家的一块。地呈南北走向，北头是一条小沟，沟坡平坦缓长。这种地形对一个农民来说绝对是好事，因为可以开垦出不少的荒地。

多年来，母亲很看重这块沟坡，冬种油菜，夏种红薯，倒也给我家带来了不少的收成。

"你去北地看看，在沟半坎上种点油菜。"午饭后，母亲对正在择菜的二姐说。

"我不种，身上都是疼的，干不了！"

"地这么金贵，不种不就荒了！"母亲爱惜土地，性子又急，话赶不及就来了脾气。

"荒了我也不种。胳拉掰里（膝盖）长骨刺，手和胳膊风湿痛，咋干？"

二姐说的是实话，刚五十三岁，各种疼痛已经让她苦不堪言，弯一会儿腰便直立不起来了，双臂从指尖到上臂经常是麻木的。

本来我家和二姐家大块的庄稼地都已经给了大姐耕种，可是母亲却舍不得扔下这块自留地。自留地是新中国成立后，特殊时期农村土地分配方式的产物，家家户户都有，是在承包地之外的一种土地分配补充，多以种植蔬菜及经济作物为主。这种分配方式曾有效地解决了广大农民的吃菜问题，增加了农民收入，缓纾了困难。如今年轻人选择外出打工获取更多的收入，很多人便开始将承包地转租，抛荒了自留地。

"别种了，那一点儿地，累病了不够买一次药的，不值当，"我在一旁对二姐说，"地扔了，谁爱种谁种！"

我的一句话彻底惹恼了母亲。在我家，谁都可以说不种地，唯有我不能。因为我从小到大，一直在上学，然后参加工作，没有怎么做过农活。刚工作的时候赤手空拳，一贫如洗，不得不从家里带些农副产品贴补家用，后来日子好了，仍不断地从家里带些新鲜的蔬菜。于是，母亲立即把"枪口"对着我。

"你说啥，地扔了？你都五十了，四肢不勤五谷不分的，凭啥吃粮食？"

多年来，母亲在某些情况下，比如今天，就会骂我四肢不勤五谷不分。这是实情，我打小时候开始就害怕种地。所以自小我就给自己定了一个目标，农活和土地是我必须要想方设法逃离的东西。

"那我不也是没饿着吗？"我顶了母亲一句。

母亲一听更为气愤，她用手一指我，说："管，打明儿起你不能回来带面、带馍！"

母亲多年的高血压，激动起来脸很快就变得通红。我害怕她过于激动，便缓和了语气，拉着她的胳膊故意撒娇说："您是我娘，这是我家，我不回来带，去别人家也不给我啊！"

母亲并没有因为我的主动缓和而消气："你拿工资就了不起了？工资可以当饭吃？没有这几亩地，你喝西北风。现在嫌弃土地了,谁都可以嫌弃,就你不能!"

母亲的话让我一时语塞。没文化的母亲倒是给我上了一堂活生生的国情教育课。我确实没有资格也不能嫌弃土地,每一个人都没资格嫌弃土地。在地大人多的中国,土地事关十四亿人的吃饭问题。我们所荒弃的每一分土地,一年所产出的东西,可能就会解决一个鳏寡者一个月的口粮。

按照正常情况,我知道接下来开始进入了母亲追忆过往风雨辛酸史的时候了。比如她和父亲结婚时家徒四壁、没房子住不得不寄人篱下,比如饥饿让尚不满十八岁的她不得不四处挖野菜和草根给家人充饥,比如由于父亲的温良和善而被村民欺负,她一个人不得不独自撑起我们家在寨子里的立足之地……

"那一年,我和你大上地里干活去了,人家一家人上来一起打你们俩。人家家大势大,谁都不敢拉架啊!"

母亲说的事我依稀记得。在我七八岁的时候,我和二姐因为被别人家的孩子欺负,心里不服,就到他们家找大人说理。理没有说成,反而被他们大人孩子一顿暴打。有其他村民实在看不惯了,就到地里告诉了母亲。

"我知道你们俩不会惹事,占着理,可我咋办?让你们回来你们不听,只能把你们打一顿,我和谁说理去?"

母亲的语气慢慢开始转变,已经不再是气愤,而是伤心。

"我打你们,狠狠地打。你二姐死心眼,嗷嗷叫着说自己没错。那不是错不错的事啊,我要是因为你们有理就去和人家闹,一定要争个黑白不可,以后邻舍还咋处?"

母亲的话让我的心慢慢下沉。目光穿透篱笆墙,依稀看到了几十年来我成长的一幕幕。

"我就使劲儿地打你们,打你们不争气。可是鞋底子打到你们身上,我的心也疼啊!你们是我身上掉下来的肉啊!"

母亲突然悲从中来,两行泪珠线一般蜿蜒滚落而下,我的泪水也决堤一般落下。

望着苍老、悲痛的母亲,我心如刀割,哽咽着伸手去给母亲擦眼泪。一伸胳膊,不想却把自己拽醒了。

眼泪已经打湿了枕头,我才知道是一个梦。手机显示凌晨三点,而我却再无睡意,遂记下这些文字。

担心一种野草

今年，我对一种野草格外关注，总感觉它就像我的一个朋友。关注之外又满是担心，担心它会有朝一日彻底离我而去，再无相逢之日。

最先关注到的一丛，是在乡下的一条废沟坎上。

去年春天，眼涩笔艰之际，我一个人溜达到了村子后面，在一条已经干涸多年的小沟里，遇到了它。郁郁葱葱，繁荣一片。我们都叫它"扑棱谷子"。我常常说这是它的外号，真正的小名叫败酱草，学名比较生僻，叫"菥蓂"。

关于"菥蓂"，《神农本草经》《本草纲目》均有记载。我知道菥蓂与荠菜、苦菜一样，是可以入味的。于是就掐取了一些嫩叶，回家后用清水洗净，腌制几日后，切碎，滴几滴麻油，吃起来青苦中透着一种淡淡的草香，立即便俘获了我的味蕾。

入了三月，我就会时常地想起那片繁茂的菥蓂之地。在一个周末，我和妻子去往那片偏僻的沟半坎去寻它。麦苗已起身半腿之高，一条窄窄的沟畔小径上，长满了荠菜和婆婆纳。它们都已经开花，花朵是极为细小的，荠菜花玉白色，婆婆纳蓝紫蓝紫的，像撒满了一地的星星。只是，让我心生痛惜的是，正值初春，它们大多已经枯萎，不是因为生长的规律，而是因为除草剂的使用，让它们提前走完了短暂的草生。

越往里去，那枯黄便愈发刺眼，让我不由得担心起那片薪蕿来。紧走几步，果然不出所料，除草剂将它们不加区分地加以猎杀。薪蕿不见，故友难寻，心生戚戚。搜罗了半天，最后终于在邻近沟底的草丛里发现了几株。我叮嘱妻子不要再摘下它们，留下些种子，或许明年就会再次蓬茸一地了。

关注到的第二丛薪蕿，是长在小区的绿化带里的。

小区停车场与围墙之间的绿化带里，不知道什么时候长出了一片薪蕿。妻子最先发现了它们，她沿着围墙寻去，竟然发现了很大的一片。这些薪蕿像是故意躲避什么似的，小心翼翼地生长在地下车库、人行通道的背后，极不容易发现。正是因为不易发现，才让这片薪蕿在城市的一角有了立锥之地。其实几年前，这里曾经长满了薪蕿，但是后来在城市的大踏步中被挤到了这里，水泥和钢筋联手围猎了这里，让薪蕿只能选择在这片极少的绿地里，悄悄地，无声无息地，在角落里偷偷生长着。

一段时间以来，我没事的时候总爱到这里看看，看它们由矮长高，由纤细而粗壮，由嫩绿变深绿再慢慢有些枯黄，由开出满顶的细微的白花，再慢慢地落下花瓣，结出种子。那种子是多么可人啊，一根根细细的长臂擎起一张张小巧精致的蒲扇，每一张蒲扇里都包裹着一粒小小的种子，左边一根，右边就跟着一根，对称着铆足了劲儿比着往上长。每次看到它们，我就畅想着新的春天来临时的盛况了，那么多的种子落到地上，生发出更多的薪蕿，这里将会成为薪蕿的天堂，忍不住我就笑了。

不久前，妻子告诉我，那些薪蕿，都被物业用除草机铲掉了。我大惊，奔下楼，再去寻，它们早已了无踪影。它们会去往哪里呢？

被火烧,还是连同其他垃圾被送到垃圾场?想到这,我的心又隐隐地痛了。

第三丛荠菜长在一片刚刚整理好的河滨路绿化带里。

我平时上下班路过这里。这里曾经是一座倾圮的民房,房盖已经不存在,只剩下一圈高低不一的围墙和一堆深埋在垃圾里的碎砖。房子的周围是一圈蓬乱的杂树和杂草,树和草掩盖着一个巨大的垃圾堆,与四围雅致的景观形成了巨大的反差,直到2020年创城才终于被铲平,改造成了一片草坪。

今年春天,也就是在发现了上述两处荠菜之地后,我便留了心,路过的时候,总爱左瞅瞅右看看,看是否能找到荠菜。正是因为这里的垃圾堆刚刚被铲平,尚未被喷洒过除草剂,我无意中发现了一棵一拃来长的荠菜,从一棵新植还未完全成活的景观树的底部长了出来,那嫩嫩的、楚楚的样子,让人忍不住心生怜意。隔几日再来,附近又长出来两棵,后来三棵,五棵,零零星星地散布在那里。

想想前两处荠菜的命运,我就生出一份担心来,它们会被善食者发现而薅走,或者被以一种野草或异类的理由而铲除吗?

我一向是对城市建设的某些做法有抵触情绪的,因为它把很多本属于土地的原始的自然的东西,人为地划分到"杂、野"的无用行列,强行埋葬在了水泥下面,人类的孤独从此开始在城市的逼仄中迅速生长,在无法遏抑的蔓延中不断地被放大。

一个雨后的早晨,我再次路过那里的时候,无意中看到一堆枯草被丢弃在绿化带的小道旁,一种恐慌瞬间袭来,紧走几步来到那片荠菜之地,比上次更加强烈的痛楚溢满了我整个胸腔。那些荠菜真的不见了,地面上除了那些被指定的草坪用草,其他的杂草野草，统统不见了踪影。

我蹲下身去，仔细地翻检着那一堆又一堆没来得及运走的杂草，看到了几棵残了的、已经半是枯萎的薪蒉。它们都结出了种子，如果再给它们个三五日或者十来日，它们就子孙满地了。来年的春天来了，它们就会以更惹眼的绿，更葳蕤的姿，更繁茂的势，来回报这个世界了。可是，它们最终还是被城市遗弃了。

我又想起第一处沟底的薪蒉来。很久不曾去看望它们，是否还健康着它们自己的草生呢？是否知道我在担心着它们的命运呢？是否在某一个日子里，哪怕就是在乡下的土沟沟底，它们也会被施以除草剂呢？

这个世界，竟是没有一种野草的立足之地了。

父母的爱情

十年前,父亲刚刚古稀之年。

那时我家的房子还是三间砖瓦房,父亲和母亲住在东屋,平时我们不在家,西屋就成了粮仓和杂物间。似乎房间里只有堆满了东西,父亲和母亲才会觉得心里踏实。

一个周末,我回乡下,进了堂屋,父亲正在西屋翻腾着什么。我喊了一声"大",问他干什么呢?他不回答,就是一个劲儿地自言自语:放哪了呢?我放哪了呢?

我也走进西屋。由于窗户外面就是厨房,室内光线很暗。我拉开灯,看到父亲把他的"百宝箱"翻了个底朝天。所谓的"百宝箱",其实就是一个未曾油漆的木箱子,已经跟随了父亲几十年,平时他总是用一个小小的弹子锁锁着。箱子里的东西,包括陪伴了他几十年的几支英雄钢笔,一盒褪了色的印泥,反复修了很多次的订书机,还有几本掉了壳的生产队老账本等,全部倒在了我回家后睡的床上。

"大,你到底找啥啊?"我问他。

父亲头也不抬,一只手打着矿灯,一只手忙不迭地扒拉着床上的物什。

"你出去吧,我找我的东西。"

父亲似乎不想让我知道他在找什么，冲我一摆手。我也就不再多问，转身来到了堂屋。

母亲正坐在凳子上摘韭菜。韭菜就种在屋后，两垄，约十来米长。一次也割不多，三五斤的样子。多年来，不多的韭菜、辣椒，以及白菜、萝卜，时常会转换成油盐酱醋，接济着我们的生活。一年四季，春夏秋冬，父亲总是被母亲催着将这些蔬菜拉到街上卖掉。父亲说卖不了几个钱，不卖了，留下自己吃，母亲就不同意。母亲在表达了自己的意见之后，便转身干她年复一年从来干不完的活，她知道，父亲从来不会违逆她的决定，一定会去卖菜的。

母亲在和父亲的日常关系中一直起着主导的作用，她一不同意，父亲虽然很不情愿，但鲜有明确反对和抵触的时候。他的嘴里一直嘟嘟囔囔地说些不硬不软的话，边说边将那些蔬菜放到他的人力三轮车上，去往街上。

"娘，俺大找啥呢？"我问母亲。

"谁知道他找啥？"看来母亲也不知道父亲在找什么。

我坐下来，抓起一把韭菜，帮母亲择菜。屋里的父亲突然喊了起来："找到了，我找到了！"

我抬头一看，父亲手里拿着一张折叠着的纸，正从西屋的篱笆墙后面走出来。母亲抬头看了看父亲一眼，立即又低下头择菜。母亲没文化，对一张纸上记录和表达了些什么，从来不会在意。

"不就是一张破纸吗？你看看把你激动的。"母亲说。

父亲不理睬母亲的话，脸上泛着微红，满满的都是激动和喜悦。我不知道他手里到底是什么，一向沉稳谦和的他为什么会这么激动，我也从来没见过他这么激动过。

"到底是啥东西啊？"我问道。

父亲站在我面前，来不及坐下，一只手托着纸片，另一只手小心翼翼地将折叠着的纸片慢慢打开。他的眼神里似乎没有了这个世界，而那张纸就是他的全世界。他的笑容就像这韭菜花一样，淳朴而又自然。

纸片打开了，我抬头看了一下，见是一张奖状一样的东西，不禁为父亲的郑重其事感到好笑。

"不就是一张奖状嘛！你啥时候得的？"我有点轻描淡写。

"就他能憬事（方言，指对某事特别重视）！"母亲甚至连头都没有抬。

"谁说这是奖状了，你看看这是啥？"父亲似乎很不满意我和母亲的不屑一顾，双手将"奖状"向前一伸。

我再次抬起头看了看，父亲正用两只手举着这张"奖状"。这张"奖状"和其他奖状似乎没有多大的差别，只是有着明显的时代特征。五颜六色的鲜花与麦穗之间，中间偏上的位置，印着一个金黄色的齿轮，齿轮里赫然一个鲜红的五角星。齿轮的两边是两面鲜艳的五星红旗。下面，横排印着五个红色醒目的"毛主席语录"字样，语录的下面有三个黑色的大字：结婚证。

我不敢相信自己的眼睛，瞬间从凳子上站了起来，手里的韭菜也被我扔在了地上。

"这是你和我娘的结婚证吗？"

我惊讶得不能自已，胸膛内一颗心狂跳不止。我的激动之情丝毫不亚于父亲内心的激动。这是我自有记忆以来第一次看到父亲和母亲的结婚证，我本以为这是不存在的，或者早就被他们弄丢了。

母亲这时也抬起了头，看着父亲手中的结婚证，竟一时无语，枯皱的双手停在半空一动不动,手中的韭菜一根一根地往下掉。

"你,你啥时候还放着这个结婚证呢?"母亲喃喃道,"我以为被你弄丢了呢!"

"丢了?我才舍不得丢了呢!我要把它放好。"父亲笑着,对母亲说。

"五十年了,真快啊!"母亲悠悠地说。

"嗯嗯,五十年了。娶了你五十年,也听了你五十年的叨叨!"父亲接过母亲的话说。

"嫌我叨叨你别过,找个不叨叨的去啊!"母亲又接过父亲的话,语气里听起来似乎有些气愤,但并不同于以往的气愤,里面带了一丝的柔肠。

母亲说的"过",是指两个人在一起过日子。我这才知道,原来,他们已经携手走过了半个世纪的风雨。

父亲没有再接母亲的话,而是低头专注地看着手中的结婚证,一双浑浊的眼睛里,熠熠地闪现着光芒。

我已经习惯了父亲和母亲之间的这种争吵,在他们五十年的婚姻生活中,这种争吵几乎每天都会发生,最后都会在父亲的妥协中烟消云散。他们在日常的磕磕碰碰、吵吵闹闹中不断操持着土地和庄稼,也操持着我们和我们的生活,并且一晃就是半个世纪。这种争吵就像清风与阳光,像油盐和酱醋,调剂着他们看似零碎实则规律的生活。

母亲在父亲面前一度强势了些,但是我清楚地记得,那年当三舅深夜来告知父亲在拉生姜去河南贩卖的路途中遭遇车祸后,她是如何悲泣有声,又是如何不顾阻拦,义无反顾地连夜赶往河南。而父亲看似妥协的背后,又何尝不是一种对母亲的包容,对婚姻的包容，对爱情的包容。

"我来替你们保管吧！"

我伸手要去接过父亲手中的结婚证，但是父亲却不给我，而是立即收回胳膊，将手里的结婚证再度认真对折了起来。几十年的岁月风尘，已经将这张结婚证的折痕磨穿，但父亲视为至宝，小心翼翼地捧着往西屋里走去。

"这个可不能给你，我自己保管！"父亲说。

望着父亲一步一蹒跚地走进西屋，我不得不重新坐下。之后，我看到母亲抬起胳膊，用手臂擦了擦眼角。我的内心涌起一股热热的东西，从肺腑里一直涌到喉咙，直冲向眼眶。

我从未曾想象过父亲和母亲之间是否有爱情，如果有，他们的爱情会是什么样子的？而今天，从这张被父亲奉为至宝的、旧得发黄的结婚证上，我似乎看到了他和母亲之间"执子之手，与子偕老"的爱情，平平淡淡，却历久弥珍。

无根之行

最近时常为一件事苦恼不已,就是父亲的行走能力越来越差,几乎丧失。这对家人来说,无疑是一件极为恐怖的事,尤其是我,尚未做好心理准备,我一直以为父亲仍能行走。

走啊!我催父亲。腿迈起来,脚后跟要着地!

脚后跟着地!

我已经声嘶力竭,可是父亲好像并没有听到。他一只手紧紧地抓着我的手,双眼木匠吊线一样紧盯着地面,长时间的坐姿让他的腰迅速佝偻下来,让人很自然地想到低垂着头颅的高粱。高粱的根牢牢地扎在土地里,可父亲的根呢?正在快速腐朽,急于归于土地,却又拒绝着土地,在土地之上摇摇欲坠。曾经让他引以为豪的腿、脚,最先向土地表示了臣服,让他在不甘中低下了高昂了一生的头颅。

不记得是从什么时候开始,父亲对行走充满了恐惧,每走一步,似乎土地都会伸出手来,把他拽倒。我把手递给他,母亲把手递给他,姐姐、姐夫也把手递给他,他用手紧紧地抓着,可是并不能给他带来足够的安全感。抓住我们的手,只是保证自己不至于摔倒,对于行走,依旧心怀忐忑。这种不安全感已经如影随形地跟随了他一生。他怕水,因为在他少年时水就吞噬了我的奶奶；他怕饥饿，因为饥饿夺走了我的爷爷；他怕各种疼痛，因为磨砺了八十余年的光阴之刃在他的肌体上刻下了无数道伤痕。他更害怕孤独，倘我周末因事不能回去看望他，他便失去了精气神，萎靡，颓唐，气若游丝一般。一旦我出现在他的面前，便又精神焕发，吃饭也有了力气。看他艰难的样子，地面确乎是有手的，紧紧地拉扯着他，两道浑浊的目光如两棵无形之树，根植于土地，又从土地里生长出来，支撑着飘摇的身体。他的另一只手莫名地在空中乱抓，空气成为那只干瘪的手唯一抓住的稻草，让人很容易想起落水的人在水中绝望的挣扎。对于我们的施援，他是极为不放心的。他只相信自己已经失去了力量的双手。

你要站起来活动活动，不走步锻炼，很快就会瘫在床上的。

一个月前，我对堆坐在沙发里的父亲说。父亲侧坐着，最近他一直向右侧着身子，坐，睡，吃饭，都是如此。他开始有选择地听一些内容，对我的警告，他选择不听。母亲听了我的话，不高兴，说我没良心，咒父亲瘫痪。我也感觉说话太直接，可能有些不尊重父亲，可是看到父亲每况愈下的身体状况和精神状况，我心里的焦虑是母亲远远无法理解的，和父亲朝夕相处的母亲看不到父亲身体机能的退化，更意识不到行走对于父亲的重要性。

娘，你在家要多督促俺大锻炼行走！我说。

他不走我有啥办法？娘依然不理解我的话。

他不走，你就催他走啊！

你咋不在家看着他走！一生执拗的娘冲着我大声说道，一个礼拜就回来一次，回来给他洗洗澡剪剪头就没事了，要你干啥？

娘一向是这样不可理喻，我早已经习惯，她一生的坏脾气都用在了她的亲人身上。这一点，我又原原本本地从她的身上继承了下来。

一个礼拜之后,我因故没有回乡下。之后没几天,母亲突然打电话告诉我,父亲从早晨起床后已经摔了五六次,站不稳,彻底走不动了。

母亲的话如同一根带着火苗的木棍,触燃了我内心里的一团棉絮,无数点火星瞬间燃起,在棉絮里乱窜。但我强压内心的火气,问父亲的精神状况,母亲说都好,不迷糊。母亲又说,老庙镇有个推拿按摩的,带你大去看看吧。咱这边有人去看过,不能走的都治好能走了!

母亲不说这句还好,一说出来,无异于一股风,将棉絮里的火星彻底吹燃起来。我说话的声音明显提高了很多倍,对着母亲吼道,这些年都让你催着他走路你就是不听,不能走了你又要去给他看江湖医生,能信吗?

我的怒吼惊动了厨房里的妻子,她出来问我怎么回事,我把情况一说,她叹了一口气,算了,去带着老爷子看看吧,能不能治,治好治不好,算尽一份心,别惹他们生气了!

曾经听父亲和母亲说过,我三四岁的时候,尚不能走路。不仅不会走路,头发还特别稀少,焦黄而胎软,姐姐们时常会给我扎上一个辫子,当然辫子很细。我的牙也发育得不好,四五岁牙还没有长齐,包括成年后,我的牙齿也是又小又稀,稍遇强力,就会断碎掉落。因为不会走路,与同龄的孩子交往就少了很多,于是我又多了一些异于常人的举动。村里人叫我"瘫子",又有人说我有些傻,也有人说我是邪灵缠身,掉了魂,要到北地里的杀马场去烧纸祈福,为我"叫叫魂"。

我清晰地记得父亲和母亲带着我到杀马场"叫魂"的情形。父亲点燃一堆纸，然后拉着我和母亲跪向水塘，仰天而拜。母亲高喊着我的乳名：水啦，回来了！水啦，回来了！那声音绝望中带着一丝凄怆悲凉，在我幼小的心灵里如同刻录了一般，几十年里永远没有消散过。六七岁的时候，母亲又找到一个算命瞎子给我卜卦，那瞎子从一个竹盒里摇出来一根竹签，便激动地恭喜母亲，说我十八岁能考上大学，将来必能出人头地。母亲很高兴，激动地从腰间的裤兜里翻出来一个布包，一层层打开，从中找出五角钱给了算命瞎子。在当时，五角钱可以买一斤多鸡蛋。

好笑的是，当时由于农村孩子入学晚，我又在初三复读，十八岁那年我还在读高二，后来虽然进修了高四，依然没能顺利地进入大学。那瞎子属于瞎掰，只是给了母亲一个虚无的希望和梦想而已。

母亲终究不信我天生就是个瘫子，父亲也不信。他们不知多少次地催着我走啊、走啊，我怎会不想走呢？可我的双腿没力气，实在是抬不起来啊！我挣扎着想站起来，走起来，可一次次地摔倒在地。幼时的不断摔倒和爬起，似乎带着某种强烈的隐喻，如今每一次看到父亲僵立、哆嗦的身影，每一次电话中听母亲说父亲又摔倒了，我就会想起幼时我无力行走的样子。我和父亲，在两个迥异的年龄，有着惊人相似的经历。

盛夏的一天，父母亲都去上工去了。那时实行的是生产队工分制，去田里干农活被称为上工，我就被一个人扔在了家里。不能行走，我就坐在院子里的空地上一个人玩。老宅只有两间土坯屋。当年父亲因为工作从故乡走到这里，但工资微薄，为了养活我的两个年幼的叔叔，带着决绝的悲壮，不得不辞去铁饭碗，插队落户在这里。在举目无亲的情况下,接收父亲的生产队和全体队员发扬"一家有难,八方支援"的精神,摔土坯的摔土坯,捐麦草的捐麦草,你一块砖他一片瓦地帮我们家建了两间土坯房。父亲是个懂得感恩的人,他为生产队义务做了几十年的会计。全国第一次到第五次的人口普查及经济或其他方面的普查他几乎全部参与,并且是主力,别人都是骑着自行车,只有他,不会骑自行车,步行挨村串户地走访。土屋门前是一片空地,约十米外,有一棵枣树或者柿树,树下拴着一只羊。不知道到了什么时候,我感觉饿了——饥饿会让人充满不可思议的力量。于是,虽然不会走,但我学会了向前"围"着走——就是用屁股蛋左右交替地向前挪动,我们当地称"围"。围啊围,走啊走,从门口到树下那不过十米远的路程,我不知道用了多长时间,终于抵达了目的地。树下既没有枣子,也没有柿子,当然也没有其他的水果。可是,却有一样对我充满奇特诱惑的东西——一粒粒黑得发亮的"酱豆子"撒落在地面。

很多年前,母亲每年都会制作酱豆子,那是清贫艰辛的日子里必不可少的就馍菜。先将黄豆和小麦煮熟,晾干,霉变,等黄豆和麦子长满了黄色或者绿色的霉菌,再用食盐、生姜、辣椒、茴香等煮水,将发霉了的豆子、麦子放进料水里,装进陶制的坛子里,坛口盖上塑料布,再压上粗瓷碗,碗外用麦糠泥封实,等发酵后再晒干。这样腌制的酱豆子,晒干了不容易坏,黑得发亮,虽然是干的,吃的时候抓上一小把放在碗里,倒上水,放在锅里一馏即可食用,当然也可以一粒粒地捏着吃。近些年来母亲再也不做这种酱豆子,想吃的时候就到超市买一瓶黄豆酱或者辣豆酱,省事,吃起来却完全不同,独缺了太阳的味道。生活的某些味道是仿制不出来的,只在大自然里存在。

我好不容易来到了树下,我家唯一值钱的家畜大白羊,正翘着八字胡迷惑地望着我。它不清楚我要干什么。对于我以独特的"走姿"出现在其面前,它表现出了极大的抗拒,不停地用鼻子嗅我,拱我,似乎我是天外来客。我不管,我的目标不是它,是一地的"酱豆子"。我伸出并不自如的手,用力捏住一颗,然后塞进了嘴里。味道有点儿怪,有青草的味道,土地的味道,太阳的味道,似乎还有些苦,夹杂着另外一种特殊的味道。饥饿感迟钝了我的味觉,我的咀嚼让这粒"酱豆子"在我的嘴里散开,一粒接着一粒,"酱豆子"持续不停地在我的嘴里散开,混合唾液后,有黑色的黏物糊满了我的脸。等父亲和母亲从地里回来,看到了一个小小的、黑着脸坐在地上的小怪物。他们意识到了所发生的一切,急忙用手从我嘴里往外掏东西,嘴里什么也没有,所有的"酱豆子"都已经进入了我的肚子。这些日月精华,已经在羊的肚子里蜕变,在我的肚子里经过了又一轮的消化,营养再次被我吸收,废物再次排出。伤心、拥抱、哭泣等这些煽情的场景我不知道当时是否在我的父亲、母亲身上发生,我只知道,从那之后,似乎我再也没有单独在家里待过,大姐、二姐的课余时间更多是抱着我玩,甚至把我直接带到课堂上。但我不知道自己会在什么时候摔倒,母亲骂她们或者打她们——为了我,她们没少挨打骂。

当时正处于 20 世纪 70 年代的初期,除了冗长的光阴和紧了又紧的生活,一切都那么枯燥乏味,一切无法解释的怪现象,依旧多用迷信及神学来解释。对我身上发生的这些生理问题,现在想想,其实就是营养不良导致的发育迟缓。科学的迟到,让一切都显得神秘。

但是那些独特的"酱豆子"似乎打通了我的经脉，很快我便能独立行走了，头发也开始茂密起来。我想，那一定是那些"酱豆子"肥壮了我的身体。

我起了个大早，回到家里的时候，大姐、二姐都已经到了。虽是初夏，父亲依旧沉陷在深秋里，了无生气，一脸倦容，头发花白，佝偻却又侧拧着身体。与其说是坐，不如说是沙发的扶手在支撑着他的上身。记忆里的那个说走就走的父亲，那个虽不高大却无时无刻不在庇护着我们的父亲，再也找不到了，成了一根朽枯了的藤，看着让人心痛。

咋不会走了？

我问父亲。父亲听到了我的声音，吃力地抬头望望，见我站在他的面前，眼睛猛然一亮，也有了力气，胳膊撑了撑，借势身子向上挺了挺。这些年来，他每日就活在等待里，等待我周末回家，回到他身边，完成某种赓续的仪式。

去老庙看看行不行？我又问。

好！

父亲的声音很低，带着嘶嘶的破气声，让我很自然地想起多年前我家的那只用久了的风箱。他是强烈地希望自己能行走的。听说要带他去看看，他立刻就有了精神。

那你赶快去解手，路远。

这句话的本意，是在试探父亲到底能不能走。他果然中计，双手抓住两侧扶手，一用力，身体便缓缓离开了沙发。他的上身弓着，几乎与地面平行，双腿弯曲，尤其是右腿，整个人呈现立着的写意的Z字形。已经几天没有走路，站立不稳，似飓风吹到的枯枝，不停地摇晃着。他不得不继续用双手抓紧沙发扶手，努力让自己平稳下来，抵抗着无形的飓风。飓风消失后，他才小心翼翼地松开一只手抓住助行器的一侧把手，另一只手再慢慢抓住另一侧把手，左脚在前，右脚在后，右脚的脚跟高高地抬起，只有五根脚趾着地。他踟蹰着，犹疑着，然后右脚的脚趾以极快的速度点着地面，准备抬起来，但像被吸盘吸住一样，总是抬不起来。他身体的重心过于前倾，以至于整个上身的重量几乎全靠上臂在支撑，故而双腿显得过于沉重，腿脚总是跟不上。

没事，大胆走，我们都在这里呢！

我鼓励父亲，父亲也扭头看了看围在他身边的我们，然后说了一声"好"后，上身也挺了挺，在不断地尝试数次后，两只脚终于跟上了身体，果断却轻飘地迈出了第一步。父亲以极慢的速度走向了卫生间，然后又以极慢的速度走了回来。我给他算了算时间，最多十米的路程，他走了将近二十分钟——这让我想起幼年的那次经历。这并不重要，在母亲说他已经不能行走之后，他又能走动了，让我们知道他还是能行走的。

老庙镇在城东部，我们在城西部，中间隔着市区，全程大约七十公里。我对老庙镇的印象不深，跟着导航走，被导进了市区，整整走了一个半小时才到。城市的脱胎换骨让父亲充满了陌生感，年少时曾经无数次走过的阜临路、人民路、阜蚌路，都已经与他的记忆彻底割离。多年来，无数次要接他进城，但是他惶惑，不安，城市越来越冷漠生疏，唯有土地和乡村，才能让他觉得踏实与安心。

医生皮肤黑红，个子高挑，戴着一副近视眼镜，说话和风细雨，娓娓道来。他让父亲坐在凳子上，自己蹲在父亲前，抬起父亲的一只腿，搭在自己腿上，两只手捏了捏父亲的膝盖，并不断地让父亲放松，每摁捏一个位置，就询问父亲是否疼痛，父亲不停地回答着疼或者不疼。在父亲说疼的部位，医生便多用力摁捏了一会儿，直到父亲说不疼了，再转到下一个部位。摁捏的同时，他不停地暗示父亲，经过他的治疗，能把父亲萎缩的筋络伸展如常，闭锁的经脉打开，经过五到七次的疗程，父亲完全是可以行走的。这些暗示，似乎点亮了父亲长期幽闭的心室，不仅让父亲充满了信心，也让我们充满了信心。我们都期待着奇迹的降临。

按摩之后，是针灸。随着一根根灸针刺入父亲的腿上、手上和头皮上，父亲不时地皱着眉头，他对生理疼痛敏感，但对生活赐予他的各种痛，从来都是照单全收，哪怕是年少成孤，还要带着我两个年幼的叔叔，他也毫无畏惧。针灸之后是药敷，药敷的同时配以热敷和电疗。一整套下来，已是午后。医生将父亲搀扶着从治疗室里走出来，然后告诉他，好了，没事了，大胆地往前走。父亲抬头看了看我们，脸上也恢复了光泽和自信，似乎真的治好了一样，甩开双臂向前走去，被大地迟滞了多年的双脚此刻恢复了自如，没有犹豫，没有顾虑，毫无畏惧。

我们欢呼起来！

我拿出手机，打开相机，留下了这样一个令人难忘的瞬间。

从老庙回来，便快了很多，只用了一个小时多一点儿的时间。路过北京路立交桥，下了桥沿着涡阳路向北三十公里，就到了故乡肖寨。我笑着问父亲，时间早，带你回老家看看吧？父亲望了望车外一幢幢的高楼，摇了摇头，不回去了！

都说叶落归根，父亲几十年来第一次选择了拒绝回故乡。

上一次带父亲回去，是在父亲的右腿置换了膝关节之后，那时他还能蹒跚着走动。自从他十几岁离开家乡之后，他坚持每年都要回故乡探望一到两次，交通方式就是靠他的一双腿脚，一步一步地行走。他拉着上千斤的生姜，用人类最原始的行走方式，俯身大地，引体前行，披星戴月，抵达故乡。到故乡之后，他四处游走，或卖，或置换成红薯片、大豆，然后拉回来售卖，赚取差价。这样，他一年里就有十天半月的时间待在故乡。故乡有从牙牙学语开始就由他一手带大的三叔，当然还有我的爷爷、奶奶。爷爷死于从茨淮新河工地返回家的路上，据说是饿死的，而奶奶是在采摘莲藕的时候深没于水，这让父亲一生都惧怕饥饿和水。为了解决饥饿的问题，他不得不四处奔走。而他一生从来不下河游泳。爷爷、奶奶去世的时候，父亲在阜阳求学，至于爷爷、奶奶坟茔的具体位置，至今他都无法确定，这成了他一生的心病。没了双亲，就没了家，他带着更年幼的我的两个叔叔从此告别故乡，走向异乡，一走就是一生。为了把根留住，三叔成年后，父亲将三叔送回故乡，而他也不断地像候鸟一般奔走于两地之间。古稀之年之后，他回故乡的次数明显减少，若没有我们带着，他很难再靠双脚走回故乡。行走对于他来说，越来越弥足珍贵。

那次回乡，父亲的脚步已有明显的踉跄之感，煤渣路如飘带，父亲在上面左摇右晃。父亲看故乡是陌生的，故乡看父亲一样是陌生的，因为时间抹去了记忆，催生了距离。看着陌生的故乡，父亲缓慢地，一步一摇地，走向老宅，走向记忆深处。老宅也不再是原来的样子，爷爷、奶奶给他们留下的唯一的两间土坯屋，早已坍塌，代之而起的是两层楼房。那棵粗大繁茂的柿子树，被一片砂石水泥埋葬。父亲寻记忆而来，记忆却背叛了父亲。阳光将父亲拓在了老宅，那里埋葬着爷爷、奶奶、先祖，还有父亲一生的乡愁。

午饭后，逃离一般，父亲第一个告别了笑语欢声的小院，谁也不知道，他到底在逃避什么。

他行走的样子，像极了一株无根的飘蓬。

我突然间理解了父亲为什么再也不愿意回故乡。上次回乡，他似乎在完成一项使命的交接，看到三叔日渐阳光的日子，他的使命已经完成，我的爷爷、奶奶，给了他只有他才能收到的回应。而在异乡，埋葬着我的二叔，但他不能让二叔孤独地漂泊异乡，他要回到那个生活了一生的异乡，带着二叔继续漂泊。

到了家后，大姐夫把车门拉开，让父亲下车。父亲伸出手，自己抬起右腿，吃力地向车外挪，可是腿太僵直，蜷缩不利索，只能抬高再抬高，才伸到外面。双腿一落地，父亲刚走出治疗室时的那股勇气顿时无影无踪，担忧和恐惧一瞬间写满了脸，与去老庙之前毫无二致。他完全不顾我们的搀扶，身体僵硬着向一个方向倾斜，一定要抓住车门才罢休，嘴里也一直在喊着"要栽倒，要栽倒"。

土地在那一刻又生出了手，再次牢牢地拽住了他的双腿。

我忽然意识到，父亲出现了严重的心理障碍，一种对摔倒的极度的心理恐惧。家，他亲手打造的家，这个再熟悉不过的家，却给了他极大的压抑之感。近几年，因为行走，父亲数次摔倒，有时摔倒后因为身边没人而不得不长时间地躺在地上，最严重的一次曾摔劈了椎骨。劈是我们当地的方言，折而不断的意思。母亲配合父亲对我们做了极好的隐瞒，直到疼痛影响了行走，被我们发现。到了医院,却被告知形成了陈旧伤,错过了手术的最好时机,加之父亲年迈,不宜手术。虽然后来注射了骨灰泥,但是给以后的行走却带来了极大的影响。

父亲不走路,曾置换膝关节和腰椎手术只是诱因,症结在心里!

尽管如此,想想老庙那位医生的话,我们仍然心怀向往。第二天,我再次开车带着父亲去了老庙。如出一辙,在老庙父亲完全可以一个人独立行走,可回到了家里,又恢复了以往的习惯,脚跟不挨地,对任何人的搀扶都不相信,对身边的一切又充满了恐惧。第三次去,依然如故。

我更加确信了父亲的心理障碍。治疗对于父亲并不重要,重要的是克服恐惧,重树信心。

一生最爱靠双脚四处行走的父亲,却被自己的双脚彻底打败。很多次看到父亲艰难走动的身影,我都会无法遏抑地想到多年后的我,是否也会像他一样,老来如此狼狈?

毋庸置疑,我们都将老去,我们都将在亲人尚未做好任何准备的时候,在走向人生终点的某一刻突然丢失了我们自己。

走啊!像在老庙一样,大步走,别害怕!

第三次从老庙回来,看着颤颤巍巍几欲摔倒的父亲,我的情绪几乎失控,一股绝望的情绪排山倒海般地向我涌来。我的怒吼,家人的哄劝和鼓励,对父亲来说都只是无关自己的一句话而已,他没听到,或者听到了却当作没听到一样。他像是被施了定身术,抓住助行器,木木地定在那里,不走,也不坐。大地充满了诱惑,也充满了磁力,父亲目光被吸附,双脚被吸附,一切似乎都被吸附。

但我还是心怀向往,期待奇迹。当我再一次要带父亲去继续治疗,曾经力主要带父亲去老庙治疗的母亲,再不同意前去。她也看到了父亲的症结。

　　我们都恢复了理智。这份理智对父亲来说有些残忍，但不得不如此。我在网上给父亲买了一副腿脚康复锻炼器具，又去药店给他买了几盒蛋白质粉增强体力。大姐夫在门前的阳台下用钢管给他焊了一个双杠，便于他抓着锻炼行走。一切都恢复如常，不同的只是我们的态度和方式。

　　从此后，我和妻子每天早晚都会用手机查看家里的监控视频回放，看父亲是否按时坚持锻炼行走。这，成了我和妻的每日必修课。

　　虽然父亲消极锻炼，我们依然期待有奇迹发生。

　　我们都期待着看到这样的一幕：父亲在一条大道上健步如飞地走啊走，走啊走……

不敢叹风尘

初冬的傍晚，一群不知何故晚归的雁，排着队向远方飞去。莫道冬来便归去，江淮虽好是他乡。归雁历来是关乎乡愁的一种飞翔的符号，想必它们是离乡已久了，无论这一路会遭遇多少风霜雨雪，都抵不住此刻内心的思归之情切。

"念我何留滞，辞家久未还。"突然想起我也多日不曾回乡，乡下的父母，他们也正期盼着我的归乡之时吧。

周六早上，驱车返回三十公里外的乡下。进了村，车子拐过弯，远远地就看到父亲坐在轮椅上，扭着头看着我回来的方向。不知道什么时候开始，每个周六的上午，他都要推着轮椅到门前的小路边，一个人默默地坐在轮椅上，如一尊石雕，一动不动地等候着我的归来。就像他几十年如一日地在礼拜日去教堂，在周六等我回来，成了他这些日子里一项必不可少的生活内容。

自从女儿离开我们去外地求学，我已经深深地理解了待子归来是一件多么煎熬的事情。听母亲说，周六父亲起床后唯一惦记的事就是等我回来。倘若我回来晚了，父亲就会自言自语地重复着一句话："咋到现在还没回来？"看无人回应，就掏出上衣口袋里的老年手机，看看时间，再扭头看看左右方向。停一会儿又掏出手机，看看时间，再扭头看看路的尽头有没有我的出现。倘若我因事不能回去，他的这个周末便失魂落魄一般，轮椅如针毡，坐卧不安。嘴里自言自语地重复着另一句话："有啥事啊不回来？"是诘问，是自问自答，不得而知。说完，双眼就一眨不眨地盯着大门，一动不动，直到过了中午十二点，直到母亲做好午饭端到他的面前，直到他吃过饭，那扇大门好像有着强大的吸引力，让他不舍得移开目光。如果仍不见大门打开，听不到汪汪欢叫，方才落寞地起身，虽然举步维艰，却不停地拾掇柴火。父亲先用轮椅把柴火推到厨房，再把轮椅推出来，这是他唯一可以做的家务，以打发无聊的光阴，掩饰他因为等待不到我的归来而产生的无尽的失望。

车子拐过来的一瞬间，不知何时已经等在门前的父亲看到了我们，像是瞬间充满了力量，立刻用双手撑着轮椅的扶手，颤颤巍巍地站起来。他的脚不断地试探性地向前挪，但那双脚早已经背叛了他，已经不再听候他的调遣。左脚抬了出去，右脚还在后边，脚前掌努力地支着地面，但并不牢稳，所以总要试探几次右脚才能跟上左脚。他准备给我打开院门，以便车子直接开进院子里，但是他实在是力不从心，哪怕是站起身来这么简单的动作，也像放慢了播放速度的电影画面，总是那么让人揪心，担心画面的突然凌乱，或者中断。

妹夫急忙下车，跑上前去搀扶他。我听见风送来父亲微弱的发问，肖龙呢？没回来吗？妹夫说，开车呢，然后指了指我。父亲扭头看了看我，我隔着车窗向他摆了摆手，又摁了一下喇叭，确定我回来了，然后才满意地转过身去，又重复着慢播放的画面，一步分解成若干个动作，慢慢地进了院子里。

我将车子开进院子，下了车，父亲才刚刚进了院子。我走上去，搀着他，问，这么冷的天，坐外面干吗？等你啊，父亲说。等你等得眼都望瞎了，父亲又说。

我上个礼拜因为贪玩，到金寨县马鬃岭景区玩了两天，也就没有回乡陪父亲。父亲的话，像一把烧红的烙铁触到了我的心里，我一个打战，不知道怎么回他。我无法理解父亲等待我的时候是一种怎样的心境，所以我心里更多的是愧疚和不安，只得和他开了个玩笑，说，眼不是好好的吗？父亲笑了，呵呵地笑了一声，我却笑不出来，深吸了一口气后，沉默了。然后感觉一种沉沉的东西将我的心脏往下拉，一股热热的东西却从心里往外冲，过了喉咙，上了脸庞，又一头扎进了双眼。

不一会儿，二姐和外甥女、外孙女来了，吃午饭的时候大姐也来了。母亲咳嗽个不停，她的咳嗽已经持续了三个月，劝她去医院她不去，自己一直相信别人告诉她的某个偏方，或者某个乡村的游医的话——烧橘子吃，煮甘蔗茶，用什么野菜熬水喝，吃一些莫名其妙的药等，但是咳嗽却一直不见好转。我告诉她我已经联系好一个医生朋友，周一上午去拍一个肺部 CT，查查肺部有没有问题。她一个瞪眼，说，就是一个七子（方言，无特别意思，相当于助词）咳嗽，不去医院。母亲很执拗，我不再和她争执。然后兄弟姊妹四人你一句我一句地陪着父亲、母亲唠嗑，父亲埋头吃饭，吃了一碗我又给他盛了大半碗，他出了一身汗，然后脱去外衣。

我端着碗走到院子里，看西院的白杨树叶已被冬风扫落了大半，看东院的柿子树上稀稀落落地挂着几个通红的柿子。我家的院子里，辣椒正红，青叶菜正绿，香葱郁郁葱葱，萝卜、蒜苗都在初冬的轻寒里幸福地生长着。小小的院落里笑声此起彼伏，从小到大相扶相携的兄弟姊妹四人，像这满园的蔬菜瓜果，不时地投身于小院里的土地，又不时地告别着。这种相逢和告别，终将会在将来的某个日子里戛然而止，所以我们更加珍惜在人生中段的每一场相聚，不断地重温着已经逝去的美好，或不断地营造着每一个新的美好。有父母在，有家在，我们永远都是幸福的孩子！

吃过午饭，姐姐、小妹去地里插油菜，我拿出理发工具，给父亲剪头、光脸。想着明天天气就要变冷，理过发后我要给父亲洗澡。父亲说不洗了吧，我说天要冷了，以后洗澡就不方便了，还是洗洗吧。父亲答应了，他再次颤颤巍巍地伸手扶着他可以抓到的任何东西，洗衣机，水龙头，马桶等，生怕摔倒了。但他唯独没有去扶就站在他身边的我，他是父，我是子，他还没做好依靠我的准备。我给他脱去上衣，蹲下又给他脱去衬裤，然后调好水温，拿着水龙头对着他冲了一会儿。然后挤了些洗头膏，洗好头，再次冲了一会儿。

小小的卫生间里开始水汽氤氲，温度也逐渐升高，我把搓澡巾套在手上，从右臂开始，给父亲搓泥。父亲生于泥土之中，一辈子在泥土中摸爬滚打，搓澡巾所到之处，总有一条条泥灰伴随着岁月的风尘，从父亲身上滚落下来。我埋头搓泥，不期父亲却咯咯咯地笑个不停。我问，你笑啥？父亲不回答，只是控制不住地笑着，声音不响，似乎就在喉咙处，笑声不停地往外冲，冲出喉咙后，就在父亲的口腔里不停地跃动着。水蒸气泅湿了我的双眼，眼镜片也开始模糊起来，不得已摘下眼镜放到外边，擦了擦眼睛，然后在一片混沌之中，继续给父亲搓背。

搓了上身，我弯腰给父亲搓双腿。父亲的双腿给父亲的少年、青年和中年带来了无上的荣光，因为这双腿，他得以走出那个偏僻贫穷的小村子，得以在广袤的黄淮平原南走北闯，用汗水和泪水将一个家稳稳地支撑起来。也是因为这双腿，如今，他不得不把大多数的时间耗费在一把轮椅上，那个小小的院落，以及时刻盼望着院落之外他的孩子能尽快归来的那颗思渴之心，已经成为他晚年全部的寄托。

我似乎理解了父亲为什么就这么不停地笑了。我回来了，大姐、二姐和小妹回来了，两个外孙女、重孙女也来了，虽然他的孙女，还有几个外孙不在身边，但足够让他开心一整天。父亲的一生，就是在极为容易到来的满足中度过，知足常乐是他这一生最为真实和贴切的写照。从他的笑声中，我似乎也明白了一些东西，更加确信了一条生活哲理：这世间最大的幸福，就是有父母在的家人团聚，以及有孩子在的天伦之乐。

突然就想起一首诗来："爱子心无尽，归家喜及辰。寒衣针线密，家信墨痕新。见面怜清瘦，呼儿问苦辛。低徊愧人子，不敢叹风尘。"想起之前自己一次次地找各种借口不回家，我的心，早已经随着屋外枝头上飘落的黄叶，打着转地往下落。父母年迈，我的所谓的那些爱好、追求、事业等，是何等地可笑？又是何等地不值一提？想及此，实实的是"低徊愧人子，不敢叹风尘"啊！

难以忘却的师恩

人活一生,就像是爬山,先是往上走,然后在某一个点开始往下走,越走越低,直至隐入尘埃。而在往下走的时候,记忆却是往上走的。走得越低,记忆就越加丰富而鲜活。

天命之后,我时常会想起很多小时候的事来,想起我的学生时代遇到的很多恩师,特别是小学时教过我的几位老师,一直鲜活在我的记忆中,甚至影响了我的一生。

古训云,严师出高徒。我小学阶段共经历六位语文老师,以赵老师和郭老师给我留下的印象最为深刻,盖因一点,就是"严"。

赵老师当时五十岁左右,中等身材,微胖,圆圆的脸上长着一双鹰一样锐利的眼睛。上他的课,必须要学会眼观六路,耳听八方,因为课堂上一点儿风吹草动,都无法逃脱他的眼睛。

同桌孙二住在街上,生性顽劣,在学校出了名的,至于课堂秩序,对他来说形同虚设。由于成绩差,他被排在最后一排。我的成绩还好,但不记得什么原因也被排在了最后一排,且与他同桌,坐在靠近走道的位置。

上学条件极为艰苦,窗户没玻璃,夏天倒好,通风,可冬天到了,就只能用塑料布或者草帘子搭一下挡风。没有课桌,趴的都是用麦糠拌泥巴砌的连体"土号台",一人一个位洞,便于伸腿。

坐的是从家里带的板凳，新旧、大小、形状不一。地面是坑坑洼洼的土地面。也没有电，上早自习和晚自习的时候，学校有汽灯，但不是经常用，更多的时候我们点蜡烛，点自制的煤油灯。

那天是语文课，赵老师在前面滔滔不绝地讲，我们在下面昏昏欲睡地听。他应该是读过私塾，读课文抑扬顿挫的，有学究之气。孙二自然听不进去，用两只手竖立起语文课本，掩耳盗铃式地挡住画书（连环画），津津有味地看了起来。赵老师老花眼，戴着眼镜，镜框会不由自主地从鼻梁滑到鼻尖。然后他会伸出食指，时不时地将镜框推上去，做这个动作的同时，眼睛上斜，两颗黑而晶亮的眼珠浮游在一片白色的眼球上方，越过眼镜的上边框，像探照灯一样，从上到下，从左到右，不停地扫视着班级。

不巧，正在专心看画书的孙二暴露在了赵老师的"探照灯"下。

赵老师"老谋深算"，一手拿着课本，一手拿着黑板擦，若无其事地边朗读课文，边踱着步慢慢地向后排走来。其实，赵老师读课文是根本不看书的，每一篇课文他早已谙熟于心，这就更利于他掌控全班的上课纪律。眼看着赵老师越来越近，我很想用膝盖碰碰孙二，提醒他，但我没有。不久前一次放学之后，孙二莫名其妙地捅了我后背一下，然后又挑衅地看了看我，蹦蹦跳跳地跑走了。孙二年龄比我大，又住在街上，我打不过他，所以选择了隐忍。我觉得这是报复他的机会，于是我选择了沉默。但孙二反应极快，就在赵老师走到我们身前的一刹那，他左手扶着课本，右手快速将画书扔在了位洞里，装模作样地念起课本来。

但是为时已晚，这些小把戏怎能逃得过赵老师的火眼金睛呢？他很严肃地让孙二把画书拿出来，孙二不拿，说要拿你自己拿。为了"抓贼抓赃"，赵老师弯腰就去拿画书，却抓了满满一手的泥。赵老师问孙二,泥是怎么回事?孙二不怀好意地笑了,然后说,你自己闻闻呗!赵老师没有多想,将手放到鼻子边闻了闻,感觉不对味,赶忙将手拿开,厉声问孙二怎么回事。孙二哈哈哈大笑几声,然后大声说,是他自己的尿!

赵老师勃然大怒,似乎早就准备好了的,举起手中的黑板擦,用棱角对着孙二的光头就凿了下去。赵老师凿一次,孙二头皮上立即出现一个红点,但孙二既不躲,也不喊疼,反而一阵大笑的同时,将光光的后脑壳狠狠地撞向身后的墙。赵老师愈发恼怒,将黑板擦的棱角又凿向孙二的头,孙二像电影里赴难的英雄一样,始终面带微笑,不说一个疼,不求一个饶。赵老师看他的惩戒丝毫起不到震慑作用,终于气馁,似乎很悲伤的样子,摇着头,深深地叹了一口气,怏怏地返回了讲台。

自然课里有一节关于植物生长的内容,从不爱书的孙二偏偏喜欢上了这一节课,于是在位洞里埋了几瓣大蒜,美其名曰培植蒜苗,既浇水,上课尿急了也直接往那里撒尿,名曰施肥。女孩子都坐在前三排,后几排都是男孩子,他是不担心被女同学看见的。日久,蒜苗长得嫩黄而细长,但是位洞里的味道,却实在不敢恭维。在赵老师将手伸向位洞的那一瞬,我很想提醒赵老师,但不知道当时是什么心理,竟没有张嘴。

升入五年级后,我的另一个语文老师郭老师,就出现在了我们的面前。

郭老师刚刚中专毕业,语文教学方式明显鲜活多了。虽然他比赵老师年轻很多,也接受过系统的师范教育,但对待学生之严和赵老师如出一辙。

我们班另一个同学刘味,虽没有孙二顽劣,但一样调皮捣蛋到无以复加。郭老师住在学校,新婚第二天早晨,我们去得特别早,那时的农村小学是有早课的。其实并非故意去早的,平时也是如此。家里普遍太穷,没有钟表可以看时间,起床主要靠看东方的"三星"或者启明星确定时间。天有四季阴晴,月有圆缺盈亏,这种把握时间的方式太原始,极不准确,每逢没有了星星指引,我们便失去了对时间的感知,很多时候我们到学校的时候,大多才凌晨三四点左右的样子。

那天到学校之后,夜风很冷,我们十几个同学偎在教职工宿舍的墙根处,挤成一排,彼此取暖。生性调皮的刘味突然像想起了什么,说,郭老师刚结婚,我们到他的窗户底下听听去。婚后三天无大小,这是我们当地的风俗。刘味的一句话瞬间将我们的精神提振了好多倍,我们悄悄地溜到郭老师的窗户外,侧耳凝神细听起来。夜很静,我们听到房间里传出来哗哗啦啦撒尿的声音,刘味忍不住笑了起来,我们也跟着笑了起来,惊动了郭老师。他听出了刘味独特的声音,这笑声也就为刘味挨揍种下了祸根。

郭老师惩罚刘味,方法独特新颖,别出心裁。学校的东侧是一条水渠,水渠两侧种满了荆条,保护渠堤。荆条上生一种毛毛虫,叫"荆条虎",又称"洋刺子",体色鲜艳,用以保护和伪装自己。但是在它美丽的外表下,却密布褐色刺毛,这种毛毛有毒,一旦受到惊扰,它就会用有毒的刺毛蜇人,红肿奇痒,混合着针扎般地疼。我们平时在课间十分钟到水渠边玩时,都会远远避开荆条丛生的地方,以防被蜇伤。走上社会后我见识到了很多美丽的外表下隐藏着的恶毒,我不擅应对,所以就像小时候躲避荆条虎一样,主动远离,以防受伤。

那天郭老师很生气,他到水渠边,剪下有荆条虎的枝条,把刘味喊到教室外，让他卷起裤腿，又找来平时在校园里调皮捣蛋的孩子围观。只见郭老师举起荆条枝，往刘味小腿肚上一划拉，刘味旋即龇牙咧嘴地号叫了一声，瞬间跳了起来；又在另一只小腿肚子上划拉了一下，刘味再次跳了起来。这种杀鸡儆猴的教育方式，倒也震慑了那些顽劣的孩子。

我也挨过郭老师的一次打。准确地说，是我们庄子里的男同学集体挨了郭老师的打。

一天早饭后，我们来到学校，郭老师气势汹汹地站在学校门口，将我们庄的六七个男同学全部留了下来，拉到校园，一并排站好成队。郭老师问，昨晚晚自习后，是谁在回去的路上装神弄鬼，吓唬了园艺场的女同学？园艺场在我们村子和学校之间，上下学必须要经过。但这件事确实不是我们做的，我们都说不知道。郭老师不听我们的解释，因为园艺场的女同学告状到学校，咬死了就是我们吓唬的她们。郭老师让我们所有人把裤腿卷到膝盖以上，然后站在队伍的一端，举起一根细长的竹竿，对着我们的小腿肚，像甩马鞭一样使劲一甩，柔软且有弹性的竹竿梢重重地落在了我们的小腿肚子上，立即就肿起了一道鼓鼓的伤痕。但是由于竹竿的末梢只能打到队伍的另一端的几个人，他又走到另一端，又甩了一次竹竿，第一次没有被打到的同学的腿肚子瞬间也起了一道肿痕。

我不知道郭老师惩罚学生为什么专爱挑小腿肚这块肉，后来想想，大抵是这块肉实在，打上去是真疼，但不像赵老师凿头带来的伤害这么明显，也不会有生命危险，同时比较隐蔽不容易发现。那天我们代人受过的时候，有一群人却在窃笑，就是园艺场的男同学，是他们吓唬的女生。我们没有饶他们，找机会狠狠地揍了他们一顿，方解了心头之"恨"。

"养不教，父之过；教不严，师之惰。"那个年代，师生就是父子，几乎每一个教师都会把严管学生看作自己分内的职责，想方设法将问题孩子向正路上拉，包括体罚。而在孩子被惩罚之后，却很少有家长到学校要说法的，相反，他们会主动找到老师，有的甚至带着礼品，向老师表示感谢，并要求老师以后更加严格地管教自家孩子。

这是传统教育理念及方式之于现代教育的不同之处，无论是学校还是家长，也无论是采取何种方式，他们的理念惊人的一致——严是爱，宽是害。小学毕业那年，我们班考进县重点中学试点班的达六人之多，而当时全县报名一千多人，只公开选拔四十五人，这也充分体现了对孩子严格管教和约束的作用。

事实上，这些挨打的经历似乎并没有给我们的心理造成阴影，反而锻造了我们内心的一种坚强，同时也教会了我们一个道理：这世界没有唾手可得的成功，更没有一方毫无法度的自由，唯有自强而不逾矩，方能强大。

赵老师和郭老师早已仙逝多年，每每忆起，徒留长恨。

我们非常怀念这些老师，怀念那些无法回去的时光。

我曾在赵老师所居住的村庄附近遇到一个五十多岁、精神不正常的男子，有人告诉我说，他是赵老师的儿子。我在他对我的无视中，注视了他很久，见他自言自语地向前走着，谁也不知道他在和谁说话，说的什么。看着他的背影渐渐远去，想象着赵老师当年走路、上课和发怒的样子，心内不禁戚戚然。

如今我仍未曾放弃对文学的痴迷和热爱，要深深感谢为我撒下第一粒文学之种的良师郭老师。他曾经把我的一篇作文当作范文在班级里朗读，并全文抄在校黑板报上。这片作文的题目我至今记忆犹新，叫《记一件暑假趣事》。同学们的作文似乎都能在某作文刊物上找到影子，独我写了我在夏季雨后滑刺溜、摔哇呜的有趣故事。郭老师撒下的种子从此在我稚嫩的心田里开始蓬勃，让我有了一个当作家的梦想。之后的初中，尤其是高中，我的作文也多被老师当作范文。大学毕业之后我分配到教育系统，由于听说了我写作的特长，镇党委要直接调我到镇里工作。郭老师当时任乡镇教办室副主任，他力主让我留在教育部门，说我不适合从政，教书育人才是我最适合的职业。事实证明，郭老师看我如看他自己一般透彻。无奈当时年少，一心只求腾达，有物障眼……

前不久与小学同学聚会，一起忆起小学阶段的那些恩师，惊觉已告别他们近四十载。时光易逝，但记忆犹在，师恩永存。

每一句指责都关乎爱

我到家时,母亲已经和二姐从医院里回来了。虽然早早就挂了急诊号,母亲依然在CT室外排队等了一上午。

"我就知道,你肯定是出了汗就脱掉衣服,闪了汗了!"

我一边放下手里的东西,一边对母亲说,口气里半是埋怨,埋怨她患病多日却执意对我隐瞒;半是心疼母亲古稀之年,连续一个礼拜不能正常进食,频繁的呕吐已经让她面色灰黄,面容憔悴,一副有气无力的样子。

"哪是啊?"

母亲天性里的倔强促使她在自我辩解。

"我不就是帮你大铲了几篓子泥,出汗后洗洗澡吗?"

不就是出汗后洗洗澡吗?母亲说得多么轻巧,好像又是在不满意我对她的指责。但事实上自打得病之后,连续一周的重感冒,已经极度地透支了她老人家本就虚弱的身体。

"这是什么天气?又不是夏天,能在家洗澡吗?"

母亲的话也激起了我从她身上继承下来的那股倔强之气。我们母子之间对话的方式时常都是以这种方式进行,尤其是在我年少时期,这样针尖对麦芒式的对话是家常便饭。

高中阶段的一个周末,我回家拿生活费。吃了午饭,母亲递给我三块钱,说是这个星期的饭钱。我说不够,需要五块。母亲立即发怒,斥责道:"要不要也就这些。你成天坐在教室里风刮不着,日晒不着,还光想着吃好的穿好的。有本事你自己挣钱去!"

母亲的话非常刺耳,我心里的委屈瞬间迸发。她不会理解,每当我用眼角的余光瞥着其他同学香喷喷的饭菜,而自己不得不吞下难以下咽的冬瓜汤的时候,我腹内的饥肠百结千转的感觉。

"行,"我一边流着泪,一边极力咽回心内汹涌澎湃的委屈,"我不要了,我不吃不花你的了,我和你断绝母子关系。"我摔下手里半尼龙袋子黑面馒头,转身而走。

多年之后,尤其是在我结婚之后,当我因负债累累而独自应对清贫、拮据、困顿的生活,当我也以近乎绝情的方式要求女儿接受苦难教育的时候,我才理解了母亲当初对她的独子如此"刻薄"的原因。没有一位母亲不爱她的孩子,只是生活的艰辛让她不得不以近乎绝情的方式教育她的孩子如何勤俭、节约。

这次母亲感冒,本来她认为不会有什么事,到街上的小诊所打了两天吊水,稍有好转,就立即停了药。毕竟年老体弱,刚停下一天,母亲哈欠连天,鼻涕流个不停,稍有进食就呕吐。父亲想给我打电话让我带她到城里的大医院看看,但是她坚决不同意,说我工作忙,她就是个感冒,很快就好了。于是,她又到另一家诊所吊了两天水,症状却愈来愈重,成夜的咳嗽让她彻夜难眠,呕吐让她浑身无力,面容倦怠。大姐、二姐和小妹都要给我打电话,但又被她制止。无奈,大姐夫带她到乡镇卫生院做了心电图和脑CT检查,又吊了几瓶水,但是症状依旧在加重。无奈之下,小妹背着母亲给我打了电话。

当我第一眼看到憔悴不堪的母亲,蜷缩在床上,连说话都费劲的时候，我胸内的疼惜之情却化成了指责与牢骚。

"算了，你别说了，就这咱娘都不让我们告诉你，怕你又埋怨她！"二姐一边帮我择菜，一边小声对我说。

二姐的话提醒了我，此刻母亲可能更需要我的安慰与体贴。我不禁为我刚才对她的指责而感到懊悔。于是我放下手中的青菜，来到母亲身边，坐在她身后，像我小时候她时常对我那样轻轻地拍打着她的后背，据她说这样可以缓解咳嗽。

"娘，您是不是想我想的啊！"我装作开玩笑似的问母亲。

"当然了，就是太想俺儿了，谁让他这么长时间连个电话都不给我打呢！"我的玩笑就像一股春风，吹散了母亲一脸的愁容，代之以满脸花朵一样的笑容。

"那您今天上午吃啥饭呢？我给您做！"

"啥饭都行，只要俺儿做的俺都喜欢吃。"

想着母亲体弱，我给母亲下了一碗葱油面，又浇了点儿醋，健脾开胃。我把碗端到母亲面前，一碗面条不一会儿就吃了个一干二净。

"不对呀俺娘，您不是一吃饭就吐吗？今儿个咋不吐了？"我又和母亲开玩笑。二姐也在一边帮我逗母亲开心，说就是一见了您儿病都好了一半了。

"我是知道了，"我说，"您是看我的工资这段时间没给您花，是来祸兮我的吧！"

"我不祸兮你我祸兮谁？"母亲放下碗，语气瞬间严厉了许多，似乎又要和我较真，"谁让你是我儿呢！"

这就是我的母亲，到了古稀之年依旧不会掩藏自己的喜怒哀乐的母亲。

一生刚强的母亲从不善于表达自己的感情。她对我们兄弟姊妹四人非常严厉，很少当面夸，也从不直接表露她对我们的爱。直到现在，她除了指责我之外，从不当面说我半个好字。而实际上，她对我们的爱我时刻都能感受得到。只是我也不善于表达自己的感情，更从未对她说过"爱"这个字。

一次母亲梦见自己的孙女儿不见了，她一遍一遍地围着村子找啊找，找遍了每一个角角落落，总也找不到。焦急万分的母亲不停地喊女儿的名字，最后被自己的喊声惊醒。醒后的母亲心有余悸，重新入睡后又做了一个梦，梦见我回老家迎面和她相遇，可我连看也不看她，母亲伤心地独自垂泪，又被自己的哭声惊醒。一连两个噩梦让母亲再也不敢躺下，索性起床坐了一夜。梦醒之后，一向很会隐藏自己感情的母亲，给孙女儿炸了最爱吃的油糕，给我包了最爱吃的干菜包子，给妻子带了最爱吃的红芋，然后，拎着几十斤重的大包小包，带着浓浓的爱，不辞辛劳，坐车来了城里看望我们，然后又坐车返回了乡下，一口水都没顾得喝。

正在我写着这篇文章的时候，母亲从客厅来到我身边坐下，带着指责的口气问我："你眼睛不好，老是看电脑干啥？"

母亲一生没读过书，虽然整个电脑显示屏上都是关于她的文字，但我知道她一个字也不认识。

我告诉她我在写文章呢，在写关于她老人家的文章呢。她说写她干啥？我说写您当年对我是怎么怎么不好的，我小时候您是怎么拿着粗棍子到处追打我呢。

母亲一听又急了："我不打你，我不骂你，说不定你早就被劳改了！"

这就是我的母亲，我的娘！

在冬天里和父亲对抗的轮椅

进入三月,气温似乎焦虑起来,一个劲儿地飙升。院子里的豌豆纷纷开了花,蒜苗噌噌地往上蹿。脱去了棉衣的父亲轻松了很多,精神也好了很多,一个人坐在鱼池边,看着那些新生的小鱼儿们自由自在地游弋于水草间。

春天来了,父亲和轮椅的关系似乎也融洽了。

去年的十二月中旬,在我"阳"后的第三天,乡下的母亲也"阳"了,说是因为在镇卫生院与几个阳性感染者近距离接触,回来不久就发热。父亲在轮椅上已经三年,母亲日夜照料他,自然也"阳"了。

父母均已耄耋之年,我自是放心不下。虽然高烧刚退,浑身酸痛无力,也决计要回去照料他们。

早饭后,驱车赶回家,见母亲正躺在床上昏睡,父亲一个人深陷在寒冬里,身下的轮椅努力地支撑着他笨拙的身体。高烧将他折磨得了无生气,似醒非醒。我轻声唤他,他努力睁开双眼,微微点了点头,算是和我打了招呼。摸摸他的双手,如寒冰;又摸摸他的额头,如火炭。和他说话,有气无力,只是嗯嗯地低声应答。往常总是难以掩饰的笑容不见了踪影,反应更是迟钝了很多。

轮椅是刚买不久的电动轮椅,单手即可控制前进、倒退和转向，比起之前的手推式轮椅方便得多。这些年来，父亲渐渐为光阴所败，整日蜷缩在那张旧轮椅里，在四方的天空里看日头东升西落，看院子里唯一的桂花树上那些鸟雀飞来飞去。我设想，有了这个轮椅，父亲就不会为岁月的尖酸刻薄而委曲求全了。

几年前，父亲就开始了轮椅生活。彼时他是还能走动的，只是腿脚不利索了而已。他的一条腿曾经置换过人工膝关节，由于怕疼，术后康复训练没跟上，行动起来极不方便。有了轮椅之后，他便似寻求到了依靠，从开始时推着轮椅缓慢地行走，到推着轮椅坚持着能走十几米，直至三年前，索性就将自己的余生托付给了轮椅。轮椅丝毫不客气，对父亲的所托尽皆承负，除却睡觉的时间，每时每刻都在载着父亲，从卧室，到客厅，再到院子里。那一百多平方米的院子，便是父亲最大的世界了。

父亲年轻的时候走南闯北，一架板车是他最为忠实的旅伴，也是他借以养活我们一大家人的、唯一可以由他自由操纵的工具。父亲更像是个文人，双手拨算珠游龙飞凤般，可农耕稼穑总不能做到得心应手，为此母亲没少责骂他。但父亲骨子里是最不喜欢空闲的，就像一只仓鼠，在生活的笼子里永远不知疲倦地蹬着飞速旋转的轮子，可以没有目的，但绝不能闲下来。忙碌，成了父亲一生中最鲜活的标签。父亲很想走出小院，双手死死地抓紧轮椅两侧的转轮，用力地推或者拉，倔强的轮椅似乎是在故意为难他，咬着牙与他对抗，在原地一动不动。母亲上前伸手轻轻推了一下，轮椅便似得了大赦，立刻向前轻快地跑去。母亲说，看，这多轻巧啊，不用劲就能跑！父亲再去尝试，他双手依旧死死地抓紧转向轮，用力地推，用力地拉，轮椅似乎与他铆上了劲儿，就是纹丝不动。

唉……

父亲长长地叹了一口气，这口气往往是在他无法征服某种自然力或新生事物的时候发出，就像他当年始终无法学会游泳，无法学会骑自行车。

起初父亲对新轮椅不以为意，一再坚持还要坐旧轮椅。所谓旧，是时间在物体上抹下的油漆，油漆一层层地加厚，光阴的痕迹也就越来越凸显。父亲喜欢一切旧的物什，他与旧物之间有着无法理清的感情。他在陈旧的时间所带来的陪伴里，似乎总能寻求到某种他自以为亲近的相濡以沫。所以他不让扔掉旧轮椅，让大姐夫去街上购买新的转轮配件，换掉损坏的转轮。大姐夫寻遍街上的每一家配件店，奈何由于款式太老，实在买不到合适型号的转轮，才无奈作罢。父亲这才委屈巴巴地坐进了新轮椅里。

新轮椅买回来后，仍是拒绝服从父亲的指令，因为他总是忘了摁开电源，或者忘了放开手刹。父亲总是忘记很多事情，甚至有一次，我问他把他和母亲的结婚证放在了哪里，因为前几年他还故意拿给我们看，然后又极为宝贝似的收藏了起来。他茫然地摇了摇头，说不知道。在我们不断地演示和教习下，轮椅极不情愿地听从了父亲的指挥，开始动了，但内心是不服气的——父亲想让它向左转，它偏偏右转；或者是前进和后退，始终不能顺着父亲的心意转动，今天撞桌子，明天撞沙发，后天又撞门。在轮椅一次次撞向屋里屋外一切存在的时候，被苍老汲取了胆量的父亲本就僵硬的身体愈发紧张，他吓得不停地喊着"哎、哎、哎"，双脚紧紧地蹬着脚踏板，身子向左后挺，向右后挺，或直直地向后挺，却依旧无法改变轮椅的方向。

其实父亲自己压根儿就没有方向，我们都不知道到底是从什么时候，他的世界里再也没有了南北东西，再也没有了前后左右。他只是想让轮椅带着他外出逛逛，仅此而已。其实对于父亲来说，方向或许并不重要，可重要的是什么呢？轮椅不懂他，我们一样也不懂他。

旧的轮椅已经坏了一段日子，我没有和父亲商量，直接给父亲又买了一个电动式轮椅。主导方向的操作键就在右手把手处，控制着前进、后退和左右转向，简单易学。我想，这种极人性化的设计，会让父亲喜欢的，也能够帮助他走出小院，去一切他想前往的地方的。

轮椅是直接寄送到乡下的。我通过手机远程监控看到，组装好后，母亲自己先上去演示了一下，轮椅轻松自如地在院子里转了一圈又回到了原地。母亲又手把手地教父亲，告诉他怎样是前进，怎样是后退，怎样是拐弯，父亲不停地嗯嗯地答应着，似乎他是懂了的。

我看到，一群人费了很大的周章，父亲才离开那张载了他多年的旧轮椅，坐到了新轮椅里。他大抵是害怕的，紧张的，手劲用大了，一定是摁疼了轮椅，想摆脱他的控制，嗖一下向前冲去，直冲向车棚，那里曾是父亲堆积旧物件的地方。父亲很紧张，身子向后仰着，哎哎地叫着，轮椅不管不顾地跑着，母亲则在后面追，邻居四娘也不停地喊着"松手，快松手"。父亲除了紧张和害怕，其他什么也听不到，轮椅也听不懂，仍旧撒着欢儿地向前跑，跑到了棚下，撞进了一堆柴火里才不得不停下。母亲气喘吁吁地跑到跟前，见父亲惊魂未定，右手仍旧死死地向前推着方向键，轮椅不停地滴滴地抗议着，母亲连喊了几声让他松手，他才想起来松手。

父亲的电动轮椅首秀，有惊无险地以失败收场。

对于父亲的一生来说，首次尝试的失败，基本意味着对整件事情的放弃。父亲一生很少在同一件事情上尝试多次，他年少时期即成了孤儿，一手带着他两个年幼的弟弟，在凄风苦雨中艰难地向前行进，生活哪能容许他不停地去尝试失败呢？所以在我五十年的生命历程中，在我遭遇无数的挫折和失败时，很少听他鼓励我说："努力，争取下一次成功！"父亲就像一只在地下潜行的蚯蚓，一生秉持着"知难而退"的人生哲学，遇到阻力就改变方向，不断地在前进中放弃，在放弃中前进。

但旧轮椅确实已经不能用了，他也就不得不选择了新轮椅。相同的是，新轮椅一样对抗着父亲。我给他和母亲做好抗原检测，又喂他们服下退烧药，就进厨房开始准备午饭。未及添柴入灶，便听到他在院子里连声喊母亲。我赶忙出去，原来他要小解。他不愿求助我，就自己操动轮椅走到屋外，去我们给他单独设计的简易卫生间，却一头撞上了专门焊接的扶手，这扶手是用来给他如厕的时候抓扶的。结果扶手卡住了轮椅下面的脚踏板，前进不了，也后退不动，于是他便"芸娘、芸娘"地喊了起来。我帮他退出来，又知道他身体极度虚弱，是站立不了的，就让他直接在小便壶里解决，他坚决不愿意，执意要尿在便盆里。我的火气便旺了点儿，大声说，你站立不了，怎么解便盆里？对我的吼叫，他似听不到，或许听到了偏装作没听到，双手抓住扶手，仍试图用力站起来。

父亲"阳"后的当天上午，母亲打电话说，从早晨起床开始，父亲已经连续摔倒了四次，这在我居家的第二天早上再一次得到了验证。

早上六点钟,我刚刚起床,还没刷牙,便听母亲大喊我的名字。我赶紧飞奔到楼下,见父亲已经侧躺在地上,身体下面压着助行器,两条腿也卡在了助行器里。我大喊,这么冷你起来干吗?母亲说,不让他起来偏要起来,我还没洗脸,自己就摔了。父亲从来不为自己辩解,只是不停地嗯哼着,似乎痛苦的呻吟能够让我消消无名的怒火。我说,你能不能别折腾了,摔坏了谁受罪,还不是你!父亲依旧不解释,一生之中,无数次面对母亲的唠叨或强势,我的指责和呵斥,他总是不愿意解释。无奈我只能从他的背后抱他,想用力将他抱起来,却如同抱着一尊沉重的石像,纹丝不动。我低头一看,原来他因为害怕,左手牢牢地抓住了身边的沙发,右手抓住了助行器。我将他的双手分开,再次想抱起他,依旧抱不起,再低头,他又抓住了门框。初阳之后的腰痛让我的耐心尽失,大吼道,你能不能松开手?他终于愣了一下,不情愿地松开了双手,我这才勉强将他从地下抱起来。可他的双腿丝毫的力气也用不上,如果把他安放在轮椅里,非得需要很大的力气不可。我咬着牙,忍着腰痛,竭尽全力地抱起他。但轮椅很麻木,不会主动配合我,母亲赶紧将轮椅往父亲的屁股下面塞,但父亲在我怀里是下坠着的,屁股要低于轮椅,塞不进去。我不得不让父亲先趴在沙发扶手上面,我直了一下腰,深吸一口气后,弯腰再次用尽全力将父亲抱了起来。

父亲终于坐进了轮椅里,我摁着腰眼慢慢地站直身子,长舒了一口气。父亲眉头又紧皱起来,手按着胸口,似乎身体的某个部位在疼痛。原来是摔倒的时候,助行器的把手压在身下,硌住了胸骨。我掀开他的衣服,还没触碰到他的皮肤,他就大喊了一声"哎哟！疼"。我说我还没挨着你呢，他不好意思地挤出了一丝笑容。

我的父亲，与他坐着的轮椅，依旧没有成为好朋友。新轮椅在别人手里是如此乖顺听话，到了他的手里，便开始桀骜不驯起来，这对他来说，无疑是极大的不幸。他穿着臃肿的衣服，将新轮椅撑得满满的，新轮椅吞不下，便努力地将他向外吐，这样，他的棉袄就自下而上堆叠着，让他看上去更加臃肿，就像一只怀了孕的企鹅。

"阳"之后的前两天，由于浑身瘫软，父亲不得不躺在床上，不过几天的时间，后背和屁股上便有了褥疮。起床后，父亲的精神状态仍旧很差，无精打采，尤显得焦虑，很难坐得住，甚至连他最钟爱的戏曲频道也懒得看。很多时候我都会冒出一个可怕的念头，怕他会突然与我们不辞而别。这让我开始有了一种恐惧，害怕哪一天我与他便要结束五十余年的父子之缘。他坐在轮椅里，手总会不由自主地摁一下轮椅的电源键，然后又扳动方向键。他总是向一个方向用力，不知道适时调整方向。轮椅似乎时刻都在等待着父亲给予它自由的机会，电源一通，轮椅就来了劲儿，就漫无目的地冲了出去。撞击一次次发生，怎么提醒都不行，实在没办法，我便嘱咐母亲不要再给轮椅充电。父亲依旧频繁地摁动电源，但是轮椅却没了动力，只能老老实实地陪着父亲待在屋里。

这个周日的午后，我午休了大约二十分钟，下到楼下，不见了母亲，父亲一个人坐在门外的轮椅里，双手抓着扶手，站起来，坐下，又站起来，又再次坐下。他不断地重复着这个动作，似乎有什么巨大的诱惑在引导着他。气温很低，远不是"五九六九抬头看柳"的暖，见父亲一人孤零零地坐在门外的扶手边，我莫名其妙地突然心疼起父亲。我走到他身边，弯腰趴在扶手上，问他，冷不冷？话音刚落，父亲好像准备了很久，张口就说，我想死！我内心一颤，问他咋了？他见我来了，突然孩子一样失声哭了起来，说自己不想活了。自从"阳"了后，父亲已经不止一次地提到了死，而这一次是最伤心的，老泪纵横。起初的一刻，我的大脑里一片混沌，和父亲一样无助，这是我"阳"了后最明显的症状，思维总是跟不上当下的发生。但很快我便又将自己找了回来，赶忙开导父亲。

我知道，这一定是母亲又凶了他。母亲知道我在家，把他推出来后，自己去街上做礼拜去了。敏感而脆弱的父亲孩子似的边哭边抽噎着说，自己没本事，拖累了我们。我小声问他，年轻时母亲是不是也常常这样吼他？他点了点头。娘的性格变了吗？没有。你平时都是谁在伺候你？你娘。年轻时既然能忍受，现在怎么就不能忍了？

父亲停止了哭泣，不再说话。我赶紧又安慰他，说，你从俺娘的角度考虑一下，她为了伺候您，大门不出，二门不迈，她焦虑不焦虑？父亲嗯了一声。对啊，你也要理解理解她，行不行？行。咱以后不能再想死不死的事了！好。我还没有叫够你大呢！父亲含着泪笑了。

我这一刻才认真地去看他的样子：脚上刚买的保暖鞋，下身厚棉裤，上身衬衣外是线衣，线衣外是棉背心，再外面是居家穿的厚棉袄，最外面又套了一件风衣。整整五层的防护，让他看上去更像一只臃肿的蚕。母亲说，他长时间坐着不动，身上没温度，要多穿点儿。自打父亲坐进了轮椅，母亲的心思几乎都落在了他的身上。

季节与衰老是每一个人不得不面对的必然规律，行动不便的父亲更加难以承受季节与衰老带来的沉重与颓败。打心底说，父亲一直是不想拖累我们的，他一次次地摔倒是因为他一次次地想独立行走，轮椅一次次地横冲直撞也是因为他想一个人能独自出门。他一生都不愿意张口求助别人，如今全家都要围着他转，他便觉得拖累了我们。自从父亲坐上了轮椅，母亲寸步不离地照顾他，只有等周末我回去后，她才有时间串串门，与左邻右舍唠唠嗑。同样是刚刚恢复的母亲，情绪一样是焦虑不安，又怎能去苛责她呢？我也一样，春节在家的几天里，何尝不是不止一次地对着父亲大吼大叫，全然顾及不到父亲的感受？

事实上，耄耋之年的父亲最亲密的伙伴就是他坐着的轮椅。不管是手推式的旧轮椅，还是现在的电动新轮椅，一次次不听父亲使唤，其实就是受父亲的指使，在向我们表达着父亲内心的不满。父亲和轮椅之间早已经形成一种默契，无论我们看着怎么不可理喻，但那是父亲内心最真实的表达。他想让自己的晚年更有自尊或者更自我一点儿，可是我在给轮椅断了电的同时，不自觉地桎梏了父亲的晚年。

老年人看似孩子，又不是孩子，因为他们的心里同样装着孩子。对抗父亲的不是他身下的轮椅，是伺候在他身边的我，以及我们。

今夜小庄入梦

夜阑时分，城市被大雨逼入了绝境，陷入了无边的沉寂，而我刚从一个关于小庄的梦里醒来。黑夜撑开了我黑色的眼睛，隔着黑暗的帷幕漫无目地望向窗外。有泪水滑落，混合着雨水打湿了我在梦里的悲伤。

小庄，一个小似蜗牛的村庄，那里曾经居住着外婆，走完它，不过三分钟。我梦到的，是小庄里外婆那间逼仄的小土屋。它虽然被夹在我两个舅父的房屋之间，而我却始终觉得它是如此孤独。它和两侧的房屋是如此近，近到我的舅父们每天都要从门前走过无数次；却又如此远，若非为外婆担水，平日里鲜有人走进那间土屋，与外婆说点儿家长里短的话。外婆一个人烧火，一个人做饭，一个人吃，一个人看日出日落，一个人在无穷尽的光阴里从黑走到白，从白最终又走向黑，似乎她曾经并没有遇到过谁，谁也不曾遇到过她。

外婆平素很少笑，因为日子极为清贫，对他的那些孙子也特别严苛。她养了一只母鸡，鸡窝是一个破红陶盆，盆里垫了麦秸。在孵卵期，母鸡基本上一天下一枚蛋，她都藏起来，不舍得吃。只有我去了的时候，才会悄悄地煮几个，趁我的表哥、表弟不注意的时候把我喊进屋，关上门吃了后才让我出去。我的表哥、表弟都说她偏心，自然平时也就不愿意与她说话，她的日子愈发地安静了。除非母亲去了，我的两个姨去了，或者我去了，那间小屋才会生长出很多的欢声笑语。

幼时，我一直很纳闷一个问题，就是我为何从没有见过我的爷爷、奶奶？我的根在哪里？等大了些时，方从父亲的口中得知，我的祖父母早在父亲少年时便撒手人寰。我同样也没有见过我的姥爷，也很少有人和我提起过他。在我年少的时光里，外婆是我唯一的隔辈的亲人，自然，我去她那里也就多了些。多少年以后，我梦到她的时候也多一些，因为她是我唯一可以寻得见的根。

今夜我梦到了那间土屋，它孤零零地立在一片旷野之中，两侧的房屋都莫名其妙地消失，土屋也已经人去屋空，也不见了屋门。为什么会没有了门呢？我百思不得其解。前几年，小庄的十几家人被整体迁了出去，几台推土机伸出长长的手臂，摧枯拉朽一般将小庄抹为平地。那间土屋虽然在此之前早已经被推倒，我依然感觉到了一种被抽去筋脉的痛。此后，恐我再也难以寻得见来时的路了。

外婆居住的庄子是一个几乎可以忽略的小村庄，当时只有几户人家，庄子的名字也极其低调，就叫"小庄"。每次母亲去看外婆，就会说，她去小庄了！这些年，母亲和我依然会时常选择去小庄看一看，看那条小小的已经干涸了的庄沟，看被庄沟围着的葱茏的庄稼。今夜的梦里，土屋更像是一条河流的必经之地，水流从屋外来，向屋内流，然后不知所终。长年累月的冲击，已经将屋内的地面冲刷成了一条平滑的弧线。一道道流痕像是用木梳梳出来的，细密均匀，绵延不断。这又是为何呢？我依旧不得其解。

那张木板床还在，贴着墙放着。我喊外婆，无人应答。又喊，还是无人应答。我开始慌了起来，声音发颤地喊着外婆，外婆始终没有出现。外婆临终前，就躺在这张睡了一辈子的床上。这是风俗、规矩，不能改变。外婆入土之后，那张床被舅父们扔了，这也是风俗、规矩，不能改变。而今夜，那张床却又回到了土屋，只是外婆没有回来。这是梦，无人可以左右。想起当年，外婆曾无数次喊我，要我和她睡在一起，却总被我拒绝。为什么呢？我已记不得。今天的梦，我却怎么也找不到外婆，我选择坐在了门槛处的地面上。我已经不忍坐在床上，我担心我的体重会摧毁这张木板床，以至于它会永远地走出我的梦境。

在进门处床头的地面上，丢着两本小人儿书。名字我已记不得，好像还比较新。这是它第一次走进我关于外婆的梦里。我不知道这是为何，难道在外婆的眼里，我永远是那个长不大的、她异常疼爱的孩子？抑或是外婆给我的孩子准备的礼物？又或者，是外婆想用这种方式，永远把我留在有她在的梦里？想到此，我一时悲从中来，泣涕不已。无法遏抑的悲伤从黑暗的角落里汩汩涌流，从无边的黑夜落进更加宏大的黑夜。

姥姥，我想您，您在哪里？

这是我今夜哭喊了无数次的话，以至于哭声将我自己从梦里唤醒。想来我已经天命之年，却做了一个孩子才会做的梦，这又是为何呢？我多愿它能破窗入夜，直达天堂，让外婆能听到我的哭喊。只是，她真的能听到吗？

细数光阴，外婆离开已近四十年，我也人过半百，可是每年总会梦到她老人家。我想，外婆或许也在想我，要不那么多逝去的亲人，何以唯她时常入梦？我与外婆，恰如天上这轮皓月和那一粒星子，那么近，光照我一生；又那么远，但哀思绵绵，永无穷期。

第二辑

奇妙的遇见

孔城老街,历史的一缕阳光

一

这是我第一次完全在一个陌生的空间,融入一条老街的怀抱。

一条不宽的街道铺满了一块块光滑的麻石条,两道深深的车辙,就是老街的两道皱纹,从历史宽阔的额头一悠一悠地蜿蜒而至,深深凹陷进去,又从凹槽中一漾一漾地荡出来一股强大的诱惑,引导着我向着前方迈进。

正是九月的天气,秋日的阳光脱去了面纱,水银泻地般地洒在这条老街上。老街变得明亮了,透着端庄的灵动。

这种修辞是矛盾的,但是老街总会给你一种矛盾着的震撼。

站在老街的入口处审视老街,如入禅的老翁,沧桑的容颜在阳光下铺平,安静地盘坐在这江南的某个角落里,一缕缕白发在秋日里辉映着阳光。

一个穿着红色上衣的稚童正在老街的微笑中奔跑着,他用蹒跚的脚步摇动着老街的过去与现在,历史与将来。

二

三年前的一天,我有幸来到历代文人墨客向往的桐城市。

这是一个会呼吸的城市，置身其中，无论你从哪个方位去体验她的魅力，无不会感到一种隐隐的气流在一呼一吸之间润入你的每一个毛孔，每一根血管。

这也是一个能让所有浮躁着的文人瞬间安静下来的城市。城不大，却处处氤氲着一种沁人心脾的文气。自程晋芳、周永年发出"天下之文章，其出于桐城乎？"一问之后，曾国藩便在《欧阳生文集序》中率先举起了"桐城派"的大旗，戴名世、方苞、刘大櫆、姚鼐等桐城派"四祖"，用丰沛的才情和饱满的笔墨，串起桐城的丝丝缕缕，编织着桐城散文的锦绣华章，哪怕只是一个字，一句话，一片山，一汪水，一座小桥，都做到了极致。

正因如此，当听说这里隐藏着一条久负盛名的老街的时候，我毫不犹豫地选择了前往。

下车前行，通往老街的一条街道静悄悄的，空无一人。这里虽然是许多人曾经的根，但是枝枝叶叶最终还是没能禁得住远方的诱惑，风一吹，便离开了这里。两侧间或有一人家，也都是老人，静静地坐在小木凳或者竹椅子上。那些竹椅子也是上了年岁的，浑身透着岁月的质感。

褪色的木门将老人固定在岁月的窗口，像是一帧时光剪影，总让人想起故园与乡愁。

三

一块块麻石条，一片片岁月的竹简，光阴的刻刀一日日、一月月、一年年不息地游走其上，雕刻着一千八百年的沧桑与厚重。

麻石条横着排三列，之间纵向又排两列。若把老街看作是一架时光织布机,横列的便是纬线,纵列的是经线,而光阴就是一把梭子,在无数个春夏秋冬里来来回回穿梭不息,织就了孔城老街拙朴、素雅与恬静的粗纺。

中间的麻石条,表面凸凹不平却光滑无比,两侧早已被光阴刻出两条深辙,折射着世世代代孔城老街的人们日出而作、日落而息的生产生活场景,也是这里曾经繁华热闹、商贾云集的真实写照。

左右两列麻石,由于铺设在店铺门口,人踩马踏车轮碾压相对少了很多,依旧保持着稠密的刀刻的楞状凸起。

那些密密麻麻的凸起之间,泛着写意一般的苔绿,是那么不经意,让你不由得会想起江南的烟雨霏霏,想起诗意的小巷里那些淡妆轻描,倚门翘首,望眼欲穿盼人归来的江南秀女。

四

而孔城老街的江南秀女并不是纤瘦、柔弱和多愁善感的指代。

江南一样有烈女,这是我听了当地人介绍之后产生的感觉。在她们温婉的外表下,隐藏着一个刚毅、勇烈的灵魂,民国侠女施剑翘便是她们的典型代表。

施剑翘,亦名施谷兰,孔城镇人,自幼居阁读书作画,凭窗吟诗作赋,泼一墨习颜王柳赵,移一步又金莲带风。

而世事正如江南烟雨,阴晴难料,旦夕之间,充满着无尽的变数。

1925年秋,施剑翘之父施从滨奉张宗昌之命迎头截击孙传芳部,孤军深入,兵败受俘,被孙传芳枭首示众三日。

噩耗传来，年仅二十岁的施剑翘伤心欲绝，在堂兄和丈夫先后背弃诺言后，立誓为父报仇，并挥笔作诗明志："被俘牺牲无公理，暴尸悬首灭人情。痛亲谁识儿心苦，誓报父仇不顾身。"

之后，她放开了裹了二十余年的"三寸金莲"，苦练枪法，终于在父亲被害的十年后，在一处寺庙，对着孙传芳连开三枪，为父亲报了仇，雪了恨。

消息传出，举国震惊，"民国侠女"的称号不胫而走。施剑翘选择了自首，但在多方请愿下，最终无罪释放。

施剑翘为父报仇的壮举，成了民国时期挽救江河日下的世风的一根稻草，也给晦暗的民国带去了一缕明亮的光。光的源头，便是我此刻所在的孔城老街。

五

一首歌谣，若在一片土地上扎了根，一定会成为这个地方活着的化石。

从古至今，孔城老街流传着一首《十甲歌》："一甲咚咚铿，高跷带五猖；二甲真有钱，出个彩轮船；三甲真大胆，出个玻璃伞；四甲人斯文，出个富贵亭；五甲没得出，出个十二属；六甲与七甲，平台伴銮驾；八甲不顾羞，出个老悠秋；九甲狮子丑，像个哈巴狗；十甲人真榷，出的是台阁。"

这首歌谣，以民间歌谣的形式口口相传，直至今天。它就像白墙黛瓦间生长的一株小草，岁月恒久，生长不息，在秋日的阳光下闪烁着生命的光芒。

所谓的十甲，乃是老街的布局。自北向南大约三公里长的老街,共分十甲,甲与甲之间都有一道石门栅栏,外形极似江南随处可见的牌坊。白墙黑瓦、麻石街、牌坊、栅栏与飞角挑檐,老街虽在江北,却无处不描摹着江南的形态。栅栏的门宽,相当于麻石街的中列的宽度,其中是否暗含中庸之意,也就不得而知了。

中国的"甲"文化起于北宋时期的保甲制,它就像一个分格的笼屉,将偌大的中国分割成一个个相对独立的分格,又一统在以国家为外壁的坚不可摧的堡垒内。有意思的是,孔城老街这里的"甲",无一例外都写成了"田"。很明显这不是失误,而是刻意为之。私自猜想,大抵是因为"田"字给人的区域概念,比"甲"更为具象、独立和稳定吧。在这里,每甲是相对独立的,白天栅门打开,甲与甲之间相互连通,形成了孔城老街繁华的街市;而到了夜晚,栅门紧闭,互不通行,每一个甲都是相互独立的王国。

从《十甲歌》中我们同样可以窥视到,在孔城老街,每甲都有着不同于其他甲的独特商业和文化符号。一甲显然是以民间表演艺术为主,二甲则是商业中心,三甲是书院文化,四甲则是以达官贵人为主的政治中心,五甲之后,显然在商业分工上不是特别清晰了,但都有着独特的传统节目,比如舞狮子灯、舞龙灯、抬阁等。

《十甲歌》传递给我们的信号很多。无论世事如何变迁,这里社会和谐,经济发展,人与人之间相亲相爱,历史与文化一脉相承。"甲"文化所折射出来的孔城老街的悠久、深邃,无不让人感受到一种历史的沧桑厚重,以及中国传统文化一脉相承的延续、衍生能力。

一切都可以随着长江滚滚东去,唯有历史和文化的渊源传承,才能让后人在这片土地上顽强生长着自信和勇气。

六

来到孔城老街,有一个地方是绝不可错过的。

这个地方在南北狭长、富庶繁荣的老街中独树一帜,它曾经在中华民族面临暗无天光的一段日子里,刮起了"格物穷理"的治学之风,为一个苦难、迷惘的民族点亮了一丝明亮的光。

1840年,第一次鸦片战争打响,战争的结果最终以中英签署《南京条约》而惨淡收局,中国不再是中国人的中国,中国从此陷入了一条深幽难测、暗无天光的黑暗之中。

无论历史走上了一条如何凶险的道路,中国历代文人中是不乏以手中之笔、胸中之学教化百姓、济世救民的。正是在这样的大背景下,戴均衡、文聚奎、程恩绶等人感时而动,为匡正风气、教化桑梓,靠募捐在桐城老街建成了一座桐乡书院。书院开课后,群贤毕至,学子咸集,偏居一隅的千年老街在民族最晦暗的时刻拨云见日,被人称"信识斯人多俊杰,不因兴没待文王"。

书院的选址很微妙,位于十甲之中的三甲处,应是寓意从这里走出去的学生,一定是要拿到前三名的名次的。果不其然,在其后的日子里,每次乡试、县试、府试,第一名必在该书院中产生,桐城书院一时声名大噪,成为私立办学的典范。

据说桐乡书院建成之后,院内广植奇花异树,一年四季花开不绝。各种花香汇成一条溪流,沿着孔城河直入菜子湖,进而绵延流入长江,香遍全国。

1853年,桐乡书院惨遭兵燹,后虽得以修复,终是不复盛况,让人不免心生怅憾。

兴之于草野,毁之于权柄,或许这就是整个人类文化普遍面临的无奈和悲哀吧!

七

告别老街的时候,正是正午。

回头望去,长长的老街孤独而清静。

在明媚的阳光下,老街寂寥而旷远,而我,就像老街中那只来回蹦跳着觅食的鸟儿,渴望着从哪个角落里蹦出来一粒种子。

深深浅浅,曲曲弯弯,老街似乎在沉睡中期待着一场复苏的来临;白墙黛瓦,飞角流檐,斑驳的老屋在古旧无声的光阴中,时刻等待着有人轻叩门扉,打开一片新的时空。

我感觉老街伸出了它苍劲的臂膀,拥我入怀。我似乎也看到了,一代代孔城人躬身推着独轮车,驾着马车,从历史的深处茕茕而至,留下了一道道岁月的辙痕。

恍惚间,如影如梦的时光里,我仿佛听到从李鸿章钱庄里传来算珠疾缓参差的撞击声,传来施谷兰慨当以慷的疾呼声,传来万千学子嘹亮穿云的读书声,传来竹编艺人手撕竹篾的裂帛声,还有锣鼓声,叫卖声,马车声……

每一种声音在阳光下都泛着质感的光泽,透着古朴与鲜活。

王化之境

一

泱泱五千年中华文明史之所以能流传至今，大抵三种传承方式：民间口口相传，史册典籍记载，土地的深埋掩藏。岁月的河流急也，缓也，这些掩藏和深埋了的，在缓急交错中，一直在耐心地期待着，期待以一种古老、优雅的姿态，演绎一场穿越和重见。

这是我初读王化镇的感受。

说到王化镇，无法绕过三国时期的"吴下阿蒙"——吕蒙。

吕蒙，字子明，汝南郡富陂县（今安徽阜南王化镇）人。吕蒙少小顽劣，不爱学习，刚参军的时候还是个少年，吃够了没有文化的苦。当了官后，向上级汇报工作只能凭靠自己的"好记性"。"好记性不如烂笔头"，孙权劝他多读书，吕蒙说我很忙，孙权说再忙能忙过我吗？吕蒙动了心，就听从了孙权的劝告，从此白天带兵打仗，夜间秉烛夜读，刻苦自学，数年之后，果然令人刮目相看。

江陵之战，曹仁围攻甘宁，甘宁向周瑜求援。众人都说兵少不能救，吕蒙唱了反调，说完全可以，并主动要与周瑜前去救急解围。完了又劝周瑜说，你派三百人用木柴把山路截断，曹兵逃跑必会丢下马匹,这样咱就可捡漏了。周瑜采纳了他的建议,果然大破曹军,并捡回来三百多匹军马,军威大振。

关羽奉命攻打樊城,又时刻防备着吕蒙偷袭荆州。吕蒙就放出话去说自己不管事了,关羽放松了戒备,吕蒙随后演绎了一场"白衣渡江"的历史传奇,轻取南郡。进城后吕蒙对将士们约法三章,南郡老百姓都说吕蒙比关羽好。关羽的将士军心涣散,斗志全失。一代英杰关羽败走麦城,后被俘获、斩杀,令人唏嘘。

二

1950年,新中国刚刚成立,民生维艰,安徽省阜南县王化镇万沟小学广大师生只能勒紧裤腰带艰苦度日。原校长刘金屏发动师生自力更生,到湖边捕鱼。捕鱼的过程中,无意间发现了一些陶片、蚌壳和石器等。这是一个了不得的发现,阜阳第一个新石器时代晚期的文化遗址,就这样在他们因为要填饱肚子这个最基本的生存需求里,穿越了粗粝的土层,得见了光明。万沟遗址的发掘,极大地拓深了王化镇历史的厚度。2020年11月,在王化镇卢寨村一高地上再次挖出来很多陶片、铁剑等器物,经鉴定是汉代墓葬。这一发现,更增添了王化镇的神秘和魅力。

据现有史料,王化镇早在秦代乃至更早的春秋时期就已经有记载,属汝南郡,秦时在这里置阳城。阳城很有名,《史记》载:"陈胜者,阳城人也,字涉。"当年陈胜就是从阳城被征丁,后踏上了反抗大秦之路。但是,历史的脉络有时清晰可见,有时模糊不清,中国的"阳城"太多,关于陈胜的出生地,历史只给了我们一个泛泛的地域概念"阳城",至于是否是这个阳城,不得而知。

而我们在王化镇花门楼村七里仓参观时,当地的导游强调说,陈胜就是从七里仓这里走出去,与吴广一道,掀起了一股反抗暴秦的血雨腥风。

这个说法缺乏实证,但是七里仓确实有记载。《正德颍州志》载:"南乡七十五里,北临谷河,俗传王保保尝屯兵于此,树七旗,故名。岭头有仓。"王保保真名叫扩廓帖木儿,蒙古人。元朝末年,王保保奉命镇压红巾军,行至七里仓一带,远远看到谷河之畔,有一处高高的土岗。王保保何人?马背民族的后代,善战,深谙兵法,感觉此处很适合屯兵,于是就在那里驻扎了下来,命人在岗上竖起七面大旗,故称"七旗岭"。七旗岭一带适宜农耕,是鱼米之乡,易征粮,于是又建了军粮仓。明中期,颍州府又在这里建"预备荒政"仓,并称为"七旗仓",后人称为"七里仓"。

"七里仓"兼具地理标志意义和历史文化意义。当地党委政府意识到蕴蓄着旅游商机,于是在七里仓这个小村庄又恢复重建了粮仓模型,一度吸引了众多游客前来参观,七里仓也名副其实地再次出现在了世人的面前。

三

王化镇的每一片土地,都散落着不一样的故事和传奇。

吕家岗、七里仓、花门楼,每一个名字都带着古典、浪漫的气质。

这里曾经出土了汉铜镜、陶器、陶井筒等古文物,被有关部门和专家认定为"富陂故城遗址"。

中国的地名,尤其是古代的地名,大多带有明显的地理标志意义，富陂即是如此。富者，富庶也，陂者，池塘也，暗含两层意思：一为这里水多，《水经·淮水注》记曰："（润）水首受富陂。"这里是润水的上游，是润河的水源地，可见这里曾经是皖北水乡，湖泊遍地，风景秀丽；二为这里非常富庶，据《三国志集解》记载，"富陂，汉旧县。县多陂塘浇灌稻故得富陂"，是鱼米之地。

至东汉，阳城更名富陂县，后为富波侯国，可能就是考虑到这里陂塘遍地，水源充足，能灌溉水稻，物阜民丰吧。

由此我们也可以得到这样一个信息，就是王化镇种植水稻的历史，可以上溯两千年，这在以小麦、玉米和大豆为主要作物的皖北地区，是不多见的。

这里的人们世世代代依靠水稻发家致富。清朝时期，王化镇的"富陂红米"产业发展到了极致，曾进贡朝廷，成为皇粮的指定产地，是御用大米。

一种农作物，带富一方百姓，这在古代是完全可以的。时代飞速前进，如今这里的人们依然家家户户种植"富陂红米"。"富陂贡米"以其优良的品质和口感，远销各地，成为这里的老百姓大米产业的主打品牌、脱贫致富的重要经济支柱。

四

王化镇在解放战争史上是留有重重的一笔的。

谷河是王化镇境内的一条淮河支流，河上横架着两座桥，一座俗称"青龙桥"，另一座俗称"白龙桥"。两桥飞架南北，相互呼应，宛如两条真龙一样浮游在谷河之上，故当地人又称其为"双龙桥"，自古为当地交通要桥。

1947年8月,刘邓大军兵分三路,准备挺进大别山。他们先于敌人跨过了陇海路,蹚过了宽达三十多里的黄泛区,又渡过涡河、沙河,来到了王化镇北的谷河边,数万军队及辎重通过"双龙桥",顺利渡过了谷河。过河后,为迟滞追击的国民党军队,经慎重研究,又征求当地群众的意见,部队随即将"双龙桥"炸毁。等敌人追来,刘邓大军已经快速渡过了洪河,从而远远地甩掉了国民党军队的尾追。在大是大非面前,当地群众坚定选择了牺牲个人利益,支持解放军。刘邓大军被当地人"舍小家为大家"的无私精神深深感动,炸桥时郑重向群众承诺,等革命胜利,一定重修此桥。

　　这两座桥由于被炸毁,南北交通中断,给当地群众的生产、生活带来了很大的不便。1984年,当地二十余名村民联名给党中央写了一封信,请求中央拨款重修王化镇"双龙桥"。没想到,不久之后,国家领导人亲自批示:"请中央办公厅信访局认真核实群众反映问题,如情况属实,希尽快解决。"根据指示,中央办公厅信访局认真查阅了刘邓大军南下的路线图,证实村民们反映的情况属实,于是将重修"双龙桥"列入国家计划。1990年,"双龙桥"再次飞架谷河南北,极大地促进了当地的经济发展和交流,王化人民从此走上了致富路,日子一天比一天好了起来。

　　解放军一诺千金的故事在谷河两岸流传甚广,群众亲切地称这座桥为"连心桥",因为它蕴含着中国共产党与人民群众的鱼水深情。

五

　　从王化镇回来后,我常想,王化镇的历史,绝不是当下人已经考究出来的现状，一定还有更值得我们挖掘和发现的丰富历史遗存，比如，王化镇的红色文化资源。

搜集整理刘邓大军过"双龙桥"的前后史实、照片和文物，"双龙桥"重建的资料及文物等，这些都将成为王化镇乃至整个皖北红色文化和红色旅游的宝贵资源。若能成，功莫大焉。

王化镇已不再是简单的地理名称，它所记载和传承的历史文化，如同谷河里的潺潺流水，始终滋润和养育着这里的一切。

遇见一个小小孩

思虑再三，我决定乘坐火车经石家庄过银川，前往内蒙古阿拉善盟，参加第十一届西部作家笔会。乡村赋予我们的虚空和孤独，早已被城市吞噬殆尽。或许只有把自己放到长长的旅途中，才会寻回或遇见那个遗失的自己。

车厢内，人事纷纭。每多一次陌生的邂逅，都会在内心加深一分孤独。我喜欢这样的邂逅，更喜欢这样的孤独，不需要装裱自己的刚强或软弱，也无须掩饰自己的悲伤和喜乐。

黄淮平原博大而辽阔，浩瀚而平缓，她无私地包容着我的喜怒哀乐，我深深地热爱着这片土地。过了黄河，经石家庄中转后，火车便开始一路向西。平原是懂我的，突然参差嵯峨起来，变得不再平静。一座座山忽然就从地下拱了出来，高不过青天流云，矮不过树木荒草，林立在平原之上。此时山与平原互为补充，山是长起来的平原，平原是躺下去的山。平原因为山而富有了故事，山也因为平原更富有了深邃的韵味。

窗外，交替闪过的高山与草木提示我，我第一次来到了我所向往的这片辽阔疆土的北方，虽然还有比这更北的北方。车厢里，乘客的口音已经发生了显著的变化，操甘、陕、晋方言说话的人越来越多，北方的味道也越来越重，我的脱离感也就越来越强。

可是旅途中的遇见总是很奇妙。一个中年妇女和她的女儿，带着一个更小的女孩，从石家庄上车，回太原。她们就坐在我的对面。小小孩瘦瘦的，眼睛不一般的大，漾着亮波，偶尔眨一下，看着我，小白兔一样撞进了我的心里。我突然就想起了她这么大时的女儿，一直坚硬着的心也就柔软了。

　　小小孩感冒了，不时地咳嗽一两声，需要服药。药是粉末剂，用温水已调好，但小小孩并不配合外婆和妈妈吃药。想起女儿的我放下了所有的矜持和虚伪的高傲，莫名地冲小小孩笑了笑，像当年哄女儿一样哄她吃药。或许陌生的缘故，小小孩先是怯怯地看着我，然后转身，得到外婆和妈妈的鼓励后又转回头看看我，再转身，慢慢地将嘴伸向外婆递过来的糖浆，啜饮了一小口，又一小口。之后，便将目光斜着望向我，一副楚楚的模样。我冲她晃了晃大拇指，她忽然就笑了，笑容像一缕刚冲出地平线的阳光，浅浅的，暖暖的。

　　暮色慢慢开始合围，火车在暮色里像一座飞驰的桥，从一座山横跨另一座山，从一个谷峰飞越另一个谷峰。而山是不甘于被追逐的，飞速地奔跑着，呼啸而过。山是平原的孩子，长在平原上，也长在我的心里。此时山一定是有很多话要对我说的，不然怎么会发出那么大的声响？我在不断地倾听之中，感受着平原与山地的移步换影。

　　在奔跑着的火车前面，是一样在奔跑着的太阳。太阳或深或浅地出没于群山之间，山因而被镀了一层金，连绵起伏，如无垠的沙漠。阳光也会不时地斜射进车厢，落在小小孩的身上，她微微金黄的发丝蓬松而弯曲，荡漾着一阵阵温暖的光。每一个人的心里都升着一轮属于自己的太阳，因为有了太阳，心里就洒满了阳光。那个小小孩的心里也是有着太阳的吧，要不然，她小小的心灵，就不会因为陌生人一个鼓励的微笑，便放下对这个世界的戒备。

车到太原，小小孩和她的妈妈，妈妈的妈妈，一同下了车。她们分别和我道别，小小孩趴在外婆的肩上，小小的脸庞正好对着我，一双汪汪的眼睛把我浸在了一片水中。我们几乎同时伸出手，做出道别的动作。

火车再次启动，飞速追赶着群山和群山后面的太阳，可总也追不上，太阳已经换了个方向，从地球的另一面开始了另一轮的升起。

感谢小小孩，让我寻回了丢失很久的自己。

在一片金色的海洋里撒野

在阿拉善的几天里,我们抽出一个下午的时间,去感受和体验沙漠。

这片沙漠在阿拉善的西部,与甘肃和宁夏相接,总面积约三万平方千米。它与阿拉善一样,有一个很高远、辽阔、令人充满想象的名字——腾格里。

对于从未亲眼见过、亲手抚摸过沙漠的我来说,当我真的站立在腾格里沙漠上,我依然无法想象,这么大面积的一片沙海到底是一个什么概念。置身其中,恍如置身于浩渺无际的金色海洋,四下望不到边。而抬头,是与这片金色海洋一样,无边无际,浩大汹涌的蓝色海洋——天空。同时脚踏、头顶着两片人类无法预知的海洋,这对于人类来说,是自感渺小而又无力的。而当人类惮于距离自己更近、更容易吞噬自己的沙漠的野蛮狂放,自然就会把希望寄托于头顶上深邃、纯净的天空。这片沙漠之所以得名腾格里,我想大约就是这个缘故吧。因为腾格里在蒙古语中的意思即为天。

从小到大,我对沙漠所有的了解都是来源于书本,却因疏于读书,多是忘却了。最深刻而清晰的认知,是沙漠狂放不羁的性格以及它不安本分、肆意扩张的野性。约三十年前,电影《新龙门客栈》播出，电影中那些变幻莫测的沙漠风暴，腥风血雨的人间杀戮，以及周淮安对金镶玉说的一句话——"你和这沙漠一样无情无义"，更加深了我的这种认知。

而到了阿拉善以后，我才知道这种认知是多么肤浅和可笑。

车子行驶在辽阔的沙漠戈壁，这里已经修建好了宽阔平坦的柏油路面，阳光下，弯弯曲曲，绵绵延延，蛇一般直向沙漠深处游去，似乎这片土地有多么宽广，就能游多远。远处一闪而过的，是一片片或稀疏，或稠密，或高，或矮，或蓬勃，或谨小的植物，它们生长在丛丛的戈壁石与沙砾之间，季节的缘故，少有青绿色。

"沙漠到了！"同行的司机兼导游、著名作家张继炼告诉我们。

沙漠公路是迂回相通的，几个逡巡之后，我们便在一个极宽阔处停了车。我确实来到了沙漠腹地，先是迟疑着不敢下车，旋即又迫不及待地下了车。路的两侧星星点点地长着很多纤瘦的植物，有单株的，也有蓬勃成一大团的。

"看，这就是梭梭！"张继炼向我们介绍道。

这是一株已经干枯了的植物，沙面以上的主干不及婴儿的小臂粗，而出了沙面，却是张张扬扬的一大片，细细的枝条旁逸斜出，形成浓密的一簇。若在夏季，那一定是这片沙漠里最葳蕤的风景。而此时，它已经枯干，枝体泛着白光。再向周围望去，那些虽不繁茂，却也星罗棋布的梭梭，以及其他我们叫不出来名字的沙生植物，沿着公路两侧，向沙漠深处缓缓行进，这是人类为了控制沙漠化所采取的不懈努力。有的还泛着绿色，有的正值青黄，更多的已经如那株梭梭一样枯干。无论生与死，这些植物都已经将自己的青春与激情，深深地揳入这片沙漠，沙漠也因此慢慢收敛了桀骜不驯，变得与人为善了。

张继炼曾担任内蒙古自治区作协副主席、阿拉善盟文联主席，对阿拉善充满了深情，毕生致力于阿拉善人文历史文化的挖掘和推广，创作了多首歌唱阿拉善的歌曲并广泛传唱。在他滔滔不绝的讲述中，我们听到的最多的一句话就是"苍天般的阿拉善"。早在去年汉中第十三届西部散文节上初见张继炼主席时，一次小聚中，他就给我们表演了独唱《苍天般的阿拉善》，舒缓悠扬的旋律与他浑厚深沉的嗓音一下就征服了我们，也让我们记住了"阿拉善"。而这次的沙漠之行，他不断地向我们介绍着阿拉善人如何一代接着一代不辞辛劳，通过方草格、梭梭林、花棒等多种沙生植物，多年如一日地叫板沙漠，又在治理沙漠化的过程中，通过开发种植沙生植物促使当地农牧民增收，实现在沙漠化治理中取得经济效益的丰收。我们在他的娓娓道来之中，一次次地感受着什么叫"苍天般的阿拉善"，什么叫阿拉善人，那是一种辽阔，一种高远，一种神秘，一种神圣，一种不屈的坚守，一种顶礼的膜拜。

明晃晃的太阳将我们的影子投射在金色的沙面。一座接着一座的沙丘绵延开来，数不过来，也走不过去。每一座沙丘似乎都是一个模样，好不容易爬过了一座，眼前突然又出现了一座，层层叠叠，浩浩荡荡。同行的河南作家阿若似乎比我更为兴奋，他爬上一个沙丘，站在高处，摆好 POSE，让我从下方给他拍照。随后又一个拿大顶，双手与头形成三角支撑，头顶沙海，脚蹬蓝天。翻身又滑入两座沙丘之间，仰睡在沙堆里，四肢伸开，摆出一个"大"字形。我不停地摁着快门，拍下了阿若兄，也拍下了这片沙漠，拍下了一大片的沧桑与浩荡。河北作家吴征辉兄弟则激动得如沙漠蛇一样，一眨眼便已滑到了很远的沙浪深处。夕阳西斜，将他的影子长长地投射在金色的绸缎上,远远望去,剪影一般,在浩瀚的沙漠海里,却又显得如此渺小。我低头看看仰天闭目而躺的阿若兄,再抬眼望望远处的吴征辉,一霎间便觉得这沙漠竟是如此诡秘而深奥。人在大自然的面前,有多少时候都在自以为大啊?人类或许可以改变大自然,但是那连绵起伏的沙漠海,谁又能知道它凶悍的野性蛰伏在哪里,又会在哪个时间,突然苏醒,而施虐于人?人与自然之间是没有大与小、强与弱的,只有相互尊重,相互顺应,才能和谐相处。

第一次与沙漠亲密接触,一切于我都是新鲜而神秘的。刚下车就遇到的那株已经干枯泛着白光的梭梭,蓬勃的沙蒿,箭一样向天而立的芨芨草,水墨写意一般的沙拐枣,少女皮肤一样柔软的沙层,还有涟漪一样荡漾又或风抖绸缎一样的沙浪。放眼望去,阳光流过沙丘,满眼明亮的金色突兀;而沙丘的背面,却有斑斑点点的暗影。据张继炼主席介绍,沙漠看似干旱而又荒芜,其实沙漠下面深两米地方即蕴蓄着丰富的水。或许这就是真实的沙漠吧,一面蕴藏着死亡的威胁,一面又蕴蓄着生命的希望。

我随着手机镜头不停地移动,无意中发现了两行小动物的脚印,均匀而整齐地向远处延伸。我屏住了呼吸,沿着这排女红一样精致的脚印向前查看,发现一只壁虎一样的小精灵窝在沙堆里,三角形状的头颅微微高昂,浑身几乎与沙漠一样颜色的皮肤——若不是脚印,你几乎发现不到它的存在。小家伙温驯而又时刻保持着警惕,一动不动地观察着身边的一切,让人忍俊不禁。"快看,这是什么?"我惊呼道。张继炼主席哈哈一笑道:"这是沙漠蜥蜴。"小蜥蜴听见响动,四肢立即微弓而立,头左右摆动,两只黑豆一样的眼珠望着它眼前突然出现的异类,然后一扭头,昂头摆尾地迅速向远处的梭梭丛跑去，一条长长的尾巴在它的身后竟也搅起了淡淡的"狼烟"。或许，它把我们当作威胁了吧，望着广袤、荒芜的沙丘、沙浪，我心生一问，这些沙漠蜥蜴，面对沙漠蛇、蝎子、蜘蛛、鸟这些天敌，甚至面对人类时，又是怎样顽强生存的呢？也正是它们，连同那些梭梭、芨芨草、沙蒿、胡杨等，一同构筑了沙漠这个沉寂中尽显纷繁的生命之链，也诠释了宇宙蛮荒之中生命的乏味与精彩、孱弱与顽强、卑微与伟大。

夕阳渐渐西斜，我们来到了一处沙漠冲浪的景点。我和阿若兄、吴征辉等几个人同乘一车，迎着夕阳，快速向沙漠里驶去。前面没有路，只有迷离的沙海和高低起伏的沙丘。正在我疑惑接下来我们该如何冲浪的时候，越野车一个腾跃，我们从高高的浪尖一下子落到了沙丘的底部，车厢内顿时响起了一连串的惊呼与尖叫。还没等我们反应过来，越野车又箭一般地冲上了沙丘顶，随后遽然落下，我们也从座位上高高腾起，又重重地落下。还没坐稳，越野车又沿着山坡倾斜六十度之多向前行进，我们紧紧地抓着扶手，尽力保持着平衡，可是心里却紧成了一团。那一刻，除了眼前高低起伏的沙丘和沙漠冲浪带来的惊险刺激，我想谁也不会记起生活中曾经经历过的喜与怒、哀与乐。沙漠给了我们面对突变的勇气，让我们找回了蛰伏在内心深处最原始的天性，让我们释放出了那些曾经被我们压抑着的，再也不敢示人的野性的力量。

为此，当我们最后回望一眼那广袤无垠的金色海洋，我们忍不住齐声高喊：腾格里，下次再见！

站在高原上

车过太原,已是晚七点钟。窗外的暮色渐渐浓重起来,长途跋涉孕育着饥饿,千百个饥肠辘辘的旅人,用千百种食物填补着各自空虚的旅程。

对座来自绥德的夫妻开始准备晚餐。女人在剥鸡蛋和火腿肠,男人泡了两碗"康师傅"。之后,他们头顶着头,在说说笑笑中大快朵颐,举手投足间不经意流露出来的亲密与恩爱,随着方便面独特的香味氤氲在车厢。米脂的婆姨绥德的汉。无定河曲曲折折,蜿蜿蜒蜒,从寸草不生的毛乌素沙漠中流出,流过空旷荒凉的黄土高原,在经历了百回千转之后,浇灌出了这座美丽的城市绥德,也浇灌着这对夫妻朴素而又浪漫的爱情。

在"康师傅"的诱惑下,我吃了点儿零食,又吃了一个大苹果。很快,肠胃隐隐不适,我开始一趟趟向厕所跑,实在难以自持,索性于一个停靠站下车,于深夜进入一个陌生的陕北小城"靖边"。在陕北有几个以"边"命名的城市,靖边是其中之一。一千六百年前,叱咤沙漠、草原、戈壁的匈奴铁弗部赫连勃勃,在这里建立了大夏国,都城被称为统万城。大夏国政权如茫茫沙漠里的一粒沙尘,仅仅持续了二十五年,转瞬便消失在漫漫黄沙中。

第二天下午,肚子转好,打车去靖边波浪谷景区。出了小城,越向前,感觉离乡村和土地就越来越近。车窗外,干旱将尘土从土地上剥离,风又将它们徙运,厚厚地堆积在马路的两侧,车辆驶过,车后就像是喷出了一片浓雾。不远处是怎样的土地啊!青草退去,高原干渴,苍白着脸,一片片低矮的玉米浑身上下几乎找不到一丝的绿,枯黄的身体在秋风中不停地战栗。反差的是,一大片一大片红色不时地从土地中冲出来,忽然又被吞没;一片高坡刚刚隆起,猛然间又塌陷下去形成一片低谷。

我这才真正意识到,我已经行走在陕北的黄土高原上了!

读初中时,国内曾刮起一阵强劲的"西北风",那粗粝、豪放的歌声,夹杂着一股浓浓的黄土味,至今回荡在耳边。几十年来,我一直向往着歌中唱的那个地方——陕北。在我的脑海里,那是一片贫瘠而又神秘,荒凉却不乏神圣的土地。那里沟壑遍布,满目黄土,却又盛产土豆、荞麦和民歌。我曾"几回回"梦中飞到了那片令人着迷的土地,而当我真正近距离感触它的脉搏,依然为它的广大、苍凉而感到震撼。

由于主景区维修,只好来到了三号景区。下了车,雨开始凑趣。星星点点的雨丝似有似无,落在脸上,有清冽的感觉。天空开始起风,吹在身上,阵阵的秋寒直透薄衣。景区尚处于原生的状态,没有太多的人为痕迹,入口处,排满烤红薯、编织沙柳制品、卖自家产苹果的当地农民。初秋的寒意似乎没有阻挡他们发家致富的热情,同样也没能阻挡游人的兴致,一些人已返回,但更多的人在顶风沐雨向山上挺进。

这里以丹霞地貌著称,当地人称"红沙峁"。峁是我国西北地区对形状顶部浑圆、斜坡较陡的黄土丘陵的统称,再加上红色与浮沙,于是就成了红沙峁。可想而知,这里的山并不高大,也不险峻，一块块巨石像是从地下拱出来的蘑菇，一块挨着一块，一块连着一块，从远处的山顶上缓缓而下。山几乎是全裸着，星星点点的植被之外，没有什么绿草和鲜花，有的只是让人震撼的通体的红。

这是我第一次见到丹霞地貌。在我的眼里，每一块山石都貌似一个特立独行的人，有着独特的性格和特质，或棱角分明，或圆润珠滑。巨大平滑的石头表面，应该隐藏着巨大的基因密码，要不何以清晰地呈现着一种长年累月流水冲击的纹路呢！或直线而下，或迂回曲折，或回旋徘徊。有的像尽情绽放的花，有的蓬勃肆意的蘑菇，有的像海螺外壳，有的又像顺流漂游的红色的水草，自上而下，一道道，一绺绺，一丝丝，顺延而下，无断无拦，犹如一条条光阴的河。每一道红色的流痕，都彰显着大自然鬼斧神工一般的雕琢与打磨，见证着一次风雨的洗礼和光阴的蚀刻，冲石成沙，堆积在脚下。

踩着浮沙向景区里走，左侧是缓慢延伸着的山坡，一直向上到山顶。右侧是护栏，护栏外坡度明显陡了很多，直落山谷。生活大抵如此吧，向上攀登往往缓慢而艰难，而下落在很多时候却只是一瞬间。风吹起红色的浮沙，也吹起了岁月与征尘，形成一层红雾，弥漫在空气中。雨丝筛着它们，落在地面上，浮沙愈发地红了，飘浮在时间之上。我轻轻地走在上面，软软的，留下了一个个深深的脚印。它可以证明一个旅者曾经来过，哪怕随后又被时间之手抹平。

放眼远望，最摄人心魄的，是远处赭红色的丹霞，如云朵，似棉团，层层叠叠，堆积在高原上，又散漫开来，一浪接一浪地从高到低，从远到近，潮水一样在荒凉的陕北高原上肆意漫延。

越向里走，流水冲刷的痕迹就越显得密集而清晰，让你似乎能看到，一股股红色的瀑布从洪荒的尽头滔滔而来，流经你的脚下，直入山谷。流着流着，四周红色的瀑布突然跃入谷底，高原随之塌陷成裂谷，红色的瀑布变魔术一般地消失。

  我的心再次被震撼。瀑布滚滚而下，落到谷底，我看到的却是两片湖蓝宝石一样的水面。那是时光之机凝结的琥珀吗？静静地、无声息地卧在红色的高原上，就像这片神秘土地的两只深蓝的眼睛，是如此惹人注目而惊心。

  正在我惊讶于那湖水的净、蓝、幽、雅，突然发现一个个小小的白色的精灵，在高原的两只眼睛之间缓慢地移动着。我急忙用手机相机拉近，细看，原来是一群野山羊，在湖畔悠闲地吃草。没有牧人的长鞭，也没有高亢明亮的吆喝，它们就像那两片湖一样静静地从高原中生长出来，成了那片湖水忠诚的守护者，也成了这片红色的高原上最为灵动的一笔。

  红色的高原，蓝色的湖水，以及洁白的羊群，一次次被我收进相机，成了一幅幅绝美的风景。很多人都在寻找着下山的路，企图与那片风景接近，成为风景中的一笔，可我终究是停下了脚步。人与风景之间难道不应该保持一种距离吗？这个距离不是因为人为的护栏，也不是因为山势而导致的艰险，而是人与自然之间亘古的永恒的一种距离。人，或许可能成为这片风景中的一个败笔，远观，才是对它们最好的尊重吧！

与同一片山水的两次邂逅

出生于皖北,光阴推着我在这片广袤的平原里东奔西跑了近半个世纪。平原就似一张平面的画卷,无参差,少嵯峨,总觉得少了一种抓心的东西。直到二十五年前的那次邂逅,我才明白那是一种情结,一种独特的情感和向往。

二十五年前,我应聘到一家乡镇企业工作,一次出差去合肥送货,返回的途中,我提议到金寨去看一看,司机说,没什么看的。可我却对这个深处大别山的革命老区神往已久,坚持去看一下。在我的印象中,金寨一是革命老区,出了很多的将军,是红色之都;二是深处大别山,有山有水,是放归心灵的好去处。单挑其一,我都应该去看看。

我对这次金寨之行充满了期待。考虑到出差的时间较紧,经过多次询问当地人,我们决定顺路去全军乡的一个无名景点。当地人告诉我们,那里深林幽水,溪流淙淙,尤其瀑布特别好,山又不高,可是,我们怎么也没想到绕过县城去往那里的路面这么差,山路崎岖,道路狭窄,路面颠簸,又没有任何指示,那段山路我们走了近两个小时。站在山脚下,沿着一条清澈的小溪放眼望去,只见青竹挺拔,林木葱茏,涛声阵阵,鸟啼风鸣,一切都是原始的模样。景致虽美,奈何在来的路上耽误了时间,天色渐晚,根本就来不及去上山游玩了。我只能弯腰捧起一汪山泉，轻轻啜饮了一口，顿觉一股清澈的甘甜瞬间激活了身体里数以亿计的细胞，因长途跋涉而带来的劳顿酸楚顷刻间烟消云散。在司机的一再催促下，我不得不恋恋不舍地望着远处层叠的山峦，怅怅返身，怏怏而回。

因了这个情结，近年来，我已经多次去往金寨旅游。2018年的五一假期，从天堂寨返回阜阳路过金寨县城，从车内向外不经意的一瞥，发现马路边竖立着一块巨大的旅游广告牌：龙津溪地景区，深呼吸，漫游地！就在那一瞥的瞬间，内心说不出缘由地一动。我拿出手机"百度"了一下，看到了"全军乡"三个字，难道就是二十五年前我失之交臂的景点吗？带着这个疑问，竟不顾一身疲累，莫名其妙地就直奔龙津溪地景区而去。可能这世间很多美妙的相逢相遇不期然就出现在了眼前，即便素不相识，却无法拒绝它无声的召唤和挽留。

比起二十五年前，如今的山路早已经硬化，方向指示牌也随处可见，加之导航，仅仅半个小时的时间，我们便顺利抵达了景区。此时景区已经开始开发，但尚处于初始阶段，一切依然保留着原始的模样。我的心不免再一次悸动起来，竟如见到了久违的情人。站在山脚下，满山清幽，耳畔除了涛声、风声、鸟鸣声、溪流声，似再无其他杂响。那种幽静是有魔力的，让我瞬间从三千尺高的浮华中瞬间沉降在了这片山水之间。我真的喜欢上了它。

入了景区，一条不宽的青石小道蜿蜒而上。路两旁竹海深深，微风习习，竹叶相戏，窸窣有声。一根根苍苍翠竹，修长挺拔，似一群俊秀朗逸的美少年，从山脚向上次第排开。一座古朴的茶社在明亮的阳光下向山而卧，与背后茂密的竹海组成了一幅绝妙的风景，一段婉约悠扬的钢琴曲在茂林修竹间舞动。明亮的阳光穿过茂密的竹叶，洒下无数金色的光斑，糅合着曼妙轻柔的音乐。浸润其中，恰似啜饮一壶果酒。我似乎醉了，恍若看到一个优雅的少女，在茂林修竹中欲语还休，静静地等候着她的意中人，不，等候着我的到来。这是一场没有约定的相遇，我知或不知，她就在那里，一等就是经年，从来不曾离开。

拾级而上，映入眼帘的是一处水潭。水深邃纯净，在光与影的互动中耀动着。一颗颗精致浑圆的石头静静地安卧在水底，尽情享受着流水的摩挲。流动的水草，油油的，悠悠的，在流水中扭动着腰肢，欲与流水同奔赴，却难脱池底泥石痴心的挽留。水是动的，而潭是静的，如同一眼能看到一个无邪的少年那纯净的内心，动如脱兔，静若处子。这水从山之尖，从云之端，从天之角，一路欢歌，顺流而下，最后相会于此，一同注入山脚下这个形如方镜的潭中。"水心如镜面，千里无纤毫"，这已不是文学中的夸张，确乎是看不到一丝纤尘的。弯下腰，忍不住掬起一捧，呷一口入喉，顿觉丝丝甘甜在舌尖流转，进而慢慢扩散，又迅速滑入腹中，二十五年前的感觉瞬间复活。

登山的小径还未成路，岁月的河流将一块块岩石冲刷得少了棱角，多了圆润。正值初夏，树上新叶初绽，脚下去岁的枯叶依旧层叠着蹉跎的岁月，处处显露出这片山水的原始与从容。山不高，抬头即可看见山尖；也不陡，信步而上，心是从容的，气是匀淡的。回头，即可望见山脚下那纤细的溪流缓缓的影子，便觉山是平地上的楼，水是楼宇间的带。

及至半山腰，一条条清澈的溪流宛如明亮的丝带，从四面八方山体的夹缝中，从苍翠欲滴的松柏绿帷间，忽然就钻了出来，曲折蜿蜒，不辞辛苦，一路哼着小曲，蹦蹦跳跳，在乱石之间左冲右突，遇高则迂回包抄，遇低即顺流而下。它们像是有了约定，这份约定或许就在亿万年前，在地壳骤然隆起之前。虽然时光飞逝，光阴如川，但有青山作证，有流水为鉴，从来不曾忘记。今天，它们为了起于洪荒的诺言，似一个个无畏的勇士，抱在一起，搂成一团，从潭口奋身一跃，直落下面的深潭，无惧疼痛，也不怕粉身碎骨。我想起那些从这里走出去的革命先烈，他们何尝不是一滴滴水滴，坚守着滴水穿石的永恒信念！

我愈发喜欢上了它，迫不及待地沿着溪水流下来的方向继续逆流而上。愈走近它，愈醉心于它。及至攀岩步道，忽听有瀑布隆隆的声音，和着鸟鸣啾啾和松涛阵阵，似一曲舒缓、宏大的交响乐。但见一条条洁白的素练从云端倾泻而下，在半空中长舞。那山尖上的云朵，一如山间的流瀑，真的会流泻，会跳跃，落到山顶，跳到半山腰，来不及休息，又跃下山来。初惊河汉落，半洒云天里。我被这样的景致所迷惑，一时竟不知哪里是云，哪里是瀑。揉了揉眼睛，定睛一看，确是瀑布，从云端的山顶轻盈而下，虽没有"疑是银河落九天"的磅礴浩大，却像一个养在深闺人未识的小家碧玉，又不失万千风韵，尽情挥洒着独有的魅力。收回视线，拾级而上，又觉瀑布是如此之近。一伸手，或者一探头，那一匹长练就会落入手上，绕在脖颈上。一眨眼，又有冰凉的露珠儿落在额头，眉梢，鼻尖，甚至毛孔里。流瀑宛如一条条白龙，一头扎入深潭，一粒粒珍珠一跃腾入半空，复又一头扎进飞沫之中，似一个个顽皮的精灵，又似即将远行而又万般不舍的孩子，刚要离开，又转身扑进母亲的怀抱。

我也似乎充满了力量，一鼓作气来到了观景台。观景台依山而建，悬在空中，远离了苍松翠竹，远离了溪流飞瀑，所有的声音似乎都已远去，但所有的声音似乎又都在耳边萦绕不绝。仰望山顶，但见"银河飞落青松梢，素车白马云中跑"。这确乎是白云的，不断变换着身姿，忽而像一只只鸽子在翩跹飞翔，忽而又似一只只绵羊在悠闲踱步，形态各异，却又转眼幻变。移目四周，群山之间，袅娜升腾起氤氲的雾气，流动着一层层轻纱，忽远忽近，似有似无，若世外仙境，又似写意山水长卷。群山环绕，满目青黛，素练曼舞，深幽绝尘。鸟声远了，风声消了，只有流瀑挟卷着涛声从千尺长卷中腾挪而出，落到谷底，又折弹回来，刚触到群山，又钻入林海，余音不绝，袅袅在耳边回荡作响，提醒着你，这山是有声音的。愈是有声音，偏又让你感觉到一种摄人心魄的静，哪怕是一声粗重的呼吸，都会惊到群山，惊到群鸟，惊到流云飞瀑，惊到一份二十五年间从不曾消失的缘。

　　二十五年后再度相遇，我惊讶于这个大别山深处的革命老区旅游业的沧桑巨变，但一切似乎又是那么自然而然地变革着。前进着。这种动力，是时代所赋予的，是深植于这片蕴含着红色基因的山山水水，是金寨人民勤劳、刚毅、坚贞、忠诚的品格。我已经彻底爱上了它，忍不住伸开了双臂要去拥抱它，不，是它敞开了怀抱拥抱着我，接纳了我！

荷花是焦岗湖夏日的主宰

朋友圈中多钓迷，所以对焦岗湖，我一直是听说得多。从这个意义上来说，焦岗湖是长在我的耳朵上的。听说有听说的妙处，嘴里念着她的名字，脑海里可以肆意地想象，想象她有多美，想象她有多不美，都是可以的。

焦岗湖古时又称椒水，最早见于《水经注》，《大清一统志》已经有"焦岗湖"的记载，《凤台县志》则称"椒之椒，讹为焦，不知始于何时"。由此可见，焦岗湖是一个天然湖泊，但形成的年代久远不详，形成原因史上也无记载。

而我真正爱上焦岗湖，是源于散文家梅雨墨先生的一篇文章《漫天荷香藏心间》，他在文章开篇写道："望着焦岗湖的千亩荷花，我最初的感觉是震撼，继而就是无比的欣喜了。在这千里长淮的中游腹地，不仅有六万亩烟波浩渺的湖面，更有这宛若人间仙境的千亩荷花淀。面对这盛大的花事、万千的妩媚和漫天的荷香，我又怎能不欣喜若狂呢？"这样的开篇是极具诱惑力的，也让我多次萌生去焦岗湖游玩的想法。但真正与焦岗湖的谋面，有两次。

第一次是2019年的初秋，受梅雨墨先生的邀请，前往焦岗湖游玩。因为梅先生把焦岗湖的荷花写得太过美艳，便有赴荷花淀赏荷的想法，梅先生欣然成全。但此时已是"荷尽已无擎雨盖"，季节早已吹落了满湖的荷花，风也将荷叶涂满了枯黄，偶尔一两株努力地保持着青春，但是更加给人一种肃杀的感觉。浩瀚的水面上，除了微微泛浑的湖水和残荷衰败的颜色，再无其他，焦岗湖的荷花，成为我想象中的一湖关于秋天的纯粹写意，一湖关于繁华落水的写意。我说不清内心是欣喜还是遗憾，我是渴望能看到满池盛开的荷花的，但性格中与生俱来的忧郁特质，又让我对满目枯荷的景象并不生厌，反而更增添一种淡淡的却又无法释怀的情愫。

我们错过了焦岗湖的夏日，也错过了焦岗湖的荷花，但此行并不扫兴。第一次焦岗湖行，给我感受最深刻的是氤氲在嘴上的记忆。守着丰富的水面，让焦岗湖的饮食总是与水有着深深的联系。荷叶枯萎，但是依旧有保鲜的嫩荷叶，开水焯过以后，切碎，打入鸡蛋搅匀，热油快炒，本来是青黄不接的两种食材，紧紧地融合在了一起，诞生出一种除了"鲜"，似乎再也找不出任何一个合适的词语来形容的味道。另一种食材依然是来自水里，清炒芡实秆。芡实是中药佳品，被称为"水中人参"，芡实秆自然会惹吃客热捧。将表皮剥去，斜刀切下，成薄片，捏起一片，透过密密麻麻的孔眼，便似乎看透了这世间的形形色色。炒熟的芡实秆有着微微的一种黏质，让你会想到许许多多无法理出头绪的事端来。夹起一片，放在嘴里，双齿轻嚼，一种"丝丝"的咀嚼声，夹着淡淡的甜意，足以慰藉因没能看到荷花盛开而带来的遗憾。嫩芡实和嫩菱角，也是可以直接炒食的，微微甜，菱角嚼起来带着脆脆的响，而芡实则有种黏糯之感，让人想起曾经的年少时。

这里的荤食一样是离不开水的。我认为荤食当首推咸鸭蛋。焦岗湖水面丰富，芦苇遍布，给鸭子提供了天然的养殖场所。在湖面冲浪的时候，偶尔看到有渔民在芦苇荡里捡拾新鲜的鸭蛋，快艇在疾驰的瞬间，这个画面留给我们的只是倏忽而过的似曾相识和穿越之感。大自然赐予了这里的人们以浩大的水面，同时也为鸭子提供了优越的生长环境和食物来源，而鸭子则以鸭蛋这一种绝佳食材馈赠给人类。曾经读过汪曾祺老先生的《端午的鸭蛋》，文中说"高邮咸蛋的黄是通红的"。但是焦岗湖的咸蛋相比高邮的并不逊色，煮熟之后蛋白如玉，洁白细腻，咬下去完全没有陆地上鸭蛋的粉沙的感觉。蛋黄红似夕阳，筷子一戳，立刻就流出红中透亮的油，顺着筷子，漫延到蛋白上，色彩迥异鲜明，如一幅画。掘出来一点儿蛋黄含在嘴里，我啧啧不已，梅先生看出了我的馋意，临走时便给我们一人带了一箱。一段时日之后，又给我发来了一箱。小小的鸭蛋，让我对一个人的侠肝义胆产生了不一般的敬重。

　　无论是汪老笔下的高邮鸭蛋黄，还是我现在正在品尝的焦岗湖的鸭蛋黄，之所以是红的，我以为并不在于产地，而是后期腌制的缘故。记忆中，年少时母亲常用草木灰拌上白酒和盐腌制鸭蛋。这是我家饲养的鸭子，陆地上长大，但鸭蛋黄一样是红色流油的，可见与产地无关。民间的某些土法，往往会让食品发生奇妙而多元的变化来，比如徽菜的代表臭豆腐、臭鳜鱼。汪老独独推崇高邮的咸鸭蛋，大抵因为离家太久，思乡心切，故乡的一草一木也就都有了独特的味道来，鸭蛋之于汪老，更是一种吃得到的乡愁。

　　第一次来焦岗湖，其他的荤食也品尝了很多，比如毛蟹、河蚌肉、甲鱼、老鸭肉，当然还有各种鱼类，皆产自焦岗湖，活体现杀，新鲜味美。尤其是一道大块鱼汤，凝脂般的鱼肉上裹着一层透亮的淀粉，入口柔软不散，汤色纯白，汤味浓而鲜香，让人回味无穷。

第二次来焦岗湖是在七月下旬的一个周末，依旧是受梅雨墨先生邀请。邀请了三次，前两次都被我婉拒了，因为正值"烟花"肆虐，抗洪防汛任务重，哪里能抽开身呢？"烟花"散后，梅先生打来第三次电话，力邀前往赏荷花，以弥补第一次的遗憾。我与《颍州文学》编辑部的几位同仁欣然赴约，以不负梅先生的殷殷之情。

这一次的美食和上次并无二致，也就没了上次的新鲜感和深刻记忆，但是却在焦岗湖看到了万亩荷花盛开的景象。

去焦岗湖深处看荷花，必须坐船才行。快艇太快，虽然极具冲击快感，却容易错过慢时光中很多美好的东西。为了能更为真切地感受焦岗湖的美，去的时候我们选择了游船。游船是那种雕廊飞檐、古木朱漆舷窗的仿古游船，虽无管弦丝竹，游客却很多，我们几人上去的时候，正好满员。那天的天气出奇的好，蓝天白云，风摇苇荡。我与振义兄、晨清兄站立在船头，迎着粼粼波光，沐浴着湿意的清风，放眼远望，顿生物我两忘之感。不时会有赏荷的游客乘快艇迎面快速驶过，两侧苍翠浓密的芦苇荡也跟着缓缓向后跑去，人如其境，真一个"绕岸堆青嶂，游船满绿波"。

从荷花淀渡口上岸，便到了万亩荷花景地。日近十时，阳光坦白而炽烈，幸好有风，从西南方向掠过水面，刮过来，并不觉得热。正是赏荷花的好时节，满目的荷花在风中尽情地摇摆着，有泼辣怒放的，有蓓蕾初绽的，也有"小荷才露尖尖角"的，偶尔一两株提前走完一生的枯荷点缀其中，恰如一个人的老年、壮年、青年和少年，各种人生境况的奇妙与玄奥，尽在其中。

古人咏荷的诗数不胜数，我独喜李白的一首《古风》："碧荷生幽泉，朝日艳且鲜。秋花冒绿水，密叶罗青烟。秀色空绝世，馨香为谁传。坐看飞霜满，凋此红芳年。结根未得所，愿托华池边。"诗仙笔下的荷花，一个"艳"字，一个"鲜"字，将荷花的花、叶、色、香描写得淋漓尽致，正如我身边满湖的浓翠碧绿中，风和游人在此刻只能成为大自然妙笔生花中的一个点缀，而荷花才是焦岗湖夏日美景的主宰。荷叶田田，紧罗密致，红粉黄白，各种颜色的荷花点缀着万亩水面，水在此刻成了一片巨大的画布。风动荷摇，拍打湖面，先是飞起青烟一样的水雾，又落在致密的荷叶之上，聚在一起，形成粒粒细碎的水珠，在明亮的日光之下闪耀着灵动的光芒。

喜欢这首诗，不仅仅是因为诗中如画的美景，还因诗人接下来对韶华易逝的感慨。我无意去探寻和考查诗人写这首诗的时候处于什么境况，怀着什么愁绪，抒发的又是什么志向，这些东西在时间的流逝里都是轻如水草的。我喜欢的是"坐看飞霜满，凋此红芳年"这样的无奈和紧迫。恰如焦岗湖满湖的荷花，那些年少的、青年的、壮年的、老年的荷，满满地，毫无次序地，杂乱无章地，又似乎是故意地，集中呈现在每一个游客的面前。你能从中清晰地梳理出这些荷花由弱而盛、由盛而衰的脉络，甚至你能看到自己年迈的父母和年幼的孩子，看到自己由年幼到年老的匆匆时光。但只是眼睁睁地看着，谁也无法阻止父母的老去，无法让自己退回到青春年少，一如无法让时间逆流，这是怎样的一种残忍、无奈和无助呢？

焦岗湖的荷花，依旧是青翠的兀自青翠着，枯萎的悄然枯萎着，灿烂的迎风肆意地开放着，残败的随波逐流着。焦岗湖以一湖博大的胸怀，包容了季节的来去往复，也包容了大自然的繁华与败落，独独无力挽留住这一湖的繁华。

在我转身离开荷花淀的时候，我看到焦岗湖的风正在摇曳着绿盖和夏花，一股明亮的白色从天空中落下，如同时间从我们的手指尖轻轻滑落。

得颍意甚奇

一

一个人，一生中，总会有一个地方能扎根在你的梦里。这个地方可能就在身边，也可能在一个你不知道的地方，不知道什么时候，你一个转身，便霍然出现在眼前。

颍州，就是这么一个地方。"我性喜临水，得颍意甚奇。"苏东坡为了疗伤，一纸请求，主动外调到颍州，一生之中念念不忘颍州。为什么？颍州"人醇事简、地沃泉甘"也。还有一个原因，颍州太美。

颍州有多美，欧阳修有诗词为证："直到城头总是花"，这是直描；"平湖十顷碧琉璃，四面清阴乍合时"，这是对颍州风物的描写。

欧阳修和苏东坡赞美颍州，是用大量的诗词来展现的。特别是欧阳修，其知颍诗、思颍诗、归颍诗百余首，足见颍州之美，足见其对颍州之美的眷爱。

无论是北宋还是南宋，文人墨客对颍州似乎青睐有加，争相来颍州做官或游玩。欧阳修前后，晏殊、吕公著、韩琦、梅尧臣、曾巩，后来的苏轼、苏辙、周邦彦、黄庭坚、杨万里等，不远千里，纷至沓来。他们在这里泛舟西湖，举杯共话，吟诗作赋，留下了众多的千古名句，颍州也因此扬名。

究其因，一定是颍州的美搅乱了他们的梦境，让他们欲罢不能。

二

颍州之美，以水为最。颍水之美，以西湖为最。

"荷花开后西湖好""轻舟短棹西湖好""天容水色西湖好""画船载酒西湖好""残霞夕照西湖好""春深雨过西湖好"……从欧阳修的连声叫"好"中我们不难看出，颍州西湖的美不是单一的、平面的，而是纷繁的、立体的，有着不同时节、不同时间、不同角度的层次美、内涵美，想来怎不令人神往呢？

我观古人之于颍州西湖，是有着欲罢不能的情结的。尤其是欧阳修，应是自古以来颍州情结最为浓烈的。这不仅仅表现在他数量不菲的诗词上，哪怕是离开颍州二十余年退休之后，依旧对颍州念念不忘，宁可舍弃故乡，也要终老于颍州西湖之滨。他是当之无愧的古颍州西湖的旅游形象代言人。

苏轼的恋颍情结发于其恩师欧阳修，又有着他个人仕途受挫而致的放之于山野的豪迈奔放之气。他实在是想不出还有什么能盖过恩师的诗句了，干脆写了一句"大千起灭一尘里，未觉杭颍谁雌雄"，让后人想象去吧！

据说，颍州历代有"水上之城"的美称。历史所记古颍州河湖纵横交错，水系畅达，古颍河、清河、小汝河、白龙沟、七渔河等多条河流从不同方向汇流而成颍州西湖，登高视之，众星捧月一般。每一条河流各有各的特质，各有各的优雅，共同孕育了黄淮平原上一颗璀璨明珠——颍州。

三

在颍州，行之所至，或浓或淡，或深或浅，或简或繁，每一种色彩都能沁入心扉，斑斓你的思想，加快你的呼吸，催动你的柔情。让你想起颍州，眼前便一片花海。

颍州的绿，最写意的表现是颍州西湖八景之一"西湖柳荫"。"飞絮蒙蒙。垂柳阑干尽日风。"漫步湖堤，柳丝绿浅，如云如烟，似给颍州西湖竖起了一排排的绿色帷帐，吸引了才子佳人络绎不绝，流连忘返。

同为八景之一的"芦湄秋月"，呈现的是一片银白色的月下颍州。徜徉河湄湖滩，仰观秋月当空，银色的月光倾泻而下，秋风飒飒，月光粼粼，苇絮似雪，风过如乐，怎不令人诗性盎然？难怪欧阳修叹曰："风清月白偏宜夜，一片琼田。谁羡骖鸾。人在舟中便是仙。"

颍州更是一片金黄的世界。晏殊在《破阵子》词曰："金菊满丛珠颗细，海燕辞巢翅羽轻，年年岁岁情。"欧阳修也在《答和吕侍读》诗中写道："野径冷香黄菊秀，平湖斜照白鸥翻。"颍州自古以来就是"满城尽带黄金甲"。据传颍州的菊花有上千个品种，无数诗人都曾用自己的笔记下了颍州菊花满城绽放的盛景。

颍州色彩之丰富，画笔难描。一句"荷花开后西湖好"，眼前似乎十里碧波满湖花，绿的，红的，粉的，白的，美不胜收。欧阳修《采桑子》词中每一个"西湖好"，都给我们在视觉上描绘了一幅幅五彩斑斓的"颍州群芳图"。

在颍州，每一种色彩都是一种符号，都是一种人生的境况。有"天容水色西湖好"的苍茫，有"绕城冰玉湛寒流"的明透，有"放舟清淮上，荡漾洗心胸"的释然，更有历尽千帆"早晚西湖映华发"的彻悟。每一种色彩似乎都能窥尽人生的历练玄机，让人心旌摇曳。

四

在朋友圈里发了一组身边风景的随拍，瞬间迎来点赞无数。很多在外漂泊的好友纷纷惊叹：美啊，好想回去！

生于颍州的人，无论走到天涯海角，在心里，一定会为颍州留下一个位置的。这个位置无可替代，它关乎着故土与乡愁。

友人韩先生旅美多年，思维方式、生活习惯、文化认同早已西化，却独独忘不了家乡的格拉条。粗长筋道的格拉条，配上芝麻酱、辣椒油，将一个游子的心牢牢搜在了故土颍州。

来自味蕾上的乡愁最能让游子思乡。友人说，他时常会在梦中回到颍州，品尽家乡味。话里话外，道不尽的惆怅。而这一梦，对于很多离开颍州太久的人来说，可能就是一生了！

不仅仅是美食，颍州是一个四处洋溢着乡愁的地方。泉河畔龙王堂的神秘莫测，颍河滨泂溜老街的古朴厚重，资福寺的肃穆庄严，文峰塔的奇绝挺拔，老北关的内敛凝重，东关街的烟火香薰，杨上台与甜水井的美好传说，都是乡愁最美好的寄托。而颍州西湖更不必说，它已经将乡愁的种子，留在了每一个在他乡奔波的游子血脉之中。

颍州是生我养我的故乡，也是我们灵魂的原乡。

而在无数个人的无数个日子里，每一个在外的我们，都是颍州移动的影子。

洄溜断章

一

我去洄溜古镇已不下十次。一个地方能让一个人三番五次地去，不厌其烦地去，它一定是有某种不为人知的魅力的。洄溜古镇恰恰就有着这种魅力。

洄溜古镇的魅力就氤氲在颍河的臂弯里，从颍河纤柔的肌肤里袅袅升起如水汽，在每一个来这里的人身边流动着，飘舞着，亲昵着。

这种魅力，我把它称为故乡。它总是让我想起我幼时的老宅，粗鄙但在我心里却异常高大的土屋，泥土混合着麦糠，光阴黏合了一块又一块的土坯，搭建了一座可以为岁月遮挡风雨的房屋。

这种魅力，我又把它称为乡愁。它无关诗与歌，只是从人的精神世界里，无端由地滋生出来的，对故乡的一种眷恋和不舍。

无论你走到哪里，走多远，这种魅力，都会追着你，黏着你，抛不下，甩不掉。越是孤独无助，越会刻骨铭心。

二

光阴过处，洗去的是浮华，沉淀的是乡愁。洄溜古镇在光阴的翅尖盈盈而立，全然卸去了喧嚣浮华的行头，一副素颜，不加一丝矫饰。

阳光落下来，如一摊流动的水银，在残垣断壁间游走。青砖大小不一，却有着一样苍老的容颜，它们用叠加的姿态守护着故园，而青苔正在努力地修补着颓废的时光。

橡木无力支撑岁月的长久，青瓦、木檩撑起的屋顶跌落尘埃。天空和着阳光与秋风，自洪荒的深处一泻而下。

到泂溜古镇，随处可见的是这种光阴的足印。信步游走在荒草中、瓦砾间，一条青石街挑着古镇的往世与今生。那足印在青石街上从古到今，由密到稀，见证着曾经的繁华，也刻画着如今的落寞。

三

古镇淹没于时代的隆隆声中，老街淹没于子孙后代日渐远去的脚步声中。

在泂溜古镇老街深处，无处可寻崭新的生机与力量，每一片瓦跌落的声响，都似苟延的岁月留声。

唯一不变的，是来自颍河之上的风声，还有秋去春来的燕子的鸣叫声。每一声啼叫里，都拖曳着对老屋和故乡的思念。

泂溜古镇于我并无生养的关系，可是它却沉淀着我无处寻觅的乡愁。它能感知我的呼吸，体察我的哀乐，洞悉我内心深处一种对土地、对故土的着迷和依恋。

参差不一的残墙一览无余地在老街的角角落落里沉睡，偶尔一只尚未南归的燕子穿梭其间，给你带来时空交替的禅意。一种似曾相识的感觉油然而生,之后,便是自上而下,由远而近,无处不盛开的花,开在心里,开在一生里。

四

  人的生命,可容纳的东西太多,但一定要留下一片安置乡愁的地方。

  站在青石街头,放眼望去,洄溜老街的繁盛依稀在空蒙之中演绎着烟火味道。而时光的雕刻机无情地剥离着记忆的尘烟,留下的一草一木、一砖一瓦、一荣一枯,都在述说着古镇的故事,演绎着古镇的飞变,彰显着古镇的特质,吟唱着古镇的来世。

  而古镇寺庙褪色的脊瓦,似乎在告诉我们,来世何尝不是补足现世生活的归宿?

  洄溜古镇的来世就在我们的念念不忘中蜕变着,它的复苏与兴旺,都将成为曾经亲手触摸过它肌肤的每一个人,一生难以释怀的乡愁;也必将成为一个地域里,某种沉沦的历史和文化,走向中兴的一缕曙光。

洄溜的砖

一

我写的是洄溜古街的砖,不是新街的砖。

新街的砖多是红色,古街的砖多是青色。而青色总给人以深邃久远的感觉。

青砖上又被覆上一层层厚厚的青苔,无数的光阴漫溯其上,无数的雨水浸淫洗礼,那青色就愈发地厚了,深了。洄溜古镇也就跟着老了。

那些砖已经难以看出年轻时的样子,满脸的斑驳和皱纹,涂满了岁月的风尘。

一些砖堆挤在一起,散乱,无序,如一堆牺牲的士兵的尸体。

一些砖仍在坚守着人类最初赋予的职责,在残垣断壁里咬牙挺立。

还有一些砖被人踩踏到了地下。它们距离回归泥土的本原还有很长的岁月要走。

这些砖大多已被摧折,不见了最初的中规中矩,三角形的,梯形的,菱形的,圆形的,或无规则形状……砖身不由己。

累累伤痕的一块块古砖,述说着洄溜古镇依稀的繁华,也似在告诉我们，世间万物，时间才是最大的敌人。

二

刘家祠堂西侧一人家门口，从小院里走出来一位老人，灰白相间的头发蓬松而卷曲。

我们恰巧走到她家门前，正热烈地讨论着洄溜古镇同一肤色的砖的各种命运。

听到我们的谈话，老人主动说，她收了很多的古砖呢，十几斤一块的都有。我们提出进去看看，她很爽快地答应了。

她家的沿街门面是新翻建的，一色的青砖，一色的旧砖，她是懂得修旧如旧的。

进了后院，空间逼仄，一堆玉米在阳光下幸福地杂凑在一起，小院泛着金色的光泽。

老人带着我们右转过去，出了院门，眼前豁然一片砖的世界。地上铺的，垛上堆的，每一块砖似乎都具有侵魂蚀骨的力量。

几间破败房子的几堵半倾的墙，努力维持着曾经的气派和庄严。

老人说，这里曾经是乡公所。很多人曾经来到这里，又从这里走出去，有的最终归隐于这里，有的却从此孤身远征。

院子里有几堵已经坍塌了的墙，几条檩条在朽腐的道路上缓行着。墙壁很厚，有多层，里外层均用整块的砖码砌，中间层则是用碎砖杂乱地填塞。这些青砖墙曾经有力地阻挡了土匪的枪击，却无力阻挡水一样的岁月，最终漫漶了厚厚的墙壁。

这里的每一块砖块，都曾在某一个岗位发挥着应有的支撑或阻击作用，如今只能苦苦地支撑，支撑着洄溜古镇曾经的辉煌，也昭示着洄溜老街的岁月沧桑。

老人说，她从洄溜嫁出去已近五十年了，在十几年前退休后，留恋古镇，所以独自返回。

我们从院子里出来，老人跟着送我们出来，边走边介绍着洄溜曾经的繁盛，热情邀请我们随时来她家做客！

回望过去，青石条上，老人囊囊地走着。她也是洄溜古镇的一块砖，将来也会被镶嵌进洄溜的土地。

三

烧砖要用煤，煤为木，这样砖就有了金木水火土五行之气。

而水为阴，火为阳，阴阳相生，砖就有了"与天地同和"的大象之气。

洄溜古镇坐落于颍河南岸的洄弯处。河南为阴，河北为阳，为了平衡阴阳，洄溜古镇附近就多了很多的砖窑。

取土，和泥，制坯，上窑，燃起阳气十足的大火，一块块砖就从洄溜的土地里生长了出来，又立在了洄溜这片土地上。

由望月楼向后街望去，青色成了洄溜古镇唯一的底色，葳蕤繁盛的荒草的绿，还有偶尔各色的花，星点其上。一座座倔立的、倾颓的或已经坍塌在地的古民居，大多是砖房，青砖房。砖是青的，瓦是青的，石条街是青的，就连先民们的衣着也多是青的，洄溜人似乎独独爱上了这种颜色。

青色属于水色，是中国特有的一种颜色，尤其是在中国古代社会中，青色与红色一样，具有极其重要的色彩学之外的社会功用意义。

  皖南古民居多以青色和白色为主色，古人的服饰常常也以青色为主，因为青色象征着坚强、希望，同时也寓意着古朴和庄重。

  从这个意义上来说，洄溜古镇的砖暴露了洄溜古镇的个性与气质，暴露了洄溜人勤劳、淳朴、坚韧、自强的特质。

  一种砖的颜色，揭示了这里为何人才辈出的基因密码。

四

  秋高气爽，天空一碧如洗，阳光之下，洄溜古镇在一片砖砾中安睡。

  绿叶尚未褪色，荒草依旧青翠，偶尔的虫鸣穿梭于砖隙间，给这里涂上了一抹亮色。

  更多的人来到这里寻觅洄溜的踪迹，也将足迹留在了洄溜。

  阳光留下了足迹，雨水留下了足迹，岁月与光阴也留下了足迹。

  所有的足迹都镌刻在了洄溜古镇的每一块砖上！

蛙鸣夜放花千树

在隔离的日子里，心里总暗暗涌动着一个愿望，想在任何一个清晨，睁开眼便是满眼的绿树红花，张开怀抱即可拥抱一个明媚的春天。在往常，这个愿望太微不足道了，但是对于这个春天来说，却是弥足珍贵。

读罢一位作家最新更新的日记，夜已深。凭窗而立，看到对面的楼宇里，灯光穿过一个个温暖的小窗，然后被黑暗很快淹没，又从黑暗中浮上来，一直游到我的眼里。想起日记中记载的一幕幕，以及由此衍生出的种种风波，内心为自己的那份淡定而感到不安。所有沉溺于各种伤痛的灵魂必然会被美好所抛弃，我们应该更为乐观地去看待眼前的一切，而不是过度地煽情与激愤。

在两个小区之间，自南向北流淌着一条小河，此刻它的身影在灯光的照射下渐渐模糊起来，透过两岸高耸的杉树，隐约中能看见粼粼的波光，如金，似银，在春风中微微地荡漾着。如果没有疫情，小河两边的步道里定是人影婆娑了，但今年非同往年，我看不到人影。

就在我要关窗睡觉的一刹那，一声清澈的蛙鸣突然飞了过来，一下敲响了我的耳膜。先是一声，继而有附和声响起，然后第三声，第四声……蛙声群起，如雷似电，响彻这个不平常的春夜。

在蛙声里，我看见小河慢慢地直立起来，连同两岸高大直立的杉树，慢慢向看不见底的夜空里，伸出了一条条遒劲的枝丫。枝头上，无数的青蛙在放声歌唱，歌声绽开，似乎开满了一朵朵嘹亮的花。

我很惊讶。一段时间以来，阴霾始终笼罩着小城，我们已经渐渐习惯了那些寂寂无声的隔离时光，似乎已经忘却了大自然还有一种如此绝美激昂的声响。所以，当此起彼伏的蛙鸣，未有任何征兆地，从这个浮华喧嚣的城市，从清透的水体里，水灵灵地飞过来的时候，我的心禁不住剧烈地跳动起来。难道这个蛰伏了整个寒冬的精灵，也感知到了人间的春天已经来到，迫不及待地一跃而出，用自己的歌声来庆祝病毒的远遁？

那一刻，我承认，我看到了黑色的天幕中，无数的星光正在从浓重的云层中冲出来，我的心也跟着渐渐明亮了起来，随着那抖动的音符飘到了窗外深邃的海洋里。我的手停在了窗户的把手上，竟不忍把窗户关上。一声声参差起伏的蛙鸣，多像一株株闪烁着光芒的星星树，一身的光芒倾泻而出，洒向无边的夜色中，让这个春夜有了光亮，有了声音，有了灵动，有了味道。

远眺之处，是一处荒废多年刚刚开始重建的小区。工地上不见了忙碌的人影，只留下一串拖拖拉拉的汽车发动机声、鸣笛声，和由于冲破空气阻力而产生的嘶嘶的啸鸣，在这个黑夜里横冲直撞，却最终淹没在了那一池，或者是一沟、一渠、一塘的蛙鸣中。

看着远处鳞次栉比、灯火璀璨的高楼，想想刚刚经历的这一场人间的劫难，很庆幸，庆幸在我的身边，依然鲜活着一抹春色的旖旎。你听，那蛙声是不是越来越近了？是的。又是不是越来越响了？是的。哦，那歌声像不像胜利的凯歌？是的，在它的歌声里，整个城市都在庆祝着新生。

而今，春天的气息四处扑面，无处不春光。许是前几日惊蛰之后的春雷炸响，惊动了在地下隔离了一冬的万万千千的青蛙。几乎在一夜之间，这尘世的精灵，褪去了冬天的外衣，从泥淖里拱了出来。它们循着季节的踪迹，从冰冷的窖窟里爬出来，尽情地感受着春天的温柔抚摸。春天恰似一个温柔的少女，努起嘴，用温热的春风吹开它们惺忪的双眼。

春风急着把这世间冰冷的河水焐热，以便给繁殖期的蛙妈妈们准备好产卵的温床，以示自己的体贴。蛙爸爸们你方唱罢我登场，在异性面前尽情歌唱，谁也不甘心在"歌手"的舞台上屈居同伴之后。在这个彰显雄性力量的季节，在这个看自身实力的两栖世界里，它们都想用自己美妙、独特而又阳刚的歌喉赢得蛙妈妈的青睐。于是乎，你抒情，我高亢；你温婉，我豪放……那蛙鸣好似一曲宏大的交响曲，在这个春天的夜里，就这么排山倒海而来，给人类呈上了一场来自大自然的原生态音乐的饕餮盛宴！

我无法想象它们之间该有怎样的沟通和默契。在这个没了人类的惊扰、没了血腥的捕杀的春天的夜里，这蛙鸣就肆意地响了起来。每一只青蛙都是一株高亢昂扬的树，擎举着一声声宣示自我的歌唱。这是生命的召唤，是大自然生命得以生存、延续和发展的生物密码，我们无须解读，更无须讶异。我们只需要搬上一把木椅，轻轻地放在窗前，而后静静地躺下，闭上双眼，在喧嚣的世界里倾心听取蛙声一片，将一颗浮躁的心，交给这清新、柔润的春天，尽情品尝这春天的使者给我们带来的大自然的绝响！

我突然萌生出一个怪异的念头，如果宇宙没有了日月旋转、昼夜更替，如果长夜就这么漫漫下去，如果极夜来临，如果四季停歇，如果人间再没有了灾难，能够保持永恒的春天，那这蛙鸣是不是就会一直这么灵动地流淌？

这个想法是荒谬的，可笑的。原来，我竟然迷恋这个黑夜，不愿意走出这个春夜。

抬头看看窗外，一座座高楼下面，那里曾经是一片水塘，一段沟，一条河，那里曾经是这些精灵们的故乡，是它们的家园。家园已被摧毁，歌唱从未停止。我们一点点地侵蚀着它们的家园，却永远无法扼杀源自大自然的歌唱，就像无法抗拒白昼的来临。

我们更加清醒地知道，我们正在用自己的双手，一点点地打乱大自然自形成以来就亘古不变的发展规律，一点点地打乱甚至摧毁我们赖以繁衍生息的大自然的物种平衡。面对不断丢失的家园，面对充斥着各种垃圾的河水，两栖家族或许很快就将面临着无家可归的命运；而面对嗜血的人类，青蛙又随时可能成为人类餐桌上的美味佳肴。或许这些春天的使者们已经思考天明之后自己的命运，所以它们彻夜不息地唱着悲歌，用最原生态的歌声提醒着麻木的我们。我们人类自身呢？是否也曾思考自身未来的命运？

我们是知道的。当病毒以一种人类从未见识过的形态在地球上肆意疯狂，当人类为了一个肉眼根本就看不到却屡屡致人类于灭亡边缘的病毒而苦苦抗争的时候，那一刻，我们都是知道的。可我们却总是在经历了一次次劫难之后，便忘记了所有的伤痛，转而开始了一次次新的杀戮与毁灭。

但我想，最起码今夜，它们毫无顾忌地高声歌唱过，或者是为了爱情的忠贞，或者是为了生命的繁衍，它们高唱着，在这个春天的夜里！

唯愿这种生命的歌唱能够一直陪伴我们。当白昼来临，太阳升起，蓝天如海，春风如诗，我想，这歌声一定会更美，更动人！

颍州的雪

大雪节气，乃至大寒之后，雪花都羞答答没有现身，代替雪花来古颍州赴约的，是一场接一场的大风，以及随后而来的一场又一场断崖式降温。颍州的冬天，大风和降温似乎总比雪花性子更急，来得更早。

犹记大雪日，起床后翻阅朋友圈，发现"大雪，无雪"成了最热门的消息，可见，盼望来一场降雪的，并不单单是我自己。虽然早已经过了浪漫的年纪，但我们心底里，着实渴望着一场降雪，这与浪漫的少年情愫无关，实则是人到中年后对一年农作物长势和收成的牵挂，以及对未来生活更加丰实富足的期盼。

近来朋友圈里一直有人在晒雪景，东北千里冰封，唐山琼枝玉叶，郑州雪沃平畴，而颍州的雪依旧拗着性子不愿意落下。有比我性急的，翻出了二十年前的颍州雪，发在了朋友圈，似乎在表达对新雪期盼的同时，也在怀念着那些有雪的日子。颍州的雪之所以给世人以希冀和期盼，大抵是因为一首《雪》诗。皇祐二年（1050年），观颍州沃野素白，欧阳修雅兴大发，与门客幕僚于"雪中约客作诗"。据欧阳修《六一诗话》云："国朝浮图，以诗名于世者九人，故时有集号《九僧诗》……时有进士许洞……会诸僧分题，出一纸约曰：'不得犯此一字。'其字乃山、水、风、云、竹、石、花、草、雪、霜、星、月、禽、鸟之类,于是诸僧阁笔。余意除却十四字,纵复成诗,亦不能佳,犹庖人去五味,乐人去丝竹也。"自古以来,咏雪诗中用比陈陈相因,日渐失去巧思与生气,有感于此,欧阳修才标新立异,推陈出新,并创作出了一篇咏雪名篇。

新阳力微初破萼,客阴用壮犹相薄。
朝寒棱棱风莫犯,暮雪绫绫止还作。
驱驰风云初惨淡,炫晃山川渐开廓。
光芒可爱初日照,润泽终为和气烁。
美人高堂晨起惊,幽士虚窗静闻落。
酒垆成径集瓶罂,猎骑寻踪得狐貉。
龙蛇扫处断复续,猊虎团成呀且攫。
共贪终岁饱粺麦,岂恤空林饥鸟雀。
沙塍朝贺迷象笏,桑野行歌没荒屩。
乃知一雪万人喜,顾我不饮胡为乐。
坐看天地绝氛埃,使我胸襟如洗瀹。
脱遗前言笑尘杂,搜索万象窥冥漠。
颍虽陋邦文士众,巨笔人人把矛槊。
自非我为发其端,冻口何由开一噱。

此诗应为写颍州雪景的"扛鼎之作",既有雪景的凄清冷冽,如"朝寒棱棱风莫犯,暮雪绫绫止还作",又有雪霁日出的温暖壮丽,如"光芒可爱初日照,润泽终为和气烁",同时开创了诗赋创作的"禁体"模式。作为颍州人,读这首诗时,我更喜读的还是"颍虽陋邦文士众,巨笔人人把矛槊"一句。颍州虽然地处皖北,"陋邦"之地,但是谁又能否认古来文星璀璨,"巨笔人人把矛槊"呢?

一千年前苏太守笔下的那场雪融成了水,化成了水汽,升入空中,又凝成雪,落下,融化,上升,一次次地循环往复。我时常会想,今时的雪,会不会是苏太守笔下那场雪融化后水汽升到空中,又落下的呢?

记忆中颍州的雪是来得早而猛烈的,雪花也很大,一片一片,鱼鳞一般,从天上忽忽悠悠飘落。最早迎接雪花的,永远都是孩子们,他们似乎拥有比大人更加敏锐的感知能力。大雪来临前,男孩子更疯野地在村子里奔跑戏耍,女孩子则双手合十,从指尖到掌根,慢慢分开,像萌芽的豆瓣,又伸得老高老高,似乎谁伸得高,就最先能触碰到雪花。您看那扬起的满是纯真的脸蛋里,盛放着浓浓的笑容,明显是在期待着第一片雪花的亲吻。颍州的雪,就是在男孩子女孩子众星拱月般的期待中和簇拥下降临的。

大平原是雪花最乐意降临的地方。颍州地处皖北平原,一马平川,沃野千里,没有跌宕起伏的地势和参差嵯峨的地形,平展展的,所以,雪花落在这里,它永远都是自由的、无拘无束的。风和雪永远是最好的兄妹,风刮到哪里,雪就跟到哪里,风停下,雪也就跟着停下。在这里,没人会阻挡它们的前进,改变前进的方向,也没人会硬要把它们拆散分开。

男孩子和女孩子对待雪的态度,是截然不同的。男孩子更像一个个充满了火热能量的太阳,他们更希望把雪炼成糖能吞下,化成水能喝下,所以,他们抓起雪团团之后,要么打雪仗,要么大口大口地吃着,在齿颊间留下新雪的清新甘爽;或塞进小伙伴们的脖颈里、敞开扣子的胸怀里，感受着来自大自然的激情。

女孩子不同，颍州的女孩子总是多了些细腻与柔情。她们用双手接着飘落下来的雪花，捧到眼前，仔细地欣赏着那花瓣的形状，深情地细嗅着雪花的味道。单是这些还不够，她们面对着广漠的雪野，小心翼翼地踩在上面，倾听着雪花吟唱，或趴在雪的棉絮里，渴望着雪的拥抱和亲吻。她们更想永远留下这纯洁、晶莹的大自然的使者，所以她们又会堆雪人，或把雪收进玻璃瓶和陶瓷缸里，期待尽可能地保留着她们心底最童真的记忆。谁又知道，那个雪人的原型又是哪个让人钦慕的男子？收进瓶子里的，又会有多少个花季的秘密？

雪停了，温度更低，雪变幻了身姿，化成水，以另一种形态出现，如透明的冰锥，倒挂在房檐上；如水晶般的冰帽戴在草尖，那是来自大自然的礼物，更遂了女孩子们的意。

颍州的雪更像画家笔下的一张硕大的宣纸，画家就是这片土地上的农人，一个个相对独立的村庄成了这片宣纸上水墨一样的写意，蜿蜒有致的小河在写意的留白间淡淡地流淌。一望无际的绿色麦苗一夜之间隐遁了影踪，素色代替了葱绿，静谧代替了生机，放眼望去，一片恢宏壮阔的雪沃平原图在颍州大地铺展开来，天与地的交界就是这张写意的边框。

农人是最喜这雪的，"雪盖三层被，头枕馒头睡"的农谚在数千年的农耕文明传承中从来没有欺骗过他们。踏着雪，来到田野，一片白茫茫中，除了满心的喜悦和憧憬，便是对充满烟火味道小日子的知足与欣慰。是啊！有什么能比来年的丰收更值得期待呢？这便是雪给农人带来的希望，有了希望，一切都是美好的！

而雪终究不会长久驻留的。"坐看天地绝氛埃，使我胸襟如洗瀹。"太阳一出来，雪就开始玩起了捉迷藏，有的钻入了地下，有的升到了空中，有的则融入了这世间万事万物的肌体中，支撑起新生命的蓬勃与成长！小草探出了头，麦田揭去了洁白的棉被，颍州从一片沉寂中再度焕发生机，每一片土地更加湿润肥沃，每一个生命更加充满活力，每一个新生的希望都在前进中孕育着美好的明天！

千年一妙臂缠金

历史太过奇妙。妙就妙在虽历经千年而不改其妙。

1091年，闰八月，皖北大地满目金秋。声名显赫、诗文精绝、豪放洒脱的苏东坡，乘一叶扁舟，循着先师欧阳修的足迹，在不断遭受政敌诬陷诋毁之后，心生远意，因羡颍州"人醇事简、地沃泉甘"，主动要求外调颍州，于是便开始了他与颍州虽然短暂，却充满奇妙且又影响深远的一段佳缘。

苏东坡乃"飘飘乎如遗世独立"之人，知颍之后不几日，写了一首千古名诗《泛颍》。诗曰："我性喜临水，得颍意甚奇。到官十日来，九日河之湄。"到官十天，苏太守竟然不思政务，做"水上漂"九天，实在是一个散淡自由的人。文字在这里似乎和后人开了一个文雅的玩笑，而事实远不是他诗中所展现的这般逍遥。

人类创造了文字，让历史的痕迹更为清晰；文字擦亮了人类的眼睛，让人类走向了更高层次的文明。可最能迷惑我们双眼的往往就是文字，能解开这团迷惑的也恰恰就是文字所记述的浩渺历史。

史载，当时的大宋，京城开封水涝灾害严重，有人给朝廷出了一个馊主意，建议开挖一条长渠"八丈沟"导引京城之水从颍州入淮。刚上任的苏东坡并没有盲从,他以学者一般的理智和清醒,实事求是地深入调研,连日乘船实地察看了沿淮河、颍河的大小河流流域情况,在充分论证之后对这个方案提出了反对意见,上书朝廷拒开八丈沟。颍州乃至寿州数十万百姓,从而避免了一场永世的水灾祸害。设若东坡先生再晚来几日,八丈沟一旦开挖成功,真不知道这场教条主义决策失误带来的水患将贻害沿淮人民多少个冬去春来。

正值金秋十月,正午的阳光依旧炽热。在考察洪河水域的途中,苏太守迎风站立在船头上,放眼蜿蜒逶迤的洪河,但见河水清澈见底,河面波光粼粼,两岸蒹葭苍苍,满目葳蕤繁华,顿时忘却了连日来奔波的劳累,以及朝堂之上蝇营狗苟之不快,心情瞬间大好。抬头间,忽见前方一渡口,询问得知叫方家埠口。眼看日上中天,不觉饥肠辘辘。都知道,苏东坡对美食是特别有研究的,对各地的地方名吃特别钟爱。于是便急切地上岸,看是否能在穷乡僻壤的方家埠口觅得稀世名吃。

这一上岸,方家埠口这个名不见经传的地名,从此与一中华传统名吃"寒具"牵手联姻,走上了历史的舞台。

历史往往就是这么奇妙。

上得岸来,信步街道,但见店铺林立,商贾云集,人来车往,熙攘不绝。行走间,忽觉一股异香扑鼻而来。一方水土,滋养一方美食,苏东坡深谙橘枳之异这个道理。他做过侍读、翰林学士、礼部侍郎等官职,这可都是京官,什么山珍海味没有吃过?他在《老饕赋》中云:"盖聚物之夭美,以养吾之老饕。"后世以其名字命名的菜品如"东坡羹""东坡豆腐""东坡肉"等,一直流传至今。但是方家埠口如此异香,他还是初次闻到。他第一次来到方家埠口，对这里的风土人情一点儿也不了解，但越是不了解，越是激发了他浓厚的兴趣。

苏东坡寻香前行，不知不觉来到了一个街口。看到沿街一人家门前搭着草棚，草棚下面，一家人正忙碌不已。壮年男子正在和面。老妪在面板上专心致志地"搓条"，她的一只手不停地将已经醒好的面做成手指般粗细向前推送，另一只手轻轻搓来搓去，搓成筷子粗细，那面条像是有了生命，从手中钻出来，爬过案板，从另一端缓缓滚落。壮年男子的妻子，全神贯注地在"盘条"，自动滑出的面条在她的手里是如此优雅自如，在空中飞旋着落入身边的红盆，长蛇一般一圈圈盘绕在盆里的清油中。一层层清亮的食用油覆盖在面条上面，像极了秋日里金色的梯田。

老妪的身边，一个妙龄女子头戴花巾，双臂衣袖挽得很高，露出了一双白如凝脂一样的小臂，她正在"扩条"。正午的阳光铺天盖地地洒落在草棚上，穿过缝隙落在女子蓝底白花的上衣上。只见她两指轻捻一根面条，放入另一只手中，然后一圈一圈地开始缠绕。那面条游龙飞凤一般，围绕着女子的手掌上下飞舞，手上缠满之后向小臂上缠，直至小臂也缠满。之后，女子将面条掐断，断处掖入面圈，另一只手也插入面圈之中，双臂交替上下、里外扩动。阳光下，那一圈圈金黄色的面条圈泛着耀眼的光泽，随着女子的双臂在空中盘旋飞舞，越来越大，越来越细，直至细如发丝。整个动作一气呵成，如行云悠悠，流水潺潺，观之令人叹服。

这时，女子身边负责"下撑"的老人，大抵是父亲吧，看了看门前的苏东坡一行，微微一笑，并不搭话，而是双臂平行伸直，一手伸过来一根被油浸得发亮的竹竿，挑起女子小臂上的面圈，娴熟地向自己面前一口热油大锅里一放，双臂轻轻均匀抖动，那些细细的面丝立即兴奋地扭动膨胀,噼啪作响,先是变白,继而渐黄,一股奇异的香味随之腾空而起。待略微定型之后,老人将手中的两根竹竿相互交叉,面圈也随之对弯,彼此倾轧,反复在油中上下翻滚。待面圈全部定型变硬,老人轻轻抽取竹竿,轻轻一拨,扇面形的面圈在金黄色的油里旋转起来,再翻一个身,再旋转,那面圈已经变得金黄酥脆。老人高高挑起面圈,轻抖余油,随后放入一侧的簸箩里。

"这莫非是寒具吗?"

这一系列的动作,让苏东坡眼花缭乱,目瞪口呆,不禁喃喃问道。他走遍各地,看到很多地方油炸寒具,但是方家埠口的油炸寒具,他还是第一次看到。

春秋时期,晋国公子重耳为躲避祸乱而流亡,介子推始终不离不弃,"割股啖君"。重耳励精图治,成为一代名君,但介子推却与母亲归隐绵山。晋文公很想让介子推出山与其共享荣华富贵,但是介子推坚辞不出,晋文公就下令放火烧山,逼介子推出山,不料介子推并没有下山,母子最终被火焚烧而死。晋文公很感激介子推,遂下令将介子推忌日定为寒食节,举国禁火禁烟,吃冷食,以寄哀思,所食用的冷食即为"寒具"。

贾思勰《齐民要术》:"环饼一名寒具,以水搜,入牛羊脂和作之,入口即碎。"李时珍曾记载:"寒具,冬春可留数月,及寒食禁烟用之,故名寒具。捻头,捻其头也。环饼,象环钏形也。"由此可见,古代有记载的"寒具",油炸,其形状似饼子或环钏形,只是缠绕在手上大小。而像方家埠口的"寒具",体积这么大,做法如此精致,却鲜有见到,不能不令吃货苏东坡垂涎三尺。

苏东坡的发问,老人及家人并不懂,他们只知道,在方家埠口,他们正在制作的叫"馓子"。方家埠口坐落在洪河北岸，以其便利的水上交通条件成为颍州的第二大重镇，南来北往的商贾旅人是必定在这里驻足歇息的，临走时又要给家乡的父老乡亲带回一些"土特产"，馓子就成了他们的首选。故而，馓子在方家埠口，已经不仅仅是一种节日应景的食品，也是走亲访友必备的礼品，同时也成了当地人自古以来发家致富的一种商品，常年均有炸制、销售。方家埠口人的豪爽、大气、古朴、沧桑，全部浓缩在了这一圈圈缠绕不息的金色的面丝里，经久不衰。

馓子在南北各地似乎都有，方家埠口的馓子的做法，与外地的做法虽基本一样，却也有着不同于外地的显著特点。山西、陕西、甘肃乃至黄河流域的馓子把子小，但是粗了些，粗得就像北方的汉子，粗犷、豪迈，品起来有劲，壮口。而浙江、江苏等一带的馓子则更为袖珍，也细了很多，如丝，似线，更像江南水乡翩翩白衣少女，细腻，温婉，入口即化，让你反复回味而不得厌倦。而方家埠口的馓子，把子更大，透着粗犷；粗细均匀，又流出淡淡的婉约之气。因为这里南接淮河，北通黄河，南北文化在这里相互撞击、融合，形成了这里独特的南北兼容并蓄的皖北文化，北方人的豪迈与南方人的婉约完全融入了这一把硕大、金黄、纤细、色香味俱佳的馓子里，让你哪怕只是看上一眼，从此就会走入你的梦里，再也无法忘却。

看到苏东坡一行像是远道而来，老人热情地将刚刚出锅的馓子递给苏东坡，请他们品尝。东坡先生看着匠心制的玛瑙一般的馓子，早已垂涎三尺。急切间，信手捻起一根，放入口中，双齿一碰，馓子应声而碎，由于在和面的时候馓子里加入了当地的白芝麻，香气瞬间溢满口腔。再嚼，如饮甘露美酒，香气顺着毛细血管直接抵达味蕾,刺激了他全身的交感神经,不觉诗兴大发,随口吟道:"纤手搓成玉数寻,碧油煎出嫩黄深。夜来春睡无轻重,压扁佳人缠臂金。"

纤手搓玉,长达数寻,一圈一圈地缠绕在佳人的手臂上,多像古代女子佩戴的"臂缠金"。当一种普普通通的面食遇到了古典、精妙的诗词,瞬间发生了奇妙的化学反应,面食因而不再普通,而富有了传奇;不再粗鄙,而变得高雅;不再单单是一种食品,而是成为滋养一方水土一方人的厚重的历史文化。

苏东坡的这首《寒具》,曾被很多外地人说成是在写他们本地的馓子,还有人说写的是麻花。其实阅读诗中描述的场景、动作和细节,结合苏东坡曾经在颍州为官的历史,以及有史可查的治河经历,不难看出,苏东坡吟咏的"寒具",其实就是方家埠口的油炸馓子。

洪河水汤汤不息,穿越历史的风云,在风云际会中一路向东南而下,奔流入淮。方家埠口恰如滔滔洪河中一粒久经磨砺的石块,不断地变换着各种身姿,先后易名为方家集、滨洪镇、方集,不变的却是这里热情、古朴的民风,以及厚重、深邃的历史。

如今行走在方集的大街小巷,触摸着幽深的古巷里那一块块古老的青石板,鼻尖仍会不时地飘来一阵阵浓浓的油炸馓子的奇香,这香味从洪河中流过来,从历史中流过来,从苏太守豪迈的诗词中流过来,从世世代代方集人纤妙的手中流过来。流着流着,便流到了现在,也必然流向未来。

在寿县我愿做一条鱼

据说寿县已经很老很老了，老到随意扬起钉耙，就能从地下挖出佐证它年龄的残砖剩瓦来。这些残砖剩瓦是有性别的，有雌有雄，雌性婉转悠扬着楚风，雄性昂扬挥洒着汉韵。

探究一座古城的前世，是后人最愚蠢不自知的行为。寿县的前世太久了，久到那古城门下的青石砖，都已经车辙累累，屐痕处处，一如老汉额头上纵横的沟壑。那一条条痕迹，随手一指，都是可以直接通往难以穷底的历史深处的时光隧道。隧道最终能够延伸到历史的哪个节点，又有何人知晓？

我来到寿县的时候，正值深秋。小雨刚过，空气像洗了澡，微凉中泛着清新。银杏正黄，硕大的树冠在孔庙大院里霸气侧漏，纷繁的小黄伞落在红墙黛瓦间，一片，两片，三五片，层层叠叠，热热闹闹。孔庙正在维修，一把铁索，一道护栏，便隔开了今人与先人、现在与历史——但又是隔不开的，圣哲的思想就像城外不息的淝河水，经年不绝地从古流到今，并将一直流向未来。孔庙大院里一座拱桥，单拱单孔，小巧而曼妙地跨过一方水塘。桥孔的上方，桥壁的中央刻着"泮池"二字。此字不可小觑，"泮宫之池"，意味着我的脚下就是古代官学的场所。孔子曾被封"文宣王"，国内很多的孔庙遗址，都可见到泮池，这是身份、地位、才学和权威的象征。

"思乐泮水，薄采其芹。"古时士子在太学，可摘采泮池中的水芹，插在帽缘上，以示文才。而此次受梅雨墨先生之邀，赴寿县参加《西部散文选刊·原创版》2019年度优秀作品颁奖仪式，也算是文人之约吧。我虽无文采，也乐得在泮水桥上来回走几趟，手扶栏杆，借此思接圣人，也聊表对先贤的尊崇和拜祭之心吧！

如同一个人，有乳名、大名、外号一样，寿县古称寿春、寿阳、寿州。与人不同的是，寿县的每一个名字都代表着一段历史，一段传奇。战国时期，七雄逐鹿，秦国称霸，楚国并没有因为与秦有姻亲之好而幸免，秦灭楚后，在此设寿春邑。分久必合，大势所趋。秦始皇挥斥方遒，吞并六国，开辟了中华民族的大一统时代，这是历史的进步，寿县也因此在史册上留下了浓墨重彩的一笔。滚滚淝河东逝，浪花淘尽英雄。东晋时，寿县为寿阳郡，隋文帝开皇九年（589年）又改为寿州，后又经历了数次反复更名。历史风云变幻，但历史的车轮滚滚前进的足音却从未曾停止。

在寿县的第二夜，主办方组织夜游寿县古城墙，心内甚喜。寿县古城墙是中国保存最完好的宋代城墙，单其"最好"一词，就足以令人心动。夜间的寿县古城没有车水马龙的景象，与其他城市相比，宁静安谧，似乎是这座古城给外人最不可思议的礼物。街道两侧，行人稀少，各色小店灯火通明，门楣上三三两两悬挂的古色古香的灯笼，在寒风中轻轻摇曳，似乎在告诉我们，历史，曾经在这里搭建过辉煌的舞台，上演过无数幕风云际会的大戏。

一群人说说笑笑，转眼便来到了古城墙的北门。借着微弱的灯光，我们沿坡而上，古城墙便从如烟的过往中翩然来到了我们的脚下。移步其上，极目远眺，黑夜给了这座城市最神秘莫测的魅力。城外的喧闹与熙攘，在这里被阻挡在了淝河之畔，淝河水成了小城洁身自好的沉淀池。

走到东门，我们下了城墙，从外而内，穿越城门，进入古城。橘黄色的灯带沿着古城墙"雉堞"弓字形跌宕开来，一如历史前进的足迹，上上下下，起起落落，于变化中保持着不变，于起伏中保持着勇往直前的态势。城楼飞檐昂扬，灯火璀璨，于静谧中透着巍峨，沧桑中尽显蝶变后的风姿。

入了城门，眼前一片豁然，而在右前方，又出现了一道城门。两座城门像两只巨大的手掌，牵着一圈城墙，包围着大片开阔之地。一群人惊讶有声，有疑惑，有不解。古圣先贤的聪明才智总会让后人为之折服，此处亦然。同行的李义成先生是土生土长的寿县人，对寿县古城墙的前世今生了如指掌。他如数家珍，为我们介绍着城门这种特殊构造的功用与价值。据说，寿县古城墙东宾阳门、西定湖门、北靖淮门、南通淝门，皆有这种构造，被形象地称为"瓮城"，所不同的是内外门之间的方位不同。瓮城的设计独特巧妙，一可以防洪，二可以御敌。洪水气势汹汹，一入瓮城，便成涡流回旋于内外门之间，有效减轻洪水对内门的压力，为更好地防御洪水赢得时间；外敌入了瓮城，便有"请君入瓮"之妙，前兵被挡在内门之外，后兵不明就里，依旧奋力前冲，令守军更有"瓮中捉鳖"的畅快之感。

冷兵器时代的战争，兵力和勇气固然重要，但才智谋略似乎更是战争胜负的关键。"公元三八三（年），前秦出苻坚。率兵八十万，来到淝水畔。谢玄施妙计，苻坚失了算。秦兵方退却，军心就已乱。风起鹤鸣处，秦兵亡大半。"这是我读初中时，历史老师给我们编写的顺口溜，形象地展现了淝水之战的经过。自古以来,兵不厌诈。谢玄略施了一计,让狂妄自大的苻坚中了圈套,八十万大军刚一后撤,便有人在后军高呼"秦军已败",八十万人的军队顿时陷入混乱,自相踩踏者不计其数。八万东晋军队乘势掩杀,前秦军尸体遮蔽山野,堵塞淝河。偏在此时风起鹤鸣,逃跑的人听到刮风的声音和鹤的鸣叫声,都以为是东晋的军队将要来到,昼夜不停,疯狂逃窜,前秦损兵十有七八。淝水之战,是我国历史上著名的以弱胜强的战例,大有横扫列国一统华夏之势的苻坚和前秦军队以惨败收场,小小寿县不仅改写了历史,也给后世留下了风声鹤唳、草木皆兵、投鞭断流等宝贵的成语典故和文学、史学、军事学财富。

西距寿县二十五里,有一个硕大的坟冢,当地人称黄泥孤堆。据考证,墓里埋葬着楚国令尹春申君黄歇。第二天下午,我们前往黄歇墓参观。下了车,霏霏细雨若有若无地飘在空中,深秋的寒风有些刺骨,正契合了作为一代名相墓冢的肃穆与庄严。一抔黄土之下,一代英豪不觉已经长眠两千多年,焦枯的荒草在寒风中左右摇曳,似乎也在向这个被人称为"战国四君子"之一的楚春申君致哀。

春申君是楚考烈王所封,皆因黄歇功大。论文力促秦楚结盟,机智地帮助楚国太子逃离秦国;论武又领兵灭鲁国,助力郑国抗秦,力主五国合纵险灭秦国;治国则大兴水利,开发江南,使楚国仓廪充实,一度成为战国七雄中堪与秦国抗衡的力量。但无数的史实似乎论证了一个道理,当才智遇到权谋,才智往往会殁于权谋,二者似乎永远不能合二为一。春申君功大,却唯恐失势,于是便听信了门客李园的建议,将怀有自己骨血的妾李环献给了无子的楚考烈王为妃,而李环正是李园的妹妹。《战国策·楚策四》:"李园既入其女弟为王后,子为太子,恐春申君语泄而益骄,阴养死士,欲杀春申君以灭口,而国人颇有知之者。"很多人都知道李园要杀春申君,独春申君不知?非也。有人提醒他,他说:"李园,软弱人也。"就是在他眼中这么一个软弱的人,最终令他身首异处,岂不哀哉?司马迁在评价春申君时说:"当断不断,反受其乱。"唏嘘之余,不免令人嗟叹!历史资料虽能成为你了解前人的一个记录,却难以让你窥探到历史的全貌,或许这就是历史的神秘、奥妙之处。好在无论历史如何发展,总能在后世给人以启迪和警醒。

离开寿县的当天,天空一片湛蓝,阳光好似乱了手脚的孩子,打翻了颜料瓶,把古城的上上下下、角角落落涂刷得明亮亮的。参加本次颁奖仪式的文友们纷纷奔向古城的各个古迹,他们是想用这最后与寿县亲近的时间,览尽古寿州千年的风骚吗?我把与寿县握手告别的地点,选在了寿县古城墙的宾阳门。毕竟,寿县是一本厚重的书,领略一个城的风韵,需要慢慢地反复品味。

与前次夜游古城墙相比,白天游览古城墙,更能给人以震撼。穿越千年,古城墙沧桑厚重的容颜在秋日的阳光下透着一股历练后的气场,拱形门一端连着古城和过去,一端连着城外与未来。城拱门中间立一石牌,上用沉雄浑厚的篆书刻着"寿春州城图"字样,从图上看,整个寿州古城就像一枚古朴的方印,印刻在皖北大地上。门内的青石条已经被岁月的洪流冲刷出一道道千年印迹,泛着光,你无法想象,在一千多年前,这里是何等的繁华与热闹,有多少来自山南海北的羁旅行者来此做客,又有多少古城人从这里走出去,走到更加宽广的世界。

沿着城楼右侧的石板台阶,我们缓步登上了城楼。城门上方,一座重檐歇山式的城楼在蓝天下巍然屹立，猎猎彩旗和大红灯笼迎风飘扬，似在欢迎我们的到来。抚摸着古老的城墙，一簇簇绿色的青苔在砖缝中蓬勃有力地生长着，让人无时无处不感叹生命的顽强与厚重。俯视瓮城，四面城墙墙壁砖石颓旧，而砖缝中却生长着许许多多绿色的生灵，摇曳着秋风，也摇曳着光阴。城门限制了机动车辆的通行，也留住了一段凝固的历史，在不大的瓮城里回旋激荡，恍若有惊涛骇浪，又似有金戈铁马。

极目远眺，远处隐隐有青山起伏，草木如兵；俯瞰城河，碧水如镜，偶有一两根枯枝如折戟断戈在水中兀立。我忍不住想，历史的转角大抵就在一念间吧，一念成，也一念败。管他成王败寇，终不过滟水之畔一季季的蒹葭，于白雾茫茫的历史之中，逆流一瞬间，顺流也何尝不是一瞬间！

此刻，我愿做一条鱼，游弋在滟水间！哪怕只有七秒的记忆。

凤凰于飞鸣锵锵

一

举凡热爱文学和旅游的人，对凤凰古城当是熟悉不过了。

爱好旅游的，喜欢凤凰是因为它"中国最美丽的小城"的美誉；而文人喜欢凤凰，除却它的美丽之外，更是为它深厚的历史文化积淀和独特、多元、古朴、纯粹的内在气质，尤其是为沈从文先生文学作品及其呈现的自然与人文相互融合、浑然天成的湘西风物所折服。

先生一生钟情于苗族文化和湘西风情，穷尽心血用一部部文学作品向世人展现着湘西无尽的魅力，也在众多文学爱好者心中种下了一粒粒关于凤凰、关于湘西、关于文学的梦想的种子。

听涛山，沱江之畔，沿江而上便是凤凰。凤凰是现代文学巨匠沈从文先生的故里，这里曾经是他幼时的天堂，先生从这里走出去，走向外面的世界，却一心系着这里的一山一水，一草一木，最终在病逝后，又回到了这里。

先生的墓碑是一块石头，未经过任何雕琢与打磨，如同凤凰原始古朴的样子，如同先生淡泊简朴的一生。在满目峥嵘的山石之中，先生静静地，以最初出现在这里的样子，至今还是这种样子，望着远处滔滔的沱江水,聆听着涛声,这些来自江水相撞、山鸟相戏、山风哨鸣和穿过山谷、石峰,穿过浓林茂竹,穿过眼前一切造物留下的孔隙,发出的多频共振、音声轰鸣的涛声。

这涛声,从先生出生就开始回响着,先生离开这里后,依然追着先生,先生走到哪里,回响到哪里。这涛声是舍不得先生的,先生也舍不下这涛声,于是多年后,先生和夫人又归于这里,永恒地静卧在这片山林里,听取涛声一片,一片,又一片。

二

郭沫若诗作《凤凰涅槃》多为世人熟悉。

这是一个异域神话故事,传说在天生国,也就是古印度,有一种鸟叫不死鸟,每满五百岁后,便将自己置于带着奇香的木料之上,自焚成灰,复从死灰中重生,幻化出绝艳的色彩,从此再也不会死去,成了永恒的譬喻。

在沧桑厚重的中华文化中,凤凰自古以来被视为永恒的爱情鸟,它从历史的传说中悄然飞临到湘西的一个古镇,幻化成山的样子,进而又成为这个小镇的名字,天然地带着诗意的浪漫,成为一代又一代文人墨客心中的梦想之地。沈从文先生一生的梦似乎都在凤凰这里一次又一次地实现,包括他的文学,甚至他的爱情,发于异乡,却合于凤凰,成为一代才子佳人的爱情神话。

1927年,受胡适之邀,沈从文到中国公学任教。在胡适办公室,沈从文见到了张兆和。沈从文是一个骨子里带着田园牧歌般浪漫情怀的文人,他笃信一见钟情,一眼爱上了张兆和。正如他所说:"我行过许多地方的桥,看过许多次数的云,喝过许多种类的酒,却只爱过一个正当最好年龄的人。"

"有一美人兮，见之不忘。一日不见兮，思之如狂。"沈从文发疯似的爱上了张兆和，并展开了猛烈的求爱攻势。他曾把张兆和比喻成自己的女王，而把自己比喻成女王的奴隶——她张兆和一个人的奴隶。沈从文外表木讷，内心狂热，他的爱已经历经了一万个世纪的熔融，熔化成炽热的岩浆，从地心深处喷涌而出。

而张兆和并没有动心。一次，胡适要给沈从文和张兆和牵线，张兆和不同意，胡适就想直接和张兆和父亲谈谈二人的婚事，张兆和急红了脸，坚决不同意胡适替沈从文向父亲提亲。胡适看到张兆和情急难抑的样子，就说："我知道沈从文顽固地爱你！"哪知道张兆和却脱口而出顶了一句说："我顽固地不爱他！"

一个顽固地爱着，一个顽固地不爱，如同烈焰遇到了拒绝融化的冰。但沈从文并没有放弃爱与被爱的机会，他在心里默念着"凤飞翱翔兮，四海求凰"，继续在爱的华尔兹里一个人苦苦地追求着。

1932年夏天的一天，微风和煦，阳光灿烂，绮丽多姿的苏州风光却无法俘获一个年轻人的心，他身穿灰色长衫，静静地向九如巷张兆和家里张望。他自报家门要找张兆和，看门老头儿告诉他说不在家，让他进来等，年轻人却尴尬窘迫地倒退到路边发愣。

这个人便是沈从文。爱情炽烈的火焰已经熊熊燃烧，让他食不甘味，夜不能寐，不得不登门拜访张家。

这次拜访张家，沈从文成功地罗织了一张俘获张兆和的网，不仅仅张允和同意他们的婚姻，就连张父，甚至张兆和的兄弟们，也都喜欢上了沈从文。1933年，张兆和最终答应了沈从文苦苦的追求，二人携手走到了一起。

至此，沈从文将这场"凤求凰"的美好传说，在现实中演绎到了淋漓尽致的境地，让人不得不由衷地佩服和赞叹这个湘西汉子内心的坚定与痴情。

凤凰是一个近乎桃花源的湘西小城，这里有黄莺婉转通灵的歌声，有如银泻地一般的月色，有清澈见底的沱江，有独特精致的吊脚楼，也有美丽纯洁的姑娘，当然也有美好的传说和浪漫的爱情故事，不然先生也不会在和张兆和结为伉俪之后不久，就写出了震惊文坛的《边城》。

《边城》用散文诗一样的语言描绘着边城美景和人性的善良和纯真，讲述了天保和傩送兄弟二人与翠翠之间的爱情故事，展现了爱情的美好和悲怆，读来唯美而真诚，痛惜又伤感。

而现实中一语成谶，先生笔下描绘的爱情悲剧却实实在在地发生在了他的身上，半个多世纪的风风雨雨里，他和翠翠一样孤独无望地守候着一条通往爱情之海的渡船，期待着爱情的降临。可是，正如张兆和在胡适面前所说，她一生之中都在顽固地不爱他，嫁给他，也只是因为先生顽固地爱着她。

"这个人也许永远不回来了，也许明天回来。"

小说中的这句话，正是先生对张兆和之于他的爱情最为殷殷的期待。他耗尽一生，刻骨的期盼和等待，但是没能等来张兆和的爱。一个活在烟火中，一个活在童话中，注定了现实中二人总是充满了矛盾和冲突。

三

《边城》中自然风光的描写美如天物，所展现的人和故事，自始至终体现着一种发自远古的古朴和纯净，更不乏真诚和执着，无论是天宝和傩送，还是爷爷和翠翠，甚至包括那倒塌后又重新挺立起来的白塔，常年轻烟淡笼的碧溪，无不向世人展示着一种力量。

这种力量，似乎正是先生内心对家乡，对爱情，对文学的执着。

"离你一远，你似乎就更近地在我身边来了。"

《沈从文家书》中有很多类似的表达沈从文内心感情的句子，这些看似唯美的语句背后，昭示着先生内心对爱的执着和痴狂。

可又有谁知道他内心的苦呢？

没人知道，张兆和更不知道，一生倔强独立的她内心充满了对沈从文的抱怨和不解，她也从来没有主动走进沈从文的内心，尝试去读懂和理解自己的丈夫。

这是沈从文与张兆和婚后感情最真实的写照，也充分体现了两个人之间的爱和被爱根本不在一个频率上。

沈从文很喜欢和张兆和分开的时光，他们之间在空间上的离别，促使他一次次地用书信的形式向张兆和表达自己内心的爱，以此弥合二人之间失衡的爱情给他带来的伤痛。

1988年，曾几度自杀未遂的沈从文，突发心绞痛。此去杳杳，浊泪成线，其心哀哀，痛如针刺，先生紧抓张兆和的手，不舍地说："三姐，我对不起你！"说完，溘然长逝。

千言万语，何如一句？这句道歉，其实是先生对爱的禅悟。时间在某一刻会洗却所有的世间之污，变得透明，变得一眼知一生。

"愿言配德兮，携手相将。不得于飞兮，使我沦亡。"

沈从文没能等来与张兆和的"携手相将"，怀着对"不得于飞"的深深遗憾，怀着深深的歉疚和爱恋，最终飞回他心底永远的原乡凤凰,"沦亡"于沱江之滨,听涛山之麓。

在整理沈从文的遗物时,张兆和看到了沈从文给她写的一封封情真意切、爱意浓浓的书信。这是一个男人对一个女人一生不变的誓语箴言,她在沈从文已经作古西游几年之后,第一次看到了沈从文内心对自己炽烈的永恒的爱,也第一次走进了沈从文的内心。

但斯人已去,空流泪千行。

张兆和无奈地感叹道:"太晚了,为什么在他有生之年,不能挖掘他,理解他,从各方面去帮助他,反而有这么多的矛盾得不到解决!悔之晚矣。从文同我相处,这一生,究竟是幸福还是不幸?得不到回答。"

得不到回答的爱情,正如翠翠与傩送的爱情,在一生之中,除了等待,便再无可遇之期。

四

苍山无言,凤凰有情。爱情可期,只待来生。1992年,张兆和在儿子和孙女的陪同下,将在家中停放四年的沈从文的骨灰,带回了故乡凤凰,一部分撒入沱江,一部分安葬于听涛山下。

宽厚的沱江和博大的听涛山,终于迎回了漂泊几十年的游子。

整个安葬的过程素朴简洁,这也是沈老终其一生追求的生活态度。

呜咽的山风吹来,悲怆的流水声响起。当最后一抔骨灰撒落,一生倔强自立的张兆和再也抑制不住悲伤,失声痛哭起来,哭声和着涛声,在山林中盘桓飞翔,飞向沱江,飞向更加遥远的远方。

而长眠的先生，是否能感知到夫人内心百般的悲伤和痛楚，感知到这份迟来了半个多世纪的爱和歉意？

沈从文先生的墓没有墓冢，只有一块原始粗粝的墓碑，正面刻着沈老的手迹：照我思索，能理解我，照我思索，可认识人。这句话里，有着大彻大悟后的通透，但也隐含着先生一生的遗憾和期待。

他耗尽一生也没能等来一份爱和理解，对于他这样一个细腻、通透、澄澈的汉子来说，该是怎样的遗憾和悲伤？

繁茂为你，荒芜也为你；快乐为你，孤独也为你；飞翔为你，沉沦也为你。今生的炼狱若能换来来世的相携相飞，我愿再来一万次的地狱，只为你！

2003年2月16日，张兆和去世，2007年5月，其骨灰与沈从文先生的骨灰合葬在了一起。这对一生都在矛盾和纠结中的凤与凰，历经了尘世的烈焰之后，在沱江之畔，在听涛山无边的簇拥里，在凤凰，他们的爱情最终得以重生，涅槃为神话般的浪漫传说！

白塔挺立，青山逶迤；沱江烟笼，绿水依依；芸庐展笑，长风舞袂；凤凰于飞，锵锵和鸣……

历史转啊转

如果把阜阳西城墙路比作这个城市的一条腿，刘公祠就像弯曲后的膝盖。来来往往的车流从它的身边不得不拧一下腰，转个弯绕行而过，鲜有人停下脚步进入祠堂，拜谒祠堂主人。与这个日益繁华喧嚣的城市相比，刘公祠显得是那么格格不入，一片静寂落寞之相。

多年来我经常路过这里，仅有一次因躲雨走进刘公祠。所谓祠堂，也不过是三间老式结构的砖瓦房，有檐有廊，红色古漆与青色砖瓦相互映衬，昭示着岁月的历久漫长。一个硕大的香炉放在逼仄的当院，香炉里经年燃尽的香灰层层堆放，如年轮，如叠加的页岩层，一页一页堆叠着岁月和过往。

祠堂里略显暗淡。仰望祠堂里供奉的塑像，那中间之人，仪表堂堂，美髯及胸，温文儒雅，双目神炯，虽从不曾开言，却每时每刻都在提醒着世人，这里曾经发生过后人难以凭想象就可以还原的历史。他叫刘锜，南宋名将，秦州成纪（今甘肃静宁）人，而当时阜阳叫顺昌。成纪到顺昌，相距一千二百公里。顺昌人在两千里之外追思一个异乡人，且近千年如此，虽不鼎盛，却也香火不断，不解的同时，不能不让人心怀向往，渴求一段真实的历史。

窗外，雨丝从屋檐上珠帘一般垂挂下来，淋漓不止。那是八百八十年前的那一场雨吗？懵懂之间，时光已经倒流到1140年5月底。

是夜。顺昌城外十公里，三万金军安营扎寨。他们刚刚攻破汴梁城，士气正昂，一路如风过沙漠，势如破竹，所向无敌。誓言一鼓作气，以破顺昌。顺昌控扼两淮，顺昌不守，则金军必将渡淮，挥兵南下江浙，南宋江山也必将全盘沦陷。

一场浩大的雨突然来袭。雨雾之中，在千军万马奔腾跳跃之间，一个人执戟仗剑，在狂风暴雨、电闪雷鸣中擎立在城头。雨势猛，雨声更大。上苍非常同情已经被层层包围、凶险异常的顺昌城，用一场连绵不绝的雨阻滞了金军的攻城步伐。雨声风声相和，电闪雷鸣不息，雨如瀑，冲刷着外敌来犯给顺昌军民带来的恐惧和不安。雨，关乎着全城军民的安稳，更关乎一个政权的兴亡。顺昌一役，无论成败，都必将会被后人载入史册。

城外，颍河河水猛涨。滔滔流水携泥裹草，滚滚东去，上下游船只舟楫，已尽数凿沉，以示将军破釜沉舟、誓死御敌之决心。而城内的一处庙宇里，刘锜一众家眷尽皆集聚于此。庙宇周围，一堆一堆的干柴将整座庙宇包围得严严实实。"脱有不利，即焚吾家，毋辱敌手也。"将军铮铮话语，在电闪雷鸣之中尤为响亮，掷地有声，在将军的家人和守庙将士的耳边回响不绝，久久回荡在顺昌城的上空，极大地激发了全军将士的决心，"男子备战守，妇人砺刀剑，争呼曰：今日当为国家破贼立功"。

"枕头馍"，状如木枕，却要大过木枕。面对汹汹来敌，顺昌军民同仇敌忾，百姓捐钱捐物，用智慧与汗水为守城将士蒸制了这种馒头。饿时可食，累时可枕。谁也不会想到，一道普普通通的面食，无意中成就了一段战争传奇，千百年后，又为这里的百姓打造了一道亮丽的饮食名片，成了一个地方的代名词。

忽然，一道闪电从东南方向扑来，如一条发光的蛇，穿堂越室，在将军案前锋利的宝剑上一划而过，折射出一道奇异亮丽的光。闪电之下，五百个矫健的身影口衔稚童玩意儿"小响"，手持利刃，快速突入敌军。时敌人毫无戒备，数万兵士已入梦中。闪电犹如上苍赐给宋军的一双双犀利的眼睛，在闪耀的一刹那，见贼即砍。闪电熄灭，随即卧倒不动。"小响"忽而激昂长鸣，忽而短促低沉，宋军则时而聚合，时而分散。金军以为神兵天降，惶惶如飞蝗，乱冲乱撞，自相残杀，直至天明。金军死伤深重，无力攻城，不得不撤离包围圈，狼狈而逃。

战争到此似乎可以结束，但实际并未结束，而历史也不得不按照战争的走向开始了更进一步的推进。

金军大营，金兀术气急败坏，亲自率领"甲兵铁骑十有余万，陈列行布，屹若山壁"。而城内守军只有可战兵力五千人。事实是，狂妄自大的金兀术根本就没把小小的顺昌城看在眼里，他在视察时看见城池低矮，防守设施简陋，不禁仰天长笑，狂妄地说："顺昌城壁如此，可以靴尖踢倒！来日府衙会食，所得妇女玉帛，悉听自留。男子三岁以上皆杀之。"且折箭为誓，以激其众。

历来战争倡导"运筹帷幄，决胜千里"。相对金军，宋军一无军力优势，二无先进武器，在战争的天平两端处于绝对的劣势。但优劣从来都是相对的，金军未到之前，顺昌城外就已经坚壁清野，六千居民早已悉数入城躲避金兵。空旷的皖北大平原平畴沃野，但是房屋皆已焚烧摧毁，粮食全部随人入城，水井一一填封。无居所，无粮食，无水喝，这是刘锜给金兀术的见面礼。这份见面礼很大，也改写了战争的优劣态势，为接下来的顺昌保卫战宋军的完胜起到了至关重要的作用，在中国的战争史上留下了光辉的一笔。礼物很特殊，金兀术很受伤，收也得收，不收也得收。

似乎天佑顺昌，这几日气温飙升，天干物燥。一马平川的皖北大平原小麦刚刚收过，前几日的雨水助力刚刚播种下去的玉米、大豆破土而出，满眼的绿莹莹显示出了这片肥沃的土地所蕴蓄出来的勃勃生机。将军迎风而立于城墙之上，看着城外十万大军黑压压把顺昌城围了个水泄不通，苦思冥想御敌之策。将军自知此战的重要，一个王朝的兴亡，此刻都维系在了将军的身上，胜可名垂青史，败则遗臭万年。

历史就是一个智慧的伯乐，它总在某一个关键的时刻寻找出一个能够改写历史走向的千里马。而宽阔平静的颍河水，对身边即将发生的大战还并不知晓，依旧默默而又执着地向东寻求淮水的怀抱。

不得不说，刘锜是一位用计高手。

先是诈降计，曹成、徐兴两位勇士开始在此计里隆重登场，成了当之无愧的宋军的间谍。在刘锜的导演下，二人依计出城，故意装作不小心坠马诈败，被金兵俘虏，诈言刘锜乃一荒淫无志之人，金兀术轻信，再次仰天哈哈大笑。

而后，刘锜又成了用药高手。它提前派人在颍河上游及草地上撒下毒药。为诱使金军过河，又故意在河上搭建了五座浮桥，用激将之计欢迎金大帅过河来战。当天大暑，天空一碧如洗，太阳从东方升起，慢慢地移到了正南方。面对强大的金军，刘锜闭门不战。远道而来的金军身着厚厚的盔甲，早晨还好，但是到了中午，对持续升高的气温很不适应，人人汗流不止，疲惫不堪。过了颍河，人饥马渴，于是纷纷趴在河边畅饮起来，兵马皆中毒，昏困不已。兵贵神速，良机难寻。见时机已到，刘锜命令立即出击，冲入敌阵搏杀。此役酣畅淋漓，毫无悬念，宋军如入无人之境，从中午一直战到黄昏时分，金人大败，不得不后退屯城西，掘壕自卫。

当晚，这座风雨中的孤城又迎来了历史中最为关键的一场大雨，平地积水一尺有余。中军帐内，将军双目凝视着跳跃的灯火，忽然计上心来，随后，一骑轻骑兵趁着滂沱大雨快速出城，轰隆的雨声掩盖了战马的脚步声，一场雨中偷袭再次上演。之后几日，大雨一直不停，宋军也一直不停地对金军展开袭扰，金军难堪其扰，疲惫不堪，死伤数万，精锐尽失，不得不退兵回到东京汴梁。

面对小小的顺昌城，金兀术不得不仰天长叹：既生术，何生锜啊！

"顺昌之捷，金人震恐丧魄，燕之重宝珍器，悉徙而北，意欲捐燕以南弃之。"此役沉重地打击了金军的嚣张气焰，并粉碎了金兵自两淮南下的企图。

顺昌保卫战成为冷兵器时代世界战争史上以少胜多、以弱胜强的经典案例。这已经不是两个政权之间简简单单的国力、兵力的较量，而是智慧之战、勇气之战、文化之战。南宋中兴之功，刘锜当居首功。

走出刘公祠，却走不出历史的挽留，耳边犹有千军呐喊，万马嘶鸣，历史仿佛在此刻再次重现在了我的眼前。回望这片逼仄的院落，从那偶尔升起的袅袅香烟里，从那频繁翻新又快速颓败的围墙上，慨叹着古人的智慧与勇武，同时它们也告诉我，历史在这里似乎更渴望着一场遇见，渴望着一场与现在的时空对话。在这场对话里，历史能够有机缘走得更远，走向未来。

旷野里隆起千年之光

一个深秋的下午，在贺兰山的脚下，从土地深处突然拱出来一个个巨大的土包，如果贺兰山是一头踽踽独行的骆驼，这些土包就像从驼背上跌落的一座座驼峰，伫立在一片旷野之中。这时，一个清秀矍铄的学者御风而来，从贺兰山上翩翩而落在我的眼前，他缓缓铺展开手中的经卷，向世人娓娓而述这片神秘的土地——西夏王陵遗址。

这个人叫张澍。

1804年，尚不及而立之年的清代学者张澍，因为刚直不阿的个性，于仕宦官场里四处碰壁，终生倦意，便辞官返回家乡甘肃凉州，开启自己一生的治学之路。一天，他和一位朋友到清应寺游玩，突然看到一个亭子，奇怪的是，亭子却像被包了饺子，用砖泥砌封得严严实实。直觉告诉他，其中必有玄奥，于是他让方丈打开封砖，但方丈却说这是一个被诅咒的亭子，几百年来无人敢开。张澍不以为意，对天发誓愿一人承担所有的灾祸，几番商量之后，方丈才同意让人打开封砖。

随着封砖一块块揭去，一块蒙尘已久、高大厚重的黑色石碑，从封存的那一刻起，经历了数百年的黑暗幽禁，第一次显露在了世人的眼前。

碑身的四周刻有寓意忍寒冬而不凋谢的卷草花纹，碑文的正面，密密麻麻地刻满了字。

作为一代金石大家，面对这些文字，张澍如同阅读天书，不得要领。这究竟是什么文字？

而在碑的另一面，刻着一面汉字，详细记载了当初修建护国寺感应塔及寺庙的情况，年款处赫然写着：天祐民安五年岁次甲戌十五日戊子建。

"天祐民安"，这个极其罕见的年号，很少出现在史书中，它是西夏第四位皇帝的年号。

"西夏文"这个字眼，石破天惊一般，瞬间闪现在张澍的脑海里。

这些奇怪的文字，已"死亡"了几百年之久，从未被人发现。

这块"天下绝碑"的发现，让西夏学研究从此成为无数考古历史学家的心心念念，"西夏"这个被埋在贺兰山脚下的"被遗忘的王朝"，从此掀开了神秘的面纱，逐渐露出了真容。

这是上天馈赠给勇敢者的礼物。

西夏王陵遗址，位于银川市西郊的贺兰山麓，是西夏王朝的皇家陵寝，埋葬了西夏王朝的多位皇帝，有九座帝陵和一百四十多陪葬墓。之所以说其神秘，这个王朝和王朝背后的故事为世人不熟知只是其一，其陵墓的形状也有着独特的设计，远远看去就像一个倒扣着的笸斗，散落在贺兰山脚下的一大片冲积带里。若不是背依贺兰山，这片冲积带绝对可以用无边的空旷来形容，这种空旷，浩瀚能听得见心跳的空旷，如一片深邃难测的大海，掌控着戈壁的粗粝，黄土的狂放，和这片土地上一切生灵的呼吸。

观光车不合时宜地驶入了这片王陵之地，尽管速度很慢，以便我们可以有足够的时间浏览窗外的一切，但我依然能感觉得到我们是不被欢迎的。我们与脚下的神秘王朝之间绝不是时间上的距离那么远，还有风俗、语言、文字、信仰，甚至建立这个王朝的党项族，与我们都隔着千山万水般的遥远。千年之后，我们踏上了埋葬这个王朝的土地，却永远无法走入这个王朝。

汽车如一只穿着盔甲的虫子，我们在虫腹内不约而同地屏着呼吸，尽量让气息舒缓而无形，害怕一声咳嗽，都将惊醒地下沉睡千年的王朝。

我从那个苍天般的阿拉善一路走来，一路上，戈壁滩矫正着我对生活的惯性思维，沙漠海让我对所有的存在，包括我自己，有了一个全新的认知，归结为一点就是：如此卑微的存在。

这是我第一次见到如此令人震撼的古代王陵遗址，它埋葬着一个王朝兴盛衰亡的玄机，从看到的第一眼开始，让我更加深刻了自己的认知，原来这盛世的碌碌，转瞬不过一抔土，甚或一粒微尘。

这是我第一次一个人，坐着慢车，绕着华北平原、黄土高原，穿越戈壁、草原、沙漠，用了十天的时间，一路长途奔袭到了这里。我不停地回想五十年里自己走过的每一步路，学着让自己开始反思，反省，我发现，一万八千个日子里，我得到的竟远远小于我所失去的。为此内心出现了紧张、惶惑、焦虑和不安，还有更加强烈的孤独。我始终都无法排遣这份孤独，那是一种怎样的顽疾，只有我自己知道。一万八千个日子里，我变得越来越虚伪，越来越虚妄，越来越会刻意地去粉饰自己，去逢迎身边的一切。在与朋友的笑语喧哗和觥筹交错中，时刻提防着那份顽固的孤独会不合时宜地跳出来，时刻都在寻觅一处只有一个人的旷野，能够容许这份孤独的野蛮生长，如戈壁滩里一闪而过的经幡，在旷野的风里呼啦啦肆意飘扬。

我听不见那经幡扰动气流的声响,但我能感觉到那所祭奠的亡魂在戈壁滩里绝望的孤独。我选择了这样的旅程,选择了与一个个孤独的灵魂不期而遇,又擦肩而过。无论是我,还是他,或他们,我们不过是这世上飘飞着的一粒微尘,除了孤独,一无所有。

这一路,见到了很多不曾见到的,黄土高原的荒凉,戈壁滩的粗犷,草原的舒缓,沙漠的神秘,贺兰山的雄浑壮阔等,这些曾经只能在梦境和想象里出现的,画展一样纷呈在我的面前。而眼前的西夏王陵遗址,是这个旅程里的意外收获。若论对季节的喜爱,我是最钟爱深秋的,它让我的生活在传统的象征意义之外,有了更为丰富的色调。如今天,偏在这样的季节里,与文友阿若兄天马行空地游荡在大西北一隅,遇到一个神秘的王朝。这只能用意外的收获来诠释我内心的惊喜。这份遇见,加深了我对旅程的理解,也延展了我对孤独一词的理解。

西夏,对久居中原的人来说,是神秘而又遥远的。建立这个王朝的党项族,对每一个读过初中的人来说,都会感到既熟悉又陌生,熟悉的是西夏这个名字,陌生的是西夏所代表的一个民族和一个王朝的历史。如今,很少再听到这个民族,若追溯其踪,可上至四川阿坝的松潘高原。对于松潘,我们不会陌生,那里沼泽遍布,人迹罕至,1934年到1935年,中国工农红军第一、第二、第四方面军先后通过草地,也就是松潘湿地。一面是大敌当前,一面是渺无人烟、没有道路、几乎是生命禁区的草地,红军当时处于生死一线极其危险的境地。但英勇无畏的红军右路军在当地向导的协助下,用了十几天的时间通过了大草地,创造了亘古未有的人间奇迹……

就是这样恶劣的地方，却创造了一个又一个传奇，走出了一个后来与宋、金对峙，险些让蒙古铁骑折戟沉沙的西夏政权。

唐朝初年，松潘高原一片荒蛮，党项族或惮于恶劣的生存环境，离开了松潘高原，由于实力弱小，"或臣中国，或窜山野""自周氏灭宕昌、邓至后，党项始强"。日渐强盛的党项不甘于脚下的土地，联合吐谷浑对抗吐蕃，吐谷浑被吐蕃灭后又臣服唐朝，后被迁安到陕北，从此开始了一个王朝的征战之路。

唐僖宗时，党项首领李思恭因平黄巢起义有功，被封"夏国公"，正式领有陕北五州之地。北宋时期，党项族不断与金朝、宋朝开战，终于1038年建国。可在广袤的大西北，西夏无疑是孤独的，在为母党专政焦头烂额的同时，又不得不连年应对宋、金战争，后又遭到强大的蒙古铁木真的侵袭，1227年为成吉思汗所灭。可笑的是，西夏在慑于成吉思汗的威名投降蒙古的时候，成吉思汗已经病逝，却秘不发丧，西夏对此一无所知……一个王朝，就此灰飞烟灭。倘若得知成吉思汗的死讯，我想象不到历史又该会走向一个什么方向。然而，历史是永远无法用假设、揣测来改写的。

走下车，双脚踏上空旷的沙土地，一股强大的气流从地下往上涌，如一株沧桑的古树，躯干推升着思维，树冠蓬勃着想象，而我的想象偏又如此贫乏，甚至不如一只虫子。我把自己掌握的那一点点可怜的历史知识翻出来，却发现和很多人一样，对这个王朝所有的记忆仅仅限于对这个名称的知悉，关于这个名称背后的历史竟一无所知。西夏这个历史文化符号，在我的世界里是一片巨大的空白，这不是它的悲哀，是我们的悲哀，更是我的悲哀。

我脚下直通昊王坟的路是神道，是已去的王者在另一个世界里出巡、回宫的必经之路，虽然那宫阙不过一座土堆，但可以想象，土堆下面的一个个魂灵，曾经在这片土地上纵马驰骋，叱咤风云，威仪四方。路的两侧，分列着两个黄土夯制的阙台，历史早已经剔除了一切外表的光鲜，但在那个世界里，一千年来或许一直会有人守卫在阙台之上，守护着这个王陵的主人。再往前，有碑亭，有月城，有陵城……这些建筑，无不一一对应着墓主人在世时显赫的荣耀。只是人生海海，繁华落尽，治愈的，不过是生者对亡者曾经辉煌的慨叹，而难以治愈的，始终是历史的冷峻无情。从1038年李元昊建立西夏后，将先人迁葬于贺兰山东麓，一直到1227年西夏为蒙古所灭，一个王朝，兴也忽忽，亡也忽忽，最终一切都归于尘土，一切终又成为尘土，终不过是眼前一座座为岁月风尘所侵蚀的坟茔而已。

　　党项族是一个以自然崇拜为主的民族，尤其崇拜"天"，这或源于他们最初的生存之地的与世隔绝与恶劣，让他们对天空、太阳、月亮、浩瀚的星海、山川、河流等充满了神秘之感。他们迁移到陕北之后，随着与更多民族在文化和精神上的互动和交流，他们逐渐由自然崇拜发展到了对鬼神的信仰。但是那份伴着血液流淌的精神基因，却无法消失，所以他们依然无法摆脱对自然崇拜的依赖。他们崇拜的各类神灵，多来自大自然，比如山神、水神、龙神、树神、土地诸神等自然神。人只有在深刻领悟到自身的孤独之后，才会对自然界中的一切充满神秘的崇拜，一个王朝也不例外。

　　一只鸟儿从头顶飞过，向远方的贺兰山飞去，翅膀在空中振动着气流，让我恍惚听到一种声音，如同刀锋劈开海水的声音。

　　一切腐朽的从此沉沦，一切不朽的从此变得愈加明亮而鲜活。

第三辑

那些花儿

呼唤一条大河

我来的时候,季节发生了明显的错位。

在遥远的南方,也就是我的家乡安徽阜阳,一场接一场的暴雨似乎上了瘾,反复蹂躏着淮河,水位一次次被抬升,再抬升,王家坝不得不开闸泄洪,蒙洼蓄洪区一片泽国,数以万计的百姓不得不撤出庄台,小家大国的大情大义无处不在,让人落泪。

而我的眼前,河水几近干涸。放眼望去,宽阔的黄河河道从两处重叠着的山峦间钻了出来,大片的河床赤条条一丝不挂,裸露着肌肤,只留下中间一条窄窄的河道,温和而无声,站在远处,似乎根本就感受不到她的声息和流动。

这是我日思夜想的黄河吗?是的,她就是。

一

还在来的路上,我就开始一次次地打开手机,一次次放大和缩小着地图,查看我将要到达的地方与黄河之间的距离。当确信我即将有一个礼拜的时间可以亲近黄河的时候,我的心仿佛突然被人一下子拽出了胸腔,飞越了千峦万壑,飞到了黄河之畔。

驶出高速,路越来越窄。山路十八弯,大巴在群山里不停地扭着身子，渐渐失去了方向感，一次次地折返，拐弯。我很奇怪，窄窄的山路，怎么就没有遇到对面来车？只有一种可能，我们将要去的地方太过偏僻，很少人烟。

这也更为接下来的行程增加了一种神秘感。此刻我尚不知道，在接下来一个礼拜的时间里，这个地方将不断给予我失望，又不断地给予我新的憧憬，那种矛盾与幸福交织的心情，恰如那漫山遍野的黄河石上纵横交错的纹理，让我一次次地折返，又一次次地向黄河深处抵近。

大巴经过无数次的徘徊和犹豫之后，过了洛阳市新安县石井镇，最后驶进一个不知名的山窝里。宾馆就坐落在群山之间，是国家海事局下辖一家以保护黄河、绿化黄河为主要工作的单位，其偏僻也就不足为怪了。

下了车，入住之后，我迫不及待地按照游览指示牌登上了观看黄河的制高点。这是我第一次这么近距离地观看黄河，激动之情可想而见。黄河汤汤五千里，"经天亘地，滔滔流出"，在这里拐了一个弯，弯度并不大，但是从高处俯瞰，黄河在优雅地转身的同时，伸出了一张巨大的龙爪，深深地嵌入了山与山之间的谷地，似乎想抓住这里的一草一木，不想离开这里。

季节的错位，让我的思维也发生了明显的错位。在我的印象中，7月底的黄河，大抵是怒浪连天、殷雷硙硙吧，但眼前的景象完全是另一种境况。从此岸到彼岸，虽然宽阔，呈现在眼前的却是大面积龟裂的河滩。暮色之中，远远地看见一条微微发亮的暗灰色的丝带，蜿蜿蜒蜒地向前方延伸着。

没有看到黄河跃马扬鞭、一日千里之盛景，却并没有影响我内心第一次见到黄河的欣喜与激动。冲着群山，对着眼前宽阔而又空旷的河谷，我双手卷起，拢在嘴边，大声喊着："黄河，我来了！"喊声一跃而出，冲入浓重的暮色之中，夜色将它们卷起，扔下山坡，又抛向河谷，瞬间炸裂，一分二，二分三，三分万千，然后又一个声部一个声部地调和，混音，编排，但听从群山之间那无法目及的黄河源头，隐隐传来经久不息的回声："来了，来了，来了，了，了……"

是夜，伫立窗前，微微的山风里浸满了黄河质朴、浑厚的气味，深吸一口，便似有母亲在侧守护着，不觉间睡意袭来，很快便沉沉入梦了。

二

第二天清晨，沿着昨天晚上的线路，我再次开始靠近黄河，亲近黄河。

"黄河，母亲！"

刚刚登上望江亭，就听到从下面的河谷深处传来一声接一声的呼喊。那是一同前来参加此次采风的文友们，他们比我起得更早，他们的心情似乎比我更为迫切。他们的呼唤，瞬间唤醒我沉睡了数年的心神，激发了内心深处第一次见到母亲河后无比激动的心情。

"黄河，我来了！"

"母亲，我来了！"

迎着从黄河故道里升起来的晨风，我扯开嗓门，面对着叠叠群山，面对着温柔、平静、恬然的黄河，尽情地呼喊着。黄河一定是懂我的，不然，也就不会有重重的回声，一浪接一浪地从河谷里涌过来,入了我的耳膜,温暖着我的心房,也润湿了我的眼睛。

此处是"望江亭"。明明是"望河亭",偏偏上书"望江亭",江河迥异,颇有些煞风景,但确实是俯瞰黄河的绝佳去处。

向东望去,便是空旷的河谷,两侧的山峦并不高,黄河却被它们紧紧地夹在中间,显得是如此温和,不敢越雷池半步。这与学生时代接受到的古诗词中关于黄河盛大磅礴的描写截然不同。黄河流到这里,左侧的山脉越来越瘦,越来越小,最后就像一条龙的尾巴,倏忽不见了踪影。黄河正在两山之间向前奔跑,刚出龙尾,群山自觉为她闪开了一片宽阔的舞台,没了束缚,她便一个打转,向右侧散开,突如其来的自由让她喜不自禁,在这里回旋,起舞,一次又一次地亲吻着四围的群山,冲击着山与山之间狭长的谷地,最终形成了一个巨大的龙爪,牢牢地掌控着这一片山水。虽然此时河水已经干枯,河床光着身子躺在那里,但是我能感觉出曾经的壮阔与雄伟。在这里,山是骨骼,水是血液,那丰腴细腻的黄河泥,便是母亲河的肌肤了吧!

天空云层较厚,极目四望,群山掩映在一片薄雾蒙蒙之中,太阳是看不到的,只能从东方天空中最白亮的部分判断,太阳刚刚爬上山头。但相比昨晚,光线已经明快了很多,近处山的轮廓很清晰,山上涂满了苍翠,远处一片片绿色的雾氤氲流动,隐隐中山体连绵逶迤,追着黄河一路向东而去,直至什么也看不见。

三

在接下来的几日里,我始终心怀悸动,不断地挑战着晨光与夜色,在完全陌生不知名的一片深山里,一次次地抵近着这条让我日思夜想的母亲河，却一直未曾抵近！我多么渴望能够走到黄河边，双手捧起一捧黄河水，感知母亲河的温度，亲吻母亲河的肌肤，用心感受母亲河的温软。

我却遇到了一块巨大的黄河石。

这块黄河石竖立在通往古渡口小路的旁边，足足有四米之高。无法想象，黄河是以多么宽广的胸怀，又历经多少岁月的妊娠，才孕育出这么一个体形硕大的孩子。

这块巨石呈长方形，顶部略尖，石体表面圆润中略略有隆起，一道道深深的沟壑纵横交错，相互交织，或浅或深，深者如一蚯蚓洞穴钻入石头内部。从石头的正面右侧斜看过去，在石头的外边缘中间处，有一明显的凹陷，凹陷处恰如脖颈，上为狮头，下为狮身，整个石头恰似一头低头沉思的雄狮，静静地守在黄河岸边。

它是在等候我吗？

这块石头，一道道岁月的流痕记载了黄河数以亿万计的冲刷与抚摸。它古朴庄重，雄浑大气，你不知道它是从哪里来的，但却驻留在了这里。或许是从巴颜喀拉山吧，恰如一个孩子，它是多么渴望历览外面的精彩，所以它极力想挣脱母亲的怀抱，一路跌跌撞撞，绵延数千公里，历经了亿万年黄河水的冲刷与裹挟，经受了岁月的风霜侵袭，最终还是再次回到了母亲的怀抱里，渐渐收起棱角，变得温和文雅。

在附近所能抵达的山谷，每一座山体里都怀抱着大大小小无数个形态各异的黄河石，那是黄河历经亿万年所孕育出来的孩子。这些石头每剥落一层，山就瘦小一圈，黄河水也就更加黏稠滞重。它们是黄河母亲的孩子啊！但是母亲一直以来都是这样无能为力，护佑不了自己的孩子，只能眼睁睁看着它们被劫掠。而当每一个孩子被劫掠的时候,带来的怎能不是母亲的阵痛!

四

我最终没能触摸到黄河母亲的脉息。

古渡口,几首渡船像一个个弃儿,孤寂落寞地被禁锢在河泥里。由于渡口与河底之间的巨大落差,我甚至无法触摸到河底金黄的河泥。

这里位于小浪底上游的不远处,再往上就是黄河三峡。两处国家级水利风景区河清水蓝,风景秀丽,而处在中间的这段却是水枯河干,让我们只能"醉眼渺河洛,遗恨夕阳中"了。没有浩浩荡荡,没有浪花飞溅,没有雄浑的歌唱,也没有低沉的轰鸣,只在河谷的中心有一条窄窄的水流,大约就像我家乡的汾泉河吧,在默默地、了无生气地流淌着。巨大的期望总会带来巨大的失望,巨大的落差让我的心如同一块块黄河石一样淤积了厚厚的泥沙。我多么希望家乡淮河流域丰沛成灾的雨水,能逆流而上,弥补一下贫血的母亲河。

我并不甘心,我想下去看看河滩是不是能够行走,如果能,我一定到那河滩中心,掬一捧黄河水洗洗我满是尘垢的脸。脱下鞋袜,光着脚下到河底,小心翼翼地踩在河泥上。河泥是那么柔软、细腻,像母亲的目光,脚刚落下去,立即陷入了她深深的拥抱,深可没及脚踝以上。如此之深,再向里走是不可能的了,我不得不叹了口气,呆呆地向河中间泥黄色的水流看了看,遗憾地爬了上来。

这是我与黄河相处的最后一个早晨。等我再次登上渡口的石阶，天空突然放晴，太阳从黄河的尽头一跃而出，似乎急切地盼望着与我们相见。远处的黄河水在阳光的照射下闪着粼粼波光，一路向东，流向洪荒深处，流向未来。天高地迥，空旷而寂寥的河谷在阳光的映照下，金色的光泽循着河水流去的方向向前铺展开去，也稍稍消解了我内心深处那一丝丝的遗憾。

"黄河，母亲，我还会再来的！"

有人再次带头高喊了起来，然后很多人也开始喊着，喊着。

虽然没有浊浪的回声，但是有黄河风渐渐聚拢起来，越来越大，越来越强，将河谷的回声聚在一起，一阵阵地回送过来，撞击着我的心脏。我似乎听到了黄河深沉又深情的回音，她一定是在说，我等你！这是一个母亲与孩子的约定，无论岁月如何更迭，这份约定，从亘古以来的这片黄色土地上萌发、生长，从看不到的过去，到可感知的今天，以至更加遥远不可触及的未来，从来不会改变。我要珍藏这份约定，她会给予我前进的力量。

英雄的河流

一

世上本没有河。

地球上什么时候开始出现了河呢？又是怎么出现的呢？

圣经上说，上帝第一天创造了白天和黑夜，第二天创造空气和天，第三天创造了地、海、山川平原、花、草、树木等。

可见，在基督教教义里，江河湖海的出现是在上帝创造天地万物的第三天。

我是无神论者，自然不会相信这宇宙里有个上帝能够造万物，但我也无意去查证地球上第一条河流出现的最早佐证。一个偶然的机会，我在网上的一则资料上，看到了孕育了中华文明的母亲河——黄河的形成过程。它让我对河流的形成有了一个粗浅的认知。

人类进化从猿到人，在时间上被称为新生代第四纪，又被大致以一万一千七百年前为界，之前称为更新世，之后称为全新世。

全新世甫一开始，混沌大地发生了重大变化，不仅仅飞速推进着地壳的变动，人类的进化和文明的发展也在不断地从洪荒向雏形孕育、演变和推进。

此时，一条大河正在亚洲大陆呼之欲出。

据考证，距今一百一十五万年前的近三十五万年里，在华北大地，自西向东，由高而低，层级似的孕育着数量众多的古湖。

扎陵古湖，鄂陵古湖，西宁古湖，宁南古湖，银川古湖，陕北古湖，陇东古湖，洛阳古湖，直至渤海古湖、黄海古湖，这些古湖自西向东，由高而低，就像一颗颗晶莹剔透的蓝色宝石，散落在地球表面，彼此独立，互不连通。

如今地球上的很多高山与丘陵，都在湖底沉睡着，似乎在等待着某种力量将它们唤醒。青藏高原最终按捺不住强烈的冲动，在某一个白天或者夜晚，如竹笋一样破湖而出，迅速抬升。

东亚大陆上，一连串的古湖随着青藏高原的不断升高，像被人为掀起的一只只巨盆，逐渐向东倾泻，抬升到一定高度，巨大的湖盆自西向东缓缓移动，湖盆倾覆，渐向一起聚集。

从最高处的古湖开始，湖水冲出盆沿，一泻而下，流入一个古湖，接着又流入下一个古湖。

水量越来越大，湖水像巨人抛出的银色巨练，串起一个又一个古湖；水势也越来越猛，渐成汹涌之势，利斧一般劈开平地，切开山脉，拱出一条长以千里计的河谷，最终形成了一条横贯华夏的大河，经渤海古湖、黄海古湖入海。

华夏母亲河黄河最终形成。

可见，在蛮荒时代，地球上众多河流的形成，与人力并没有关系。自然界的各种突变与机缘，造就了一条条大河来往穿梭于广袤的地球表面。

二

时代在前进,人类在进化。

当人类逐步进化到可以影响和改变自然界时,河流的形成,就已不再是大自然的专利,河流的流向,也不再是大自然一己之力所能主导的了。

在黄河与长江之间,有一条河流,以"淮"字而名。

一只鸟立在河边,便构成了商代的甲骨文里的"淮"字。可见,自古淮河两岸便是鸟类的天堂,也必然是人类的天堂。

宋代以前,淮河河道稳定,河水安澜,稻肥水美,鱼虾鲜活,人民安居乐业,富庶安康,故而有民间俗语说,走千走万,不如淮河两岸。

因此,淮河自然而然地成为中华文化中不可忽视的一个地理符号。

《禹贡》记载:"导淮自桐柏,东会于泗、沂,东入于海。"

但淮河并不是一条永世安澜的河流。

据《史记》记载,黄河夺淮最早是汉文帝时。历史上,黄河曾无数次决口,南下进犯淮河,但正如北族不断的南侵,多为局部的袭扰,大面积的淮河全流域灾难几乎没有。淮河真正人为的苦难,有史以来,大致起于南宋。最为严重的,有两次。

南宋建炎二年(1128年),为了阻滞金兵南下的步伐,东京守将杜充在滑州人为掘开黄河堤防,黄河向南奔涌而下,西风激浪,白波如山,舟行树梢,人栖枝丫,牲畜的尸体更是随波逐流,历史上第一次人为地导致了黄河夺淮入海,给淮河流域的人民带来了深重的灾难。

历史的吊诡之处在于，在某一个时刻会让你遇到一段惊人的历史雷同。八百一十年后的1938年，为了阻滞日军南下，蒋介石悍然命令炸开郑州花园口黄河大堤，洪水如脱缰野马一般，瞬间吞没了良田、房屋和人畜，一路向南，夺淮河入海，造成中国历史上有史以来最严重的一次涝灾，也是到目前为止最后一次人为导致的淮河全流域涝灾。

淮海流域从此留下了深重的痛。

三

据历史文献统计，公元前252年至1948年的两千两百年中，淮河流域每百年平均发生水灾二十七次。

新中国成立后，淮河水患依旧频发，治理淮河成为从地方到中央各级政府的重中之重。

进入蒙城县立仓镇薛庙村茨淮新河纪念馆，首先映入眼帘的，便是一句带有强烈时代色彩的话："一定要把淮河修好！"

展示窗里，张贴着一张发黄了的公文纸，那是时间抚摸过的痕迹，也是岁月浸染了的色彩。

纸张可以褪色，而时间却清晰地定格在1971年的3月23日。

那一天，安徽省革委会生产指挥组向水利水电部呈报了专题报告，为治理淮河，减轻水患对皖北地区的破坏，要求批准开挖茨淮新河、怀洪新河。

这是一个大胆的设想，更是一个伟大的创举，报告很快获得了批准。1971年的11月20日，新中国最大的人工新河开挖在蒙城县誓师，随后，破土动工。

十个县的三十七万人，齐聚这里，向大地要河流，向大地要淮河安澜，开启了一场人定胜天的历史性开挖。

四

从 1971 年到 1990 年，百万民工会战十九年，茨淮新河工程终于胜利竣工。

五十年后，当我们再次回顾那场浩大的新河开挖工程，仍然会为这样的雄才胆略和英雄壮举唏嘘不已。

秋日的蓝天舞动着流云，茨河铺分洪闸在秋日的傍晚安静地横跨在茨淮新河河面。这里是茨淮新河的起点，从这里开始，一路向东，向南，汇入淮河，最终通江达海。

站在分洪闸上向上游眺望，目光及处，颍河披着银色的轻纱，缓缓地向东流过。黑茨河温驯恬静，不波不澜，如一个可人的孩子，从颍河左岸分流而下，过了分洪闸，融入茨淮新河宽阔的怀抱。

第一次这样全流域行走，带着某种朝拜的心理，探索茨淮新河的前世今生，怎不令人心潮澎湃？

茨淮新河全长一百三十四点二公里，过插花镇，穿阚疃镇，直至怀远县荆山南而入淮河，全域流经阜阳、利辛、蒙城、凤台、潘集、怀远等县（市、区）境，横跨茨河、西淝河、芡河等河流，流域面积六千九百六十平方公里。

《茨淮新河志》记载，茨淮新河建成后，配合支流治理不仅提高了淮河支流颍河防洪标准到二十年一遇，而且为豫、皖两省一千五百万亩耕地扩大了排水出路，也为汾泉河、黑茨河治理创造了条件。同时，常年可通三百吨级轮驳船，把阜阳至蚌埠的航程缩短九十八公里。

这样一条大河，与地质运动无关，与神话传说也无关，但却是一个名副其实的神话。

创造这个神话的，是数以百万计的人民群众。

人类依靠直立行走，解放了双手，也解放了匍匐的思维方式。他们依靠一双手，手握原始的铁锨、铁锹，一锹一锹地挖；依靠扁担和独轮车，一担担挑，一车车拉；依靠双手和双脚，一寸一寸向前推进。

先是刨出来一个坑，然后挖出一条沟，最后挖出一条大河。

这是一条能轻易就找到起源的河流，源头就在百万群众的脚下，在他们跳动不已的心中。

人定胜天的信念在数以百万计的人的心中蓬勃昂扬，而支撑他们的，是工地上无数面猎猎飞扬的鲜红旗帜，是一种艰苦奋斗、坚韧不拔、万众一心、敢于胜利的精神，我们把它叫作"茨淮新河精神"！

五

从茨河铺分洪闸，追着茨淮水一路向东，过插花镇，我们来到了亳州市利辛县阚疃镇。

依托阚疃节制闸，当地建立了国家级白鹭洲水利风景区。景区依河而建，集自然生态、休闲度假、水利文化展示和康体运动为一体，已经成为阚疃镇数万农民的休闲公园，每天都能吸引远近游客慕名前来游玩，成为当地创收的经济支柱之一，反哺着当地的人民。

在利辛县阚疃镇镇西社区新时代文明实践大讲堂，我们见到了几位老人。

汪明楷，今年已经八十五岁高龄，阚疃镇解放居委会桥外居民组居民。他个子高大，满头白发，双眼微微眯缝着，一脸慈祥和善，自带笑意。据他介绍，他在茨淮新河工地上整整干了一百零六天。当时正是经济较困难时期，口粮并不宽裕，工地上吃不饱的情况并不少见。每次连长喊开饭拿馒头的时候，总是要喊一句："吃一个，拿一个！"虽然大家明明知道他是让大家一次拿一个吃，却偏偏理解为是让大家吃一个的同时再多拿一个。他讲述的语气平淡无奇，却还是让大家捕捉到了一丝严肃之外的意趣，会场上发出了一片笑声。

坐在汪明楷右侧中间的是许怀涛，他个子不高，戴着一副眼镜，显得瘦削文弱。他明显是读过书的人，讲起茨淮新河开挖的经历，条理清晰，声音洪亮，极富感染力。他说，当年在茨淮新河工地上，搭草庵子，睡地铺，铺苇草稻草，盖的是薄被，夜间常常被冻醒。工地上，因为不小心而被铁锨、铁锹铲掉脚指头或者手指头的事常有发生，个别人还得了出血热。可是大家的积极性却很高，半夜起床开工的屡见不鲜，因为所有人都有一个共同的心愿，早日挖好茨淮新河，为淮河减负，为皖北人民减灾。说到这里的时候，他伸出胳膊，向前一指，大声地说，当年隋炀帝开挖大运河，民怨沸腾，怎么能与我们开挖茨淮新河相比？那是一种精神在支撑着所有人。随后，他语气一转，说他一直心存遗憾，那就是，当年数以百万计的民工万众一心，不怕牺牲，用血汗甚至生命铸就的茨淮新河精神，而今却不为年轻人所理解，甚至遗忘。希望我们今天来采风的作家老师们，能用自己手中的笔，写出能真正反映茨淮新河开挖的真实历史和精神的文学作品，将茨淮新河精神弘扬好，宣传好，继承好。

坐在最右侧的老人叫汪文超，现年七十三岁，初中毕业后，他正赶上第二期上河工。正月初五一大早，他便随着生产队的十来个人，一同从阚疃镇出发，从凤台坐轮船去挖河。他们到达目的地后，已是夜里，发现整个公社去了几百人。当时吃没吃的，住没地方住，但是为了争先进、赶工期，所有人连夜搭草庵子，铺稻草，第二天开始便投入紧张热烈的劳动之中。

他说，分给他们的任务，他们表示坚决完成，那真是不怕苦不怕累啊，所有的人都是披星戴月子地干……

他在说"披星戴月"的时候，多加了一个"子"。所有人不由得发出了笑声，但他的神情告诉我他并没有玩笑的意思，让我恍惚看到了无数个黑色的脊背在黑色的夜里，来往穿梭，奋战不止。

从阚疃镇出发前往淮南市潘集，一派江南水乡景韵铺陈眼前，路边金色的稻穗闪耀着光泽，微风轻吹，层层稻浪次第而来。我突然想起还在阚疃镇的时候，一位老人发出的感慨：没有茨淮新河，我们哪里见过丰收啊？

据介绍，从阚疃镇起，向南，向东，人们的生活、生产曾经深为水患困扰。一条河的成功开挖，最终浇灌出了沿岸人民的风调雨顺和幸福美好！

六

我们最终来到了怀远县上桥。

这是茨淮新河入淮河的入河口，上桥也是茨淮新河的最后一个节制闸。

站在节制闸上，远眺茨淮新河，河面宽阔，水平如镜，粼粼波光晃动着金色的鳞片，茨淮新河如一条温驯的巨龙，绕过隐隐荆山，缓缓游入淮河，然后南下东上，最终奔赴大海。

一艘艘巨轮在河面上隆隆驶过，满载着天南地北的货物，南来北往，西上东下，为沿线流域的人们输送着美好的生活。

我忽然想到了《山海经》中的一个神话传说："应龙处南极，杀蚩尤与夸父，不得复上，故下数旱。旱而为应龙之状，乃得大雨。"

中华民族历来不乏神话传说，其背后都是对大自然的各种物象和气候的最为直接的反映，都彰显了人类对这个神秘浩大无从左右的大自然的无奈，以及美好的希望和祈求。回顾五千年中华文明史，关于龙的记载和神话传说之多难以计数，无论是正与邪、善与恶、美与丑，总都关系到大自然的风雨雷电和国家民族的兴衰隆替，龙当之无愧地是中华民族的精神图腾。

"天龙吐雾，地龙翻身。蛟龙嬉，黄龙蜕。"在茨淮新河的建设工地上，人们中间也流传着一个听似神话中的名字，叫"拱地龙"。

地龙，即是蚯蚓，它们常年默默地隐藏在地面之下，在一片漆黑中艰难地翻动着土壤，改变着耕种的条件。

面对地震这种自然灾害，人们无法解释为什么大地突然会塌陷，认为是地下有龙在翻身。

长达一百多公里的茨淮新河沿线，一百八十万名民工勇敢地向大自然挑战，向灾害与苦难挑战，让大地翻身，让灾害臣服，向美好富足的生活挺进。他们抱着乐观主义精神，戏称自己是"拱地龙"。

这是一个多么形象生动的比喻啊！

他来自人民，来自战天斗地的火热生活，让你的眼前不由得浮现出一幅幅生动感人的画面，恍若看到，一条条"拱地龙"贴着地面疾飞，在广袤的淮北平原上拱出来一条宽阔的大河，拱出来一片大好的生活！

我深深地悟出一个道理，只有人民群众，才是真正的英雄。

安居记

拆房和建房，大抵是一个男人一生中最为重要的一件事了。行至半百，不觉已经历了几次拆和建，仔细回想起来，每一次建都是为了安居，而每一次拆，何尝不是为了更好地安居？安居才能乐业，其中所折射的沧桑变化，无不烙刻着一个又一个时代的印记。

一

幼时，关于我家房子唯一的记忆，是模糊而又苦涩的。那些模糊的记忆大抵在五岁左右，懵懵懂懂之中，却没有关于建房的清晰记忆。

20世纪50年代后期，因为工作的原因，父亲从百里之外我的故乡亳州市利辛县巩店镇，来到原阜阳县九龙园艺场。由于我的祖父母双双离世，父亲不得不把我两个年幼的叔叔带在身边。但是由于工资低，两个叔叔又正值长身体的时候，难以维持生计，不得已插队落户在了我们村，在生产队当了会计。由于是外来户，我们家没有宅基地，更没有房子，父亲和母亲婚后寄住在别人家的过道里。夏天还好，一到冬天，冷风刺骨，单薄的破被子根本无法抵御严寒的侵袭。在当年计划经济主导的时代，集体是每一个社员解决各种困难最后的依靠。属于我家的第一套土坯房，是生产队率领全体队员捐款捐物给我们家盖的。工钱不多，四十元而已，但家里拿不出。祖父母辈我唯一见过的亲人——我最爱的外婆，将自己辛辛苦苦喂大的猪卖了后，替我们家还清了这笔工钱。就是在这座土坯房里，母亲生下了我。

只记得我家的房屋如那时的日子一样，原始，粗粝，不加雕饰。硕大的土坯风吹雨淋，斑驳脱落。每一块土坯都已经被风雨抹平了棱角，土坯与土坯之间被岁月冲刷出横平竖直的深沟，泛白的麦糠在土坯上支棱着，如河流中的枯草。

房屋拢共就一间半，一间供五口人住，半间是灶屋。

房子前面是一棵枣树，我家养了一只羊，经常拴在枣树上。因为它无处可住。

二

少年时，土地已经包产到户，我家开始种生姜。

父亲中专毕业，改革开放唤醒了父亲朴素的商品意识和发家致富的激情。每年的冬天，他都要拉着生姜，远下亳州、颍上乃至河南等地，用生姜换回在我们本地价格比较高，并且饲养生猪所必需的豆饼、红薯干等，售出后赚取差价。

父亲艰辛地劳作、奔波，伴着母亲的省吃俭用，我们家终于攒了一些钱，准备建新房。

改革开放刚开始的那几年时间，建房所需的很多建材，依旧需要通过计划供应的票证到供销社统一购买。母亲走遍亲朋好友和左邻右舍，采取以物换物或者以钱换物的方式，凑够了建房用的供应票。母亲很高兴，她和父亲拿着这些票证，来到镇供销社，把这些供应票交给了一个职工预约购买。几天后，父亲和母亲到街上准备拉回建材，却被告知那个职工已经退休，交给他的供应票并没有交给供销社。建房大计遇到了重大打击，母亲欲哭无泪，建房依旧艰难。

但箭在弦上，不得不发。生性要强的母亲再次求亲告友，东挪西凑，艰难地准备着建房所需的钱物。生产队知道我们家困难，号召社员积极发扬互帮互助的优良传统，组织生产队员帮我们家夯宅基，制土坯，制窗、梁。在生产队和热心社员的鼎力帮助下，我们家终于建了三间半砖半坯的堂屋和两间全土坯的灶屋。

上梁的当日，父亲在一张方桌上铺好红纸，将毛笔蘸满浓浓的墨水，重重地在红纸上写下了自创的大红对联：团结架金梁，新居谢党恩。

房梁缓缓升起，脊檩横亘东西。上梁的鞭炮声噼噼啪啪响起，烟雾升腾之中，一切都预示着更加美好的日子的来临。

三

20世纪90年代初期，我读了高中。按照当地的风俗，男孩子过了十五六岁，就要提亲说媒，我当然也逃离不了世俗。说亲的接二连三地踏破门，无一例外地都提出一个条件：必须要有砖房。于是我们家的第三次建房再次提上了日程。

连年生姜的大丰收，父亲一次又一次南下北上，他用自己的汗水丰润了我们家的日子，用自己的双脚一步步把我们带过了温饱,带向了更加美好的生活。那时,我们家积攒了几千块钱的家底,虽然距离当时的"万元户"还有差距,但父亲和母亲对新房的规划明显超越了同村的其他人家。

这次建房是我们家独立完成的。已经告别了土坯,一色红砖,喜庆发亮。堂屋建好后,又建了三间西屋做厨房,也是清一色的红砖青瓦。这次建房子的主要目的是给我当婚房,父亲和母亲很高兴,为此又加盖了一圈红砖围墙,立了一个门楼,门楼前喷涂了在当时农村非常惹眼的彩色石子,相当于现在的真石漆,还贴上了彩色的瓷砖。父亲再次铺纸泼墨,写下了自创的大红对联,只是内容稍微做了改动:改革开放好,新居谢党恩。

当大红对联贴好,父亲站在房梁上,抓起一把把染红了的花生、糖果、对子馍(一种很小的馒头,皖北农村建房上梁时必备的彩头),高高地扬起胳膊,在空中奋力一挥,花生、糖果、对子馍腾空而起,在空中变换着身姿,又翻了几个身,然后迫不及待地从天而降,落在地面,撒下来一片幸福和欢乐,引来了前来祝贺的左邻右舍一阵哄抢。

四

这三间红砖瓦房虽然是准备给我结婚用的,但是我结婚的第二天,就搬离了老屋,进了城。老屋一直是父亲和母亲住,假期我偶尔回来一次,匆匆回来,又匆匆离开,甚至都没仔细看过它一眼。我不知道它什么时候已经裂开了缝,就像我不知道从什么时候开始,父亲的背已驼,母亲的眼已浊。

2016年春节过后,邻居建房,在推倒老屋的时候,伤及了我家的老屋,加重了老屋的衰败。于是,我打算自己建一座房子,让父亲和母亲有生之年,能住进梦想已久高大宽敞的楼房。

父亲老了,满头白发,身体佝偻,已经无力添砖加瓦,他只能颤颤巍巍地在工地的外围慢慢挪动着脚步,看护着工地。父亲和母亲都不舍得老屋。所以在老屋推倒的瞬间,父亲躲进塑料棚,沉默拭泪,母亲一个劲儿地干这干那,一刻不让自己闲下来。或许闲下来,她也会和父亲一样——流泪。

楼房是按照两层设计的,每一层都单独成套,和城里的商品房一样。不同的是,宽大了很多,敞亮了很多,如同越来越敞亮的日子。

封顶的那天,父亲和母亲看着高大的楼房,喜笑颜开。

父亲笑着对左邻右舍说:"这辈子,我就没敢想过住楼房呢!"

母亲接过他的话说:"你敢想过啥?一辈子就是胆小,啥也不想!"

一句话逗乐了前来助兴的亲戚朋友。

我突然想起一件事,赶紧找来父亲存放多年的毛笔,说:"大,写一副对子吧!"

父亲接过笔,又看了看新起的楼房,笑着摇了摇头说:"不行了,写不动了!"

有邻居说:"今天上梁,不写对子不行啊!"

父亲颤巍巍地仰头看着房顶,若有所思地说:"改革开放好,新居谢党恩!"

为了爱，梦一生

一

人一生能有一个从不忘记的梦想是很幸福的事，这种幸福的感觉无法言传而只能意会。倘若某一次梦中实现了这个梦想，那一定能开心得把自己笑醒。

多少年来，我一直有一个梦想，一个关于高原和蓝天、雪山和信仰的梦想，这个梦想的名字就是——西藏。

还在很小的时候曾学唱过一首歌——《翻身农奴把歌唱》。这是我与西藏最初的相逢，才旦卓玛舒缓悠扬又嘹亮穿云的歌声一下子便攫住了我的心。从此我知道了这个世界上还有一种高叫青藏高原，高原之上白雪皑皑，雄鹰高飞，阳光驱散了重重迷雾，普照着这里每一个人灿烂的脸庞。他们挥舞着洁白的哈达，载歌载舞，幸福的歌声穿越高原，飘向蓝天，飘向更为遥远的未来和远方！

那时起，我的心里就开始生发了这样一个梦想的种子，期待有一天自己能去拉萨，去西藏，领略雪山和高原的威严，蓝天和白云的高远，布达拉宫的神圣和庄严！

二

时间回溯到 2005 年。

几乎是一夜之间,一首歌迅速红遍大江南北,大街小巷,无论男女老幼,几乎张嘴就会哼唱"那是一条神奇的天路,把人间的温暖送到边疆,从此山不再高路不再漫长,各族儿女欢聚一堂"。这首歌,就是韩红演唱的《天路》。

2001 年春,总政宣传部艺术局创作员屈塬和总政歌舞团编导印青,来到青藏铁路施工现场采风。青藏铁路的建设一直被认为是世界铁路建设史上的神话传奇,因为它处于高海拔地区和生命禁区,建设这样一条铁路,直接面临着三大难题:多年冻土、高寒缺氧和脆弱的高原生态。曾有美国人扬言:"有昆仑山脉在,铁路就永远到不了拉萨。"

为了彻底改变西藏等西部地区落后、贫困的面貌,20 世纪 50 年代,中央毅然决定,一定要把铁路修到拉萨。从 1958 年开工,历时近半个世纪的超长建设周期,到 2006 年 7 月 1 日,青藏铁路宣告全线通车,一下子震惊了全世界。这是一个名副其实的奇迹,它将青海、西藏等西部偏远贫困地区与中东部发达地区拉近了距离,为西藏的繁荣富强搭起了一座名副其实的"金桥"。

屈塬和印青采风的过程中,深入铁路建设现场,采访了很多筑路工人,又多次深入藏族同胞的家里,与当地群众进行了广泛而深入的交流。只要一谈起青藏铁路,无论是工人还是群众,他们都非常激动地把青藏铁路形象地称为"天路",而不叫铁路。一位叫拉姆的藏族老阿妈激动地对两位词曲作家说:"青藏铁路是共产党为我们藏族人民修的天路!多少年来,我们西藏人民就一直渴望能有一条通往远方的路,这条路可以带我们走出贫穷,走出落后,走向富裕,走向北京。"听了老阿妈的话,屈塬和印青内心像点燃了一团熊熊的火炬,仅仅用了几天时间,《天路》便诞生了。

韩红用她嘹亮激越的歌声,唱出了藏族人民对中国共产党深深的感谢和感恩之情,也唱出了藏族人民对未来美好生活的向往和追求。这首歌再次唤醒了我的西藏梦,从而成为我在闲来哼唱时必选的歌曲。我不知道如今藏族人民的现实生活是什么样子的,但就是这首歌,让我的梦想一次次鲜活起来,我时刻准备着,有生之年,一定要前往那片神秘而美丽的地方,以偿夙愿。

三

冈仁波齐,是中国冈底斯山脉主峰,被称为中国最美的、令人震撼的十大名山之一。

2017年,一部以《冈仁波齐》为名的电影开始公映,这部电影剧情显得非常简单,主要讲述了普拉村村民尼玛扎堆在父亲去世后,带着叔叔去一千公里外的拉萨和神山冈仁波齐朝圣,这也是父亲生前唯一的心愿。村里有人听说后也加入了尼玛扎堆的朝圣队伍,他们共同踏上了历时一年,长达两千多公里的朝圣之路⋯⋯

这部电影,豆瓣的评分并不高,却还是赢得了很多影迷的热捧。整个电影没有故作高深的悬念,亦没有离奇玄奥的故事,更没有百转千回的悲喜,完全是利用近乎白描的叙事手法,在淡定与沉静中呈现着十一个朝圣的藏族同胞的心灵之旅。在观看这部电影的过程中,我看到那十一位圣徒,哪怕是孩子,都在不停地合十、走路、匍匐、膜拜、起身,他们的动作显得机械而又麻木,但是他们的眼神和表情却虔诚而坚定，我深深地感受到一种力量直抵内心。这个力量，就是信仰的力量。

这部电影，给我的西藏之梦增添了另一种神秘而多元的色彩，让我对西藏乃至整个藏文化、藏族信仰有了另一种认知，也开始反思自己的内心。

反思之余，我想，对于十四亿中华儿女来说，无论你是哪个民族，我们何尝不是有着一个坚定的共同的信仰！这个信仰就在一首藏族歌曲里，就在《北京的金山上》！

四

活到近天命之年，我切切实实感受到的西藏，来自我的一个兄弟——李景。

我和李景相识于2019年3月底在云南普者黑举办的一次笔会活动，我们在昆明机场相遇，后被主办方安排在同一个房间。虽是短短的三天时间，却相见恨晚，相谈甚欢。还在云南笔会期间，我曾与李景老师约定，有时间的话让他一定到阜阳玩上两天。后来他赴安徽参加一次征文颁奖活动的时候，果真绕道来了阜阳，兑现了自己的承诺。他也数次邀我赴西藏游玩，我却一次次爽约，每想及此，我都汗如雨下，最后索性就故意避开这个话题，虽然去西藏是我一直以来的梦想。

李景是陕西汉中人，长期在拉萨工作。工作期间，又长期下基层驻村扶贫帮扶。我与他私下聊天较多，了解了一些他在驻村扶贫中的一些故事。他所驻村帮扶的村子就在众多登山爱好者聚集的珠峰大本营附近，于是他就把自己的驻村扶贫帮扶工作当作一次登山之旅和心灵的朝圣之旅，一待就是五年。

在西藏自治区下村走访和内地相比完全是两个概念，当地的人们居住分散，一次下乡走访就要在高原上走上数十公里，还要克服高反、恶劣天气等。但是这么些年来，李景走遍了村里的角角落落，所有的贫困户一户不落地全部走访，利用自己在自治区工作的优势，积极为贫困村和贫困户出主意，想办法，引资源，拉项目，为贫困村的脱贫出列和贫困户脱贫致富做出了积极的贡献。

我曾经写了一篇小小说，反映一个驻藏扶贫干部在扶贫工作中，牺牲了家庭和爱情，却被个别人误解，被举报贪污扶贫捐助资金，最终澄清事实，恢复了清白。而这个时候恰恰是三年驻村时间期满，在去与留的问题上，主人公再次毅然选择了继续驻村，因为他不舍得脚下这片贫瘠却充满希望的土地，不舍得那些热情纯朴的藏族同胞，也舍不下自己肩头沉甸甸的责任。

这篇小说的人物原型就是李景。他是西藏自治区的一名党员干部，自从踏上扶贫帮扶和驻村之路，他便无怨无悔，全身心地投入这个艰巨和神圣的任务之中，一干就是五年。

李景为人敦厚，不计得失，在我参加的几次《南国文学》杂志社主办的笔会活动中，宁愿自己掏钱也要保障笔会的顺利进行。从李景的身上，我看到了一种宽广，一种无私，一种辽远的境界和博大的胸襟。认识了他，我更为全面地认识了西藏和西藏的人民，也更加丰富和坚定了我的西藏之梦。

五

梦不是用来想的，而是用来实现的。

有梦想的人，一定心有远方。有梦想的人，一定胸怀信仰。有梦想的人，也一定会在某一个时刻，坚定地迈出双脚，义无反顾地奔向梦想的远方！

我在心中默念着一个名字——西藏——它关乎着我的梦想，一生的梦想！

此去路迢迢

就要下班的时候,张红卫打来电话,我问他,有事吗?他说了一句话,我没听清,又追问了一下,然后才听他说,自己要去南方闯荡去了。晚上六点的火车,临行前告别一下。

我霎时间竟有些失落之感,扭头看向窗外,天空中的云彩泼墨似的,东一片西一片的。此时他已经把在阜阳租住的房子退了,只能在火车站附近的旅馆里等候。我让他过来见一面再走,他应允了。

第一次见红卫,是在2018年年底,他的豆杂面馆里。那是我作为文学爱好者,第一次与阜阳文人圈里的老师们接触,作为新人,我拘谨了些,而他们则是相谈甚欢。看他们侃文学,聊诗歌,深情朗诵自己的作品,我一点儿也插不上嘴,却也不觉得尴尬。红卫喝了不少酒,聊起文学话题,聊起诗,特别是他的诗,很像深恋中的男人聊喜欢的女人,眉眼之中,无不透着沉沉的挚爱之情。那时,我是被他深深感动了的。

这次见面给我的印象极深,因为我被鱼刺卡了喉,而我之前是从未被鱼刺卡过的。红卫不停地给我找馒头,倒醋,我不停地吞馒头,喝醋,几番折腾,终于将鱼刺顺了下去,其状狼狈至极。那天见面后回到家,竟不能寐,索性拿出手机,仅用了一个小时的时间，就写了一篇短文《杂面馆里的诗》，发表在了《阜阳日报》，产生了一些影响。红卫看到后也很激动，与他相识的两年里，他时常会提到我的这篇短文，把我的文风与一些散文名家相比，不吝溢美之词。而我，在暗喜的同时，便生了知己之情。

  2019年，我到红卫的豆杂面馆里相对多些，一是冲着他的面，二是冲着他的诗。而实际上，我是不大恭维他的诗的，就像有人对我说过的，我的诗不如我的散文，我也把这句话在某个场合送给了他。他不认同我的说法，一直坚持在写诗。他从火车站过来后，在一个粉鸡店里，我点了几个小菜，给他来了一瓶"江小白"饯行，饭桌上我又把这个想法和他说了一下，他依然不认同，说写散文需要耗费大量的时间，而他缺的就是时间，相比散文，写诗就快了很多。我似乎明白了什么。

  曾经听人说过一个观点，说要发财，就不要做文人。这句话是有些道理的，特别是对如红卫和我这般的普通文学爱好者，生存才是第一位。红卫开过书店，后来又卖豆杂面。面馆的地理位置不好，以致生意凄清，红卫的妻子萍不得不蹬着三轮车满城沿街叫卖，风里雨里，甚是辛苦。2020年生意更是惨淡，不得不关了面馆，萍去了广东打工，红卫自己一人在家制作豆杂面，然后沿街叫卖，还时常被城管追赶，生活之艰辛可想而知。当文学与生计狭路相逢，生计才是第一位的，所谓爱好和情怀，也就不足为道了。回到红卫的散文与诗歌创作上，在为了生计疲于奔波的同时，放弃更擅长的散文写作而选择诗歌写作，就很容易理解了。

  自打去年红卫的面馆关闭之后，与红卫见面的机会就极少，但与他在抖音中相遇的机会倒是多了起来。红卫的抖音题材主要有两种，一是他的生计支柱豆杂面，二是他的精神支柱文学和诗歌。他在忙碌的生意间隙，或于深夜无眠之时，朗诵泰戈尔、郁达夫、海子等名家的诗作，或者自己创作的诗歌，录制成视频，发在抖音上。红卫的声音很有男中音的宽厚质感，对诗歌所要传达的意蕴把握得也比较到位，每每见到他的这种视频，我总要反复听个三五次，再给他点个赞。

　　饭后，我们在红绿灯路口又聊了一会儿。红卫是凤台人，此去一别，是否还有机会在阜阳相见，不得而知，江湖一别的不舍油然而生。看着红了绿，绿了又红的信号灯，想想他即将要开启另一程的人生之旅中，会遇到多少红灯，又会遇到多少绿灯，不由得默默地对他说，此去路迢迢，愿如你所愿，此后经年，一路绿灯！

走在冬天里

结束了缠绵的阴雨,今冬的第一场雪悄然飘落。雪势很小,虽然纷纷扬扬了一夜,一到地面,就被数天的雨水化为无形,坝子上竟然无一丝积雪,只留下一汪汪的水洼。两侧的草地却极力挽留着,轻雪像季节的丝巾,轻柔地覆盖着草坪,风儿轻轻一掀,就能见到丝巾下面色彩缤纷的落叶和枯草,让你不由得轻叹:哦,秋天原来躲藏在了这里!

坝子外侧,是一片长长的绿化带,自东向西,参差不齐地栽种着各种观赏树。银杏和水杉早已投降,光秃秃的树干映照着冬日的肃杀。玉兰不似春天的新绿那般浅薄,宽阔厚实的叶片蒙上了一层白纱,显出不寻常的青翠,愈发深邃,沉静,厚重。

从外滩广场上坝子,横七竖八停满了自行车和电动车。坝子下是一片相对平整的平地,自发地形成了一个牌友聚会场所,几根木桩撑起了一块块五颜六色的破油布,风吹日晒,加上岁月的伪饰,已经看不出油布的颜色。棚下,热闹不已,十几个人坐在小木凳上,围在几张破旧的小木桌周围,不停地起着牌,摔着牌,叫着牌,叹息声和叫好声此起彼伏,融洽地相互原谅着彼此。有男人,有女人;有居民,也有务工的农民;有退休的干部,也有失业的工人,身份的标识在这里已经被氤氲的烟雾弥散。牌技不在高低，输赢不在多少，重要的是一同体验打牌的乐趣和好友相聚的温馨，聊以打发漫漫冬日的无聊时光。

过了拦河坝，就到了三角洲公园。因了下雨又下雪的缘故，公园里游人稀少。同样，雪在公园里也很难觅到踪迹，草坪上，树叶上，间或几处，如被风撕碎了的流云。路边的草坪上覆盖了一层厚厚的梧桐树叶，叶子很大，这样的一场雪是难以覆盖的，只在叶子的中间有盈盈一点儿，在红黄相间的叶体的映衬下，愈发地晶莹洁白。银杏树叶则不然，一片一片相互叠加着，每一片叶子都顶着一撮薄薄的雪，一圈圈叶边像一条条黄澄澄的金线，镶嵌于白雪周围。偶有几片晚来的树叶，像蝴蝶一样展着翅膀，随着雪花从天空飘落，在微弱的阳光下散发着金色的光芒。

我掏出相机，俯身而下，试图拍下这奇妙的画面。在我俯身拍照的时候，从相机里看到一个人，他骑着电动车，速度并不快，戴着护耳帽，一路上嘴里咿咿啊啊地哼唱着京剧唱段，像是在练嗓子。我听出来那是《沙家浜》的唱段，运气酣畅，韵味醇厚，如穿云飞燕一般直入云天，给这萧瑟的冬天带来了一股灵动之气。最可喜的是紧随而来的三只宠物狗，左边两只微型宠物犬，一只毛发深红，一只有些淡淡的棕色，相互争抢着，你来我往地交错着往前赶，像是在嬉戏；右侧是一只约一米多高的大型宠物犬，棕黄色的毛发亮油油的，嘴里冒着白色的雾气，牢牢地替主人叼着菜篮子。它眼睛目不斜视，脚下一刻不停地跑动着。及近，能够清晰地听从它的嘴里发出的呜呜声音，初听没什么，但仔细一听，呜呜之中似也有抑扬顿挫的韵律在其间。

"你的宠物狗都跟着你学会哼唱京剧了！"我打趣道。

男子哈哈一笑说："是的，每次我练腔它都要跟着唱，所以我才让它叼着菜篮子。"

男子继续咿咿啊啊地高唱着前行,三只狗依旧从两侧护卫着主人,两只小的嬉戏撒欢儿,大的忠实地叼着菜篮子,随着主人的唱腔呜呜附和着,渐行渐远。

北园的东侧,一个老人弯腰捡拾着路面的枯叶。因为路面湿重,无法用扫帚清扫。叶子不停地从树梢飞落,随着树叶飘落的,还有附着在叶面的薄雪,落在老人头发上,瞬间又滚落到脖颈里。老人一激灵,急忙用手往脖子里掏,但雪太性急,已经融化成水,顺着脊梁而下。老人把胸膛往前挺,想让后背避开凉意,但又无法避开,只得耸耸肩,然后弯腰继续捡拾路边的落叶。

老人没有戴手套,常年的风吹日晒,手面皲裂,指关节粗大。他的手有很明显的风湿症状,又或许是太冷的缘故,伸开、握住动作显得僵硬,像是在翻阅某一处冰冻的山。每一次捡拾起一片树叶,扔下后他就忙着把手往嘴边放,哈几口热气暖手,然后又弯下腰。捡拾的树叶都被堆放在路牙石的外侧,已经有很大的一堆,不远处还有几堆。旁边一辆环卫三轮车,车厢里已经装满了树叶。很显然这已经不是第一车了,可能这位老人从早晨到现在就一直在这里捡拾着无边的枯叶,可能日子就是这样,总有人不得不努力地活着。

书法广场的西侧,一对父子正在玩着捉迷藏。孩子很小,两三周岁的样子,穿着厚厚的衣服,头上戴着卡通帽,脖子上还围着围巾。

"爸爸,我没藏好呢!"

说完,孩子就忙着往一棵银杏树后面躲。树干太细,哪里能遮得住他呢!旋即他觉得不安全,又出来换新的藏身点。

"爸爸,不许偷看!"

孩子弯腰蹲下,想藏在一个土堆后面。但土堆太矮,地面又有雨雪,不能趴下,藏不住,孩子只得又起身,但又害怕父亲偷看,就不停地提醒在广场下面的父亲。父亲背对着孩子的方向,一边不停地噢噢地回答着孩子,一边说着"我要去找你了哈",故意逗着孩子。

"爸爸,快来看,这里的小草发芽了!"

孩子在"藏猫猫"的时候,发现雪下面有一株小草露出了新芽,于是惊喜地喊着父亲。父亲赶紧转过身走了过去。

"冬天里小草不是枯死了吗?怎么又发芽了?"

"因为小草迫不及待地向往春天啊!"

"噢、噢!春天就要来了,我也要去找春天!"

父亲的话让孩子很开心,他扔下手里的雪,伸出红红的小手,笨拙地拍着。然后,踩着满地的积雪和积雪下面金黄色的银杏树叶,带着满心的童真与憧憬,欢快地去寻找春天去了!孩子的父亲急忙跟着孩子往前跑,一大一小两个身影在冬天的镜框里一路向前,连同那个咿呀哼唱的男子,还有捡树叶的老人,渐渐融为冬日里一道美丽的风景!

他们都在追寻着自己的春天!

"扛布袋"

正月十六，父亲打来电话，说家里的围墙倒了，这个周末要加固院墙，让我回家帮忙。等到周日早上我到家之后，围墙已经请人砌好，剩下满院的建筑垃圾。

忙忙碌碌了一上午，垃圾基本清理完毕，将近午后一点钟，母亲喊吃饭。饭菜多是春节期间剩下的，笊头子里放着几个馒头，和两块早晨剩下的"布袋馍"。我拿起一块，咬下一口，荠菜的清香混合着麻油的浓香瞬间溢满口腔，粉丝的劲滑又平添了几分嚼劲。馍很烫，我一边这只手换着那只手，一边吸溜着嘴大快朵颐，不一会儿一块厚厚的咸馍就已经被我吞下。看我吃得起劲，母亲将已经拿在手里的另一块也递给我，我毫不客气，三下五去二，另一块也被我消灭得一干二净。

"这不是布袋馍吗？"我擦了擦嘴上的油渍，意犹未尽地问母亲。

"你还记得布袋馍？"母亲似乎不相信我还记得。

我当然记得布袋馍，甚至对它的做法都一清二楚。将面粉揉成面团，在案板上用擀面杖使劲擀，就像擀面条一样擀成一整块大而薄的面皮。然后将择洗干净的荠菜或大白菜，和烫软了的粉丝、擀碎的馓子等混合在一起，再撒上切碎了的葱花、姜丝，佐以盐、麻油和味精，用手反复搅拌，再均匀地摊在擀好的面皮上。然后将摊了菜的面皮折起一巴掌大小，一层一层地卷起来，折到五六层的样子，一条满溢着香味的布袋馍坯就做好了。

在皖北地区，多年来流传着一个年俗——正月十五"扛布袋"。这个"布袋"，不是盛放粮食的布袋，而是"布袋馍"。布袋馍的主要原材料除了面粉，就是荠菜和粉丝。春节之后尤其是正月十五前后，正是荠菜长势最旺的时候，"新年好，有茅柴村酒，荠菜春盘"，元代谢应芳的这句词恰好点出了食用荠菜的最佳时机。"春风只在园西畔，荠菜花繁蝴蝶乱。"深绿色的荠菜像孩子不舍得离开母亲一样，无限依赖地依偎着地面，肆无忌惮地铺满了房前屋后，田间地头，沟河渠塘畔，甚至是羊肠小道旁。挖荠菜多是孩子们的活儿，尤其是女孩子，挖回之后，摘去草屑，淘洗干净，下面条，包饺子，做荠菜咸馍，炸荠菜丸子，每一种吃法都会让你不由得感叹："此味只应天上有，人间哪得几回寻？"

"扛布袋"作为年俗文化的一部分，较其他年俗更贴近生活，更具风味，也更形象、生动。过去，扛布袋、麻包是一个力气活，也是男人挣钱谋生、养家糊口的一个主要活计。我们村子曾经就有粮仓，男劳力穿着短衫扛着麻包，踩在长长的跳板上向粮仓里扛粮食，至今仍是我儿时记忆中的一幕。大人们常常说一句话，大意是"谁吃的布袋馍长（音常），谁长大了就能有力气扛麻袋"。当然，这只是一句玩笑，却饱含着老百姓最为朴素的愿望：粮食大丰收，孩子早成才。也正因为如此，常常惹得我要吃到肚子胀，因为毕竟是家里唯一的男孩子，总希望自己将来能够挑起家庭的重担，肩负起养家糊口的责任，做一个有力气"扛麻袋"的男子汉。

20世纪70年代至80年代中期，计划经济主导下的皖西北农村依然较为贫困。布袋馍就像大年三十晚上的饺子，必须要等到正月十五，母亲才舍得用纯麦面给我们做。春节过后，荠菜满地皆是，取材方便，也就省去了购买菜品的钱，可能这也是为什么要选用荠菜来做布袋馍的原因之一。

布袋馍不仅仅是男子汉吃了后能够扛起"麻袋"那么简单。布袋馍的蒸制和吃法都是有讲究的，做好后不能用刀切开，而是整个儿放到笼屉上蒸，蒸熟之后整个儿吃。至于为什么，不得而知，或许是应着"圆满"之意吧。布袋馍往往都是长长的、圆鼓鼓的，面皮里面卷满了各种各样的馅料。观其形状，思其做法、吃法，即可猜想出其中的寓意。长长的、圆鼓鼓的形状，寓意盛放粮食的布袋越长越能装粮、越满粮食越多；各种各样的馅料，寓意小麦、玉米、大豆等各种粮食都能获得大丰收。总的来说，就是希望在新的一年里，家家都能有个好收成！

我问母亲，为什么现在家家户户正月十五都不"扛布袋"了？母亲反问我，春节你在家里能待到初几啊？

我无言以对。是啊，大年初六之后，所有打工的、上班的、上学的都将纷纷辞别父母，告别家乡……布袋馍可以有，却鲜有人来"扛"，做的人自然就越来越少。这种充溢着土地的味道、春天的味道的美食，似乎正逐渐淡出我们的生活，淡出我们的节日。作为皖北年俗文化的"扛布袋"，也逐渐淡出了人们的记忆，"90后""00后"尤其感到陌生。或许这是社会发展、时代变迁和人们生活水平日益提高的必然，但我们并不希望这种必然发生。作为年俗文化的一部分，虽然布袋馍有着明显的地域特色，但它与大年三十的饺子、正月十五的汤圆一样，都饱含着人们对新的一年的美好祈愿，对未来美好生活的无限憧憬。对美好的东西，我们永远都不能放弃追求。因此，我想，"布袋馍"不应该走出我们的视野，淡出我们的生活！

那些花儿

一

城墙两侧的草丛里，很多不知名的小花，安静地开放着。

它们一路注目着我，冲着我招手、微笑，给予我一种沉静的力量。

我也时常会微笑着冲它们摆摆手，轻轻对它们说一声：谢谢！

在我的眼里，这些花，每一朵都有每一朵的模样：有高有矮，有胖有瘦，有大有小，有美有丑，形状各异，色彩纷呈。

每一朵也有每一朵的性格，有的高高在上，有的谦逊恭谨，有的横斜旁出，有的规规矩矩地立在那里。

不知道在它们的眼里，我，还有这条路上来来往往的无数的人，是否如它们一样有高有矮，有胖有瘦，有美有丑，有善有恶……

二

这些花儿太美了，太鲜了，对人类总是有太多的诱惑力。

我们禁不住诱惑，凑近跟前深呼吸嗅它们，或者用光滑油腻的脸贴近它们，或者伸手把它们拉过来，像依偎情人一样，然后摆着 POSE，强迫着它们与自己合影，也留下一地的残红。

在我每日必经的西城墙路边，一株株槐树被食花者粗暴地折断枝杈，捋下槐花，然后用一万种方式将它们变成一道道舌尖上的美味。

故而，这些花儿确乎是知道人性善恶的。

当它们遇到了善，会开心地微笑，会轻轻摇曳生姿以悦服爱它的人，会用醉人的芬芳点缀爱它的人以及它爱的人的梦。

而当遇到恶的人，尽管内心如何恐惧与绝望，也只能无助地立在那里，无可奈何地接受被戕害的命运。

这是花儿作为植物的宿命。它们一次次地被屠戮，一次次地绽放；再次被屠戮，再次绽放。

我要为它们这种百折而无悔的豁达与乐观，向它们说声：谢谢！

三

城墙很古老，但其实早就被人拆除，那些被拆除的旧砖石，如今散落在大海里，无从收拾。

我脚下的，只是在城墙的旧址上新起的一条路。

面对南来北往的人，呼啸而过的车，拧着劲四处乱撞的风，还有一只只可能随时会伸向它们的手，这些花儿谨小慎微地躲在颓圮的城墙瓦砾间，杂乱的树丛下面，甚至此起彼伏的坟茔周围。

它们是有生命和感情的，也是有悟性和灵性的，知道主动远离风浪、旋涡与摧残。

但是，它们并没有忘记在暗流涌动中，始终坦然地绽放着自己最美丽的一面，绽放的同时还释放着独有的香，幽幽地飘荡在汪洋大海，熏香着这个世界。

而我，倘若真的成了一株花，我是否也能如它们一样，随时带着微笑，坦然面对这个世界上各种各样的风浪与暗礁呢？我是否会因为害怕被摧折，被沦为美味，而放弃绽放的胆量与勇气，甘于卑微地缩着呢？

四

城墙东侧，自南向北，南段立着一道铁丝网，北段立着一堵铁皮墙。

这些网与墙不知道出于什么目的，很无聊地就隔开了我和那些花。是惮于我的暴戾，害怕我摧花折枝吗？

南段的铁丝网远看近乎不存在，阻挡不了任何视线，让我可以清清楚楚地看到某个地方的花儿在开放，但是却阻挡了我的前进，让我无法走近那些花儿。

这个世界太多无形的东西，阻隔在个体与个体之间，阻断了某种自然的交流。

寻一处缺口，我蹲下身去，努力将呼吸的气流幅度收缩到最小，平心静气地欣赏着一朵朵可爱的花儿。花是那么细小，倘若只有一株，你甚至看不到它的存在。

在花儿的眼里，我就这样贸然地闯入了它们的世界，成了一位不速之客。设若我再惊了它们，扰了它们，甚至遏抑不住内心的执念，将它们残忍地折下，插入花瓶，装点我那纷乱无序的书房，那我就真的就是罪人了。

而北段的铁皮墙，永远保持着一副冷冷的脸，每天就那样冲着我。我看不到这堵墙背后是否有花儿在开放,但我相信,一定会有,因为我闻到了它们的体香。

同样,它们一定也能感觉得到我的存在。

五

我尤其爱用手机拍下各种花的姿态。

用微距模式,凸显一朵花的与众不同,让众生都化为一片虚无,成为这朵花的陪衬。

相信我爱的那些花儿,一样地爱着我。

每朵花都是一个独具匠心的摄影师,在它们的镜头里,我和它们一样只是一株植物,或者是一朵与众不同的花。有时候我是它们的陪衬,有时候,那么多有个性、有特质、有思想、有灵性的花,都甘心陪衬着我的存在。

在我们彼此的眼里,无论我,还是那些花儿,没有高与低,没有美与丑,没有强与弱,没有贵与贱。

众生皆平等,哪有什么贵与贱呢?

我要感谢路边的那些花儿,它们教会了我粗浅地思考!

阜阳的面

阜阳人爱吃面是出了名的。阜阳西半部的人把面条说成汤，擀面条是擀汤，下面条是下汤，小麦粉称好面汤，混合粉称杂面汤。用汤代指面应该是阜阳独有的，不知道为何。

在阜阳，大米白饭可有可无，面绝对不能少。除了颍上、阜南两县的一些地方，因为临近淮河，以大米为主食外，阜阳的绝大多数地方都以面食为主。一日三餐，一定要吃一顿面，否则这一天就是白过了。

格 拉 条

格拉条是最能彰显阜阳人个性的面。

格拉条大约在20世纪80年代才开始出现。我一直认为，格拉条的起源是山陕一带的饸饹面，因为制作方法和外形都极其相似。想想那个时代，整个皖北刚解决温饱问题，但人民手中没钱，为了让腰包尽快鼓起来，有人开始外出到河南、山西下煤窑挖煤。阜阳人勤劳，不怕吃苦，舍得掏体力。而饸饹面硬实，粗壮，入胃后消化周期长，故而撑饿，对从事重体力的人群来说，是个不错的选择。这让一部分阜阳人看到了商机，于是就引进了这种面。

阜阳同化能力极强，饸饹面到了阜阳后，发生了显著的变化，成为具有本土特色的面。先是名称改变，不叫饸饹面了。因为食用的时候需要用力搅拌，将佐料拌匀，与阜阳方言"格拉（即搅拌）"很相似，又与"饸饹"音近，故而称"格拉条"。阜阳人又将"格拉"说成"截拉"，故又称"截拉条"。有时人们还在后面加个"子"字，说起来四个字，但与新疆的拉条子完全是两种截然不同的面，不可并论。

再是配料改变了。格拉条的配料很有阜阳特色，黄豆芽、黄瓜丝、芹菜碎、花生碎、荆芥尖儿，还有咸菜丝等。关键是芝麻酱，一定要纯的。辣椒油必不可少，很多格拉条店的生意火爆，就火爆在独特的辣椒油。阜阳有句话说，一咸三分味，一辣到十成。好的辣椒油，可以让格拉条的味道达到极致。炸辣椒油是个技术活，直辣的不好吃。多年前我在汾泉河治理工地上，在食堂里见人表演炸辣椒油，佐以葱花、姜丝、花椒、麻椒等，炸好后香味四溢，馋坏人。

最后就是食用方法改变了。与饸饹面不同，吃格拉条一定要有阜阳人的气质，或者说气概——豪爽霸气，不拘小节。拿起筷子，可劲儿"格拉"，使芝麻酱和辣椒油均匀地附着在面上，再用力挑起，嘴要张开、张大，不能顾及吃相，吸溜几声，用筷子胡噜到嘴里，然后用力咀嚼，吧嗒有声，个中滋味，唯有食者知其名。

格拉条太粗，太硬，不易消化。阜阳人常用"原汤化原食"，用煮格拉条的热汤冲上鸡蛋，可咸也可淡，这是喜好。吃一口格拉条，喝一口汤，好不快活！

精英人群食不得格拉条，因为吃相实在是太土老帽儿。格拉条是普罗大众的面食。多年前，随着各地地方小吃的品牌化，有人提出，格拉条要从下里巴人摇身精致化为阳春白雪，于是市场上出现了很多装修考究、环境雅致的格拉条店，经营模式也发生了改变。很多人走进店里，都有种刘姥姥进大观园的感觉，浑身不自在、别扭，所以这些店没有多久便关门歇业。火爆的依然是街头巷尾那些不显眼的小店，有的店甚至从早晨忙到晚上……

十年前有本土歌手写了一首《格拉条之歌》，网上火了一阵，我听过，满满的阜阳味道，如同格拉条和吃格拉条的人。

豆 杂 面

豆杂面虽不及格拉条火爆，但同样不乏追求者。

黄河以北山陕一带，有三合面或五合面，是根据面粉的种类数量确定的叫法。阜阳人粗线条，干脆直接将其统称为豆杂面。

阜阳的豆杂面，主要以小麦粉、黄豆粉和高粱粉为主，尤其是高粱粉。高粱粉的味道我描述不清楚，怎么都有种词不达意之感。但是豆杂面里若少了它，大豆粉的豆腥味就露了头，面就不好吃了。阜阳本地品种的高粱个儿高，穗小，尤其为麻雀钟爱，早就没人种植。故而高粱粉价格一直不菲。很多面条加工店不舍得用高粱粉，味道不敢恭维。近年来有为酿酒企业规模化种植的高粱，没有本地高粱高，但穗大，高产，却味苦，不能直接食用。不知道是不是因为苦，还是其他原因，这种高粱连麻雀也不吃。

做豆杂面，讲究的是个火候。心急吃不了热豆腐，急火吃不了豆杂面，需要文火慢煮。阜阳人为此创造了"插"这个熟语。"插"指将面条煮开后改文火慢煮，直到将豆杂面煮得越来越烂，越来越浓（第四声），这个过程被称为"插"。插懒豆腐，插猪食，都是这个道理。记得小时候豆杂面下锅后，母亲总会对我说一句：

"小火多插一会儿,插浓点儿!"火烧得越久,豆杂面越浓,越香。当然,一定要勤翻动,防止"坐底"。

豆杂面配料有多种,比如煮烂了的豌豆,还有黄豆芽、干菜、辣椒油等。干菜以芝麻叶为上佳。我母亲每年都会摘取大量新鲜芝麻叶,焯水之后在太阳下晒干,绿色变成了黑色,收贮起来,可随时食用。芝麻叶味苦,很容易让人想起"忆苦思甜"几个字。这几个字"70后"的人能理解,"80后"的人记忆就浅了,"90后""00后"压根儿就理解不了。我女儿就不喜欢吃,但我喜欢,没有苦味嚼起来反而不香。

没有芝麻叶的豆杂面如同失去了灵魂,怎么吃都觉得味同嚼蜡。阜阳城里几家被人推崇的豆杂面馆,用的都不是芝麻叶,而是苔干叶,或者萝卜缨。芝麻叶市场价三十多元一斤,而苔干叶不足十元一斤,萝卜缨更便宜。商人的逐利本性让豆杂面掉了魂,我以为不值得。

擀豆杂面要多用面补。有了面补,豆杂面才更容易浓起来。在清贫的日子里,插一锅浓浓的豆杂面,可以保障每个人都能吃得上"回碗饭"。但不可常吃,常吃伤胃。

现在日子好了,可豆杂面并没有被人遗忘。几乎每家面条加工店每天都会加工些豆杂面,他们清楚,阜阳人离不开这口面。

豆杂面是阜阳人的一种情结。吃豆杂面的时候,总会让人想起来些什么——关于过去,关于未来,关于苦难和幸福……

酸 汤 面 叶

我小的时候,体弱多病。每次生病,母亲就会为我特意擀上一碗面叶。薄薄的面叶，放上葱花，浇上老陈醋，再淋几滴香油，这就是酸汤面叶，味道真好。若是伤风感冒，再放些生姜，连面带汤趁热喝上两碗，蒙上被子睡一觉，一通透汗之后，感冒也就好了，很神奇。

擀面叶讲究的是一个"擀"字。一根趁手的擀面杖自不必说，重要的是如何擀。双手要协调，前推将面皮卷在擀面杖上，后拉将面皮摊开在案板，步调高度一致。共进退很重要。力道要均匀，用力不均会让面薄的薄，厚的厚，薄的容易破洞，擀烂掉。

我少年时的一天，母亲去了外婆家。因为我爱吃面叶，放学后，父亲自告奋勇为我擀面叶。父亲的一双手可盲打算盘，但是面对一坨面，却有些力不从心。因为力道把握不好，擀得稀碎，成了面片，太厚，不好吃。那是父亲唯一一次擀面，让我至今不忘。

面薄如树叶，故称面叶。颍州区九龙镇龙王庙集上，有一家老饭店，有擀面叶的祖传本领，所擀面叶薄如蝉翼，轻如丝绸，拿起来是透明的。我没有亲眼见过，亲口尝过，不知道是否有虚夸的成分。但说这些话的人都是本地人，应该是真实可信的。听说该店最后一代传人刚去世不久，所以就更让人感觉遗憾了。美好的东西拥有时没人觉得怎样，一旦失去了，才会显得珍贵。

我的内弟从事面制品批发工作，其中一个产品就是面叶，种类有好几种，形状规整，很明显是机器生产的，有些厚，叫面片更合适。现在的很多饭店也都推出了"酸汤面叶"，说是能解酒，我吃过，味同嚼蜡。再先进的机器，也做不出来家的味道。

在我刚进城的时候，一个小巷子里有一家面叶馆，老板是一对老夫妻。他们擀面叶，擀韭菜面片，五毛钱一碗，能吃饱。城市拆迁后，那条巷子连同房子被夷为平地，很多东西都随之消失不见，让人心生遗憾。

手　擀　面

在阜阳，谁能开一家地道手擀面面馆，生意一定不会差。

阜阳的面馆很多，很多面馆都是从面条加工店购买的机压面条。这种面不瓷实，煮后易坨，不好吃。手擀面才好吃。阜阳人说，手擀面是童年的味道，妈妈的味道。我写东西的时候也曾这么比喻过，落了个俗套。

擀面条，筋道不筋道，和面很讲究。有人用食盐水，有人用食用碱水，最好的当数鸡蛋清和面，当然也要掺水。至于蛋清和水的比例，要个人把握。蛋清和面，面久煮不坨。面一旦坨了，很难入口。

我最后一次吃母亲做的手擀面，已经是很久远的记忆。进城之后，虽不时也回乡下，但母亲很少手擀面条了。想吃面怎么办？去街上压，带回家后摊开，或者挂起来，让太阳吸干水分，可以吃很长时间。母亲的双手因风湿变形，僵直，有时还会痛，是机器解放了母亲的双手。

我读初三包括高中时，有段时间在校外租房，每个周末，都要从家里带面粉，压面条，晾在出租屋里。放学后，捏上一把，煮熟就开吃，谓之为白煮面。遇上连阴天或者阴雨天，面条会霉变。但是白面金贵，不舍得扔，煮好后，硬撑着吃，难以下咽。前几天回乡下，看到母亲晾的一些面，就想起了霉面条，不禁反胃起来。我的胃不好，与那时吃的霉馍、霉面条有很大关系。

母亲如今年迈，擀面条早就力不从心。我经常给家里买一些挂面，不好吃。这几年出现了一种"手擀面"，嚼起来也很筋道，但从刀工可以一眼看出，是机压面无疑。是手擀面的高仿版。

颍西镇西城御景小区楼下有一家方怡家常菜，主打手擀面和手工水饺。老板做面很用心，蛋清和面，面条都是手擀，随时吃随时擀，现场感强，新鲜，食客很多。

板　面

阜阳的板面馆很多，以太和板面最为正宗。太和板面之所以能够为食客青睐，一是面好，二是汤料好。

只要是做面，和面都是必须要攻克的技术。做板面一样，多以冷盐水和面，面要干一些、硬一些，揪下一个个面团，制成中指粗细、长短的面棒，面补养着，一根根码好。有食客来，一般是大碗七根，小碗五根，并排放好，用装满玉米淀粉的布袋捶打，压扁，压长，再一根根揭起来，摞在一起，捏住两端，不停地用力在案板上摔打，边摔打边撒面补，边向两端拉伸。拉好后丢进锅里，再丢一把青菜，煮熟捞出，浇上汤料，可称美味。

摔拉面的过程看似简单，其实很重要。摔和拉的有机配合，才能让面的薄厚更加均匀，也更加有弹劲。有图省事的老板忽略了这个过程，将摔的过程简化，将拉的过程过度使用，简单摔几下，使劲一拉，就扔到了锅里。这样的面两端厚，中间薄，不好吃。

太和板面的汤料味道极独特。选材很考究，一定要牛羊肉，但要肥嫩适中，切成方丁备用。先文火热油，将一应香料和干红辣椒入油中炸，待油变红，出香，捞出后加入肉丁，文火反复煸炒，待肉丁着色均匀，将捞出的香料再倒进去即可。放凉之后，汤料会凝固成一块,可随时使用。抖音上有直播推销成品板面汤料的,没买过,不知道怎样。

听说太和县城有家板面馆,汤料很正宗,香而不腻,辣而不辛,味道鲜美。消费也惊人,以位计,平均每位消费要一百元以上。市二院附近,前年开了一家太和板面网红店,消费也是以位计,生意一度火爆。只是以羊龙骨为主打餐品,盖过了板面,火爆了一阵之后,便惨淡了。大凡挂羊头卖狗肉者,均走不长,这是有道理的。

听人说,有极个别板面馆的肉是假肉。肉还有真假?有,用猪肉或者兔子肉等其他什么肉,充当牛羊肉,用牛油文火炒过之后,浸润了牛油味,一般的食客是分辨不出来的。瞒天过海只能一时,却逃不过时间的检验。时间可以让一切真相大白。

太和板面曾被评为安徽十大地标美食,代表阜阳美食正在走向全国。这是好事。当然,好事一定要做好。

阜阳还有炝锅面,我理解为肉丝面的升级版。韭菜片,是将韭菜切碎,与面粉一起和面,擀成面片,味道独特。茄汁面,是将茄子切碎,拌面后油煎。一定要煎出熰花,这样煮出来的面汤更鲜香。与之相近的是糊汤面,要提前炒面粉,面条煮熟后,加入炒面粉,不停地搅动,增加面条的黏糊劲儿和香味。

最简单的要数青菜面,简单、好做,消解油腻。我曾经在川渝待过近一个礼拜,不适应餐餐皆辣,四处寻觅一碗青菜面,多数饭店摇头表示不会做。好不容易有人说会做,上面却漂着一层红油,让我啼笑皆非。还有番茄鸡蛋面、葱油面、凉拌面、蒸面等,不一一赘述。

二十年前,我在乡镇工作。当时身无分文,同事时常留我共进午餐。他和我一样一贫如洗，虽盛情留我，其实很简单：热油爆香辣椒、姜丝和葱花，然后加清水，煮开后下面。煮出来的面辛香扑鼻，让我胃口大开，至今回味无穷。当然让我回味无穷的，更是那段艰辛岁月里，同事给予我的朴素纯粹的友情。

两棵枣树与一段历史

一

作家韩光先生给我发来一篇稿子，题目是《枣树下的故事》，文章讲述了中国共产党早期的优秀党员和宣传活动家、皖北特委书记魏野畴，在领导四九起义的过程中，亲手种植枣树的故事。文章不长，却鲜活地再现了曾经的一段历史。

韩光先生所描述的枣树，我是有印象的。几年前，我曾经去过颍泉区行流镇四九起义纪念馆，见到过这两棵枣树，但当时并没给我留下什么印象。受韩先生文章的影响，四月中旬，我再一次走进了四九起义纪念馆，想一睹烈士当年栽种的那棵枣树，借以重温那一段光辉的历史。

初春的阳光充满了热情，四九起义纪念馆里人头攒动，来自各个行业各条战线的党员群众，自发前来凭吊先烈，重温历史。重温是一种纪念的方式，它可以提醒我们不忘初心，也提醒我们要珍惜当下，更提醒我们要砥砺前行。

纪念馆的前方，赫然栽种着两棵枣树，树下立着一块石碑，上面写着一段话：这是一九二八年二月皖北特委书记魏野畴及其他特委同志亲手栽的枣树。这就是韩光先生文章中所记述的枣树了。两棵树一东一西，相互呼应，黑色钢铁一样质感的树干布满了裂痕，遒劲有力的枝干高高地指向四方的天空。

当初魏野畴为什么要在这里栽种枣树呢？据行流当地民间流传，魏野畴主动要求栽种枣树，是有着一番寓意的，这大概与阜阳话的特殊发音有很大关系。阜阳话很独特，发音基本接近普通话，但其中个别字的声母却偏离了普通话，比如"树"这个字，阜阳话中读"富"。1928年2月，魏野畴来到阜阳，在行流镇宣传革命、组织农民运动的过程中，广泛地接触到当地的农民，听到当地人读"枣树"为"早富"，心中一动，就栽了两棵枣树。有人问他为什么要栽枣树，魏野畴认真地说："栽这两棵枣树，一是对特委这段时光的纪念，更重要的是，共产党希望老百姓尽快脱离苦海富裕起来！枣树，枣树，不就是'早富'嘛！"（引自韩光《枣树下的故事》）

这就是一个革命者的情怀，人民的利益永远是放在第一位的。这两棵树也成为魏野畴等革命先烈领导四九起义那段历史的最好见证，同样这两棵树也唤醒了一代又一代人对那段可歌可泣的革命岁月的无限回忆。

二

魏野畴是陕西兴平人，之所以能从陕北来到皖北，完全是出于革命的需要。

1927年，国共两党经历了不长时间的合作之后，蒋介石、汪精卫撕去了最后一块合作的面纱，先后背叛革命，开始对中国共产党人及革命青年实行血腥镇压，全国革命形势进入了低潮。8月，我党根据当时国内的革命形势，在武汉召开了八七会议。为了贯彻落实八七会议制定的开展土地革命，实行武装斗争路线和方针，年底，受党委派，魏野畴渡黄河，经河南，穿越半个中国，不远千里来到安徽的亳县、太和、阜阳等地宣传革命，组织起义暴动。

从黄河之北来到淮河之北，身受重托的魏野畴根本来不及休息，迅速在阜阳开始宣传、组织和发动革命。彼时阜阳的革命形势还处于一种无序状态，为使皖北革命能够与党领导下的全国革命相统一，中共中央批准了在阜阳设皖北特别委员会。中共皖北特委成立后，皖北的革命形势一片大好，一如魏野畴亲手种植的那棵蓬勃昂扬的枣树，迅速生枝发芽并壮大起来。到1928年3月底，已先后组建了阜阳县委、太和县委、蒙城县委、霍邱县委、亳县特分委和颍上特支，加上驻扎在当地的国民党第十九军（高桂滋部）和第十军内的党组织等，党员人数超过一千人，农民会员六万多人，农民赤卫队员三千多人，为日后的暴动打下了坚实基础。

三

1928年2月9日，中共皖北特委根据皖北革命形势的发展，召开了紧急会议，会议一致同意"即刻发动土地革命"，并通过了"皖北土地革命大暴动"的决定。

1928年2月21日，魏野畴亲笔给中共中央写了一份《关于皖北政治经济及党之组织经过、现在策略》的报告，指出皖北农村革命条件已经成熟，一致同意即刻发动土地革命。3月25日中共中央发来了指示信，要求皖北特委积极发动群众斗争，建立苏维埃政权,给工农群众、党员以武装训练,准备好工农武装暴动前的必要条件。

党中央深谋远虑,运筹帷幄,要求皖北特委暴动前要组织和发动我党最为忠实可靠的朋友,也就是工人和农民,起来暴动,用革命的暴力推翻反革命的暴力。这无疑是最为正确的最高指示。此后,皖北特委一方面组织人员深入农村广泛进行革命宣传,开展农民运动。另一方面,积极发展国民党部队中那些思想先进、崇尚进步的军官和士兵,成为支持起义的另一支武装力量。

但是,正是这支国民党内部的起义力量,为日后的起义埋下了隐患。

四

会老堂,坐落于美丽的古颍州西湖之滨,是北宋文豪欧阳修退隐颍州时,接待前参知政事赵概、时任颍州知州吕公著的地方。时隔近九百年之后,1928年4月7日晚,中共皖北特委在这里召开了地方党委和军队党委联席会议,认真研判分析了阜阳的革命形势,一致认为起义时机已经成熟。

正当起义部署大体就绪之时,杨虎城部驻守阜阳部队党的特支代理书记宋树勋等一些人反对起义,先后公然叛变投敌,给起义带来了严重的影响。4月8日,特委当机立断,夜间以火烧留守司令部厨房为起义信号,决定当晚提前举行暴动。

4月9日凌晨,初春的皖北稍显闷热,远离梅雨期的阜阳却突然狂风乍起,乌云密布,继而大雨滂沱,一切似乎都征兆着什么。夜色浓重,风大雨急,小小的四方城内到处充斥着风声雨声,此外再无异响。一支支起义部队按照事先部署，在漆黑的夜色和风雨声的掩护下迅速就位。

雨势越来越大，却无法淹没起义者内心渴望革命成功的信念。国民党驻阜阳留守司令部雨夜之中如一块黑色的磐石，冰冷、顽固地矗立在四方小城之中。此刻，负责执行点燃信号任务的人急出了一身汗，因为雨太大，信号火根本无法点燃，无奈只能找来棉被，浇上煤油，以作信号点燃，不料被敌人发现，信号火没有能成功点燃。千钧一发之际，申明甫等人随机应变，立即决定直接攻击司令部。随着一声清脆的枪声穿透雨雾，响彻夜空，震惊全国的皖北暴动爆发了。

枪声响后，迅速被风声、雨声吞没。赤卫队等其他起义力量因没有收到信号，一直没能及时做出响应。等到枪声大作之后，才各自为政决定起义。

雨一直不停地下，枪声一直不停地响，春天的阜阳城陷入了一片漆黑和纷乱，战斗十分惨烈。由于没能形成一个统一、有力的指挥，起义部队虽然在局部取得了一些小胜利，但因为敌人疯狂还击，伤亡很大。整个起义的过程中，这场背叛了春天的大雨，严重阻滞了起义队伍的攻城步伐，加上力量薄弱，兵力分散，城防久攻不下。眼见形势趋于不利，魏野畴等人只得放弃了占领城市的指导思想，决定转战农村，于是自己带领一支两百余人的队伍向临泉县老集方向转移，另一支队伍由杜聿德带领，从三里湾渡过颍河，向阜阳西北方向王官集一带转移。

轰轰烈烈的四九起义，被暂时画上了休止符。

五

4月9日上午，暴雨停歇，天空依旧阴霾，阜阳城内依旧处于一片腥风血雨之中。

距离阜阳十余公里的王官集却一片热闹欢腾。虽然共产主义在皖北当地刚刚萌发不久，但其倡导的人民当家作主的美好愿景赢得了皖北人民的衷心拥护。因此，当撤离的起义部队到达王官集后，并没有因为起义的失利影响老百姓对起义部队的盛情，数千名群众载歌载舞，夹道欢迎。11时许，起义部队在王官集大寺庙前召开了皖北工农兵起义大会，庄严宣布"皖北苏维埃政府"和"皖北工农红军"正式成立。会场上人声鼎沸，群情激昂，"中国共产党万岁"的口号此起彼伏，许多青年踊跃报名参加红军和赤卫队。那一刻，喜悦写满了每一个与会人员的脸庞，一切似乎都在向好的方向发展，没人去想天上的阴霾愈发浓重，雨是否还会再下，也没人去想接下来城内的那些反革命军队是否会疯狂报复。

反革命的暴力对革命的追随者从来不会放过任何绞杀的机会。11日上午，高桂滋部留守司令王守义纠集梁文铁教导团和所属骑兵及地方民团约两千多人，向刚诞生的苏维埃政权疯狂反扑，将王官集地区包围，试图扼杀新生的红色政权。红军战士和赤卫队奋起反击，激战了三四个小时，但因敌众我寡，火力悬殊，终被敌打散。杜聿德等带领外地同志突围时，在太和县境又突遭民团截击，除一部分同志突围脱险外，其余二十人被俘，其中有三位同志被敌惨杀在后王营东北大沟里，其余十七位同志于11日中午被集体惨杀在草寺集西乱尸岗上。王官集一战，起义部队共牺牲八十多人，杜聿德等被俘后于12日在阜阳英勇就义。

而魏野畴所率起义部队在转移的过程中，被第十二军任应岐部队发现，在与敌人谈判的过程中被诱捕。至此，四九起义彻底失败。

六

老集镇位于安徽省临泉县境内，历史悠久，人文荟萃，史载嘉庆年间，曾在老集设颍州二府，境内存有义虎桥、甜水井、美人桩、西岳庙、永平集、青龙集等文化古迹。

老集镇东头有一"陕西会馆"，系陕西客商往来皖北甚至皖南住宿休闲的地方。而此刻，会馆内已经找不到陕西的客商，这里已经成为国民党军队的临时驻地。魏野畴和胡怀西二人被同时关押在一间屋子里。

夜色吞没了星光，时间陷入了停滞。面对敌人的各种严刑拷打和威逼利诱，魏野畴始终面带笑容，凛然不惧。他身在囚室，心系革命，决定让胡怀西逃出去联系组织，自己留下来继续与敌人周旋。胡的成功脱险令敌人恼羞成怒，为避免夜长梦多，第二天清晨，他们将魏野畴带到老集东边的一片洼地里，准备杀害魏野畴。

白色恐怖笼罩下的老集并不因为是春天而充满生机。敌人再次劝降，企图以死亡来威胁魏野畴投降，魏野畴报之以微微一笑。这一笑，有着对敌人的嘲讽，也有着对胡怀西成功越狱的欣慰，更有对中国共产党领导下的中国革命必然成功的无限憧憬和期待。

望着东方熹微的晨光，魏野畴从容镇定，面带微笑，大声高呼"打倒一切反动派！""中国共产党万岁！"高亢嘹亮的声音穿云破雾,响彻云霄,在皖北大地上久久回荡。

江河呜咽,山川含悲。年仅三十一岁的魏野畴为皖北人民的解放事业献出了宝贵的生命,他用青春和生命谱写了一曲对党、对革命、对人民无限忠诚的赞歌,英勇正气从此留在了皖北大地,激励着一代又一代人前赴后继、热血奋战,最终迎来了革命的胜利和新中国的成立。

七

转眼,四九起义已经过去九十三年。历史可以翻页,记忆可以模糊,时间可以流逝,但是后人对革命先烈的无限敬仰、纪念和追思,绝不会随之而消失。

人民不会忘记,也从不曾忘记,如今在阜阳,兴建了行流镇四九起义纪念馆、阜阳九里沟革命烈士纪念馆、临泉县老集镇魏野畴烈士纪念馆、太和县草寺十八烈士墓、阜阳市双龙桥四九起义烈士群雕、和平广场等,全方位多角度地向游客展现了阜阳的革命历史和革命先烈的英勇事迹,以更好地提醒广大市民莫忘历史,莫忘初心,莫忘使命。

九十三年前的春天,这里曾经是乌云密布,山雨摧城。而九十三年之后的春天,当我再次站立在魏野畴亲手栽种的枣树下面,无法遏制的是对革命先烈不竭的追思之情,以及从血管里喷涌而出的感怀和激动。突然,我发现,那黑色的、钢铁一般的有着无比冷峻而坚定质地的树干上,绽出了一个个绿色的新芽。仰头再看那硕大树冠的枝枝丫丫上,隐隐约约透着星星点点绿色的芽尖。这正是春之生机和未来之希望啊!

我不禁再次想起魏野畴当年栽种枣树时的那句带着无限寓意的话:"共产党希望老百姓尽快脱离苦海富裕起来!枣树,枣树,不就是'早富'嘛!"

英雄的夙愿如今早已实现,而革命者不忘初心、牢记使命、不怕牺牲的伟大品格所铸就的四九起义精神,将永远绽放璀璨的人性光辉,照耀和激励一代又一代共产党人砥砺向前,奋斗有为!

病榻之书

一

病，是个很玄奥的东西。很多人遭遇了它，却毫无察觉，或不愿承认。有的人从不曾拥有它，却坚称自己是个病人。

病与非病，科学给了一个所谓的界限或标准。但现实是，有病的人，可能被告知没病。而没病的人，却一病不起。

我坚信，所有的病都源于一个地方，那就是心。心如果病了，必二竖作恶，肉体亦将毁灭。

二

有人为了一句话，或一个观点，在群里攻来骂去，我选择了悄悄退出。

环顾身边，有很多所谓的"杠精"，这是偕生之疾，无药可治。

人世间的争来争去，其实无怪乎证明自己是正确的，别人是错误的；无怪乎"脸面"二字。

让别人给个脸面，真有那么重要吗？只是与人红口白牙争脸面的时候，是否思考过一个问题：你给父母留脸面了吗？

脸面受之父母，养在自身，又岂能为他人所赐？

三

很多时候，我更愿意选择沉默。

沉默就像早晨的第一缕阳光，可能会暂时被乌云遮蔽，但终有云开日出的时候。

沉默不是心虚，沉默者更会在别人的喧闹中沉潜、养拙。

一个心中拥有阳光的人，怎会惧怕阴雨呢？

四

窗外本是一片空旷之地，后来在上面建了一座广场。

我时常侧卧沙发，手捧左腮，看广场上晨练的人，奔跑的人，打球的人，闲坐或闲聊的人；看一片树叶在他们的头顶翻飞，看一缕清风在阳光里流动，看阳光与清风轻拥起舞。

时光氤氲流动，浅漾着烟火世事。我忘记了疼痛，也忘记了孤独。

那一刻我不是病人。

五

一个女孩，她一直活在我的记忆里，我却无法找到这记忆的源头。

她羞涩地冲我笑。那微笑如同和风，掠过我微汗的面颊。

她时常翩然走过我的身旁,我恍惚之间,便不见了她的身影,空气中,只留下一缕无法释清的香。

我无法记起她的模样,除了一头长发披肩,一袭长裙曳地。一场长长的思念,从童年里出发,一路走到现在,还将走向未来。

我无数次逆流追寻,最终将自己带到了一场年少的梦里。

六

小时候,日落之后,天一抹黑,是我们这群孩子自由玩耍的时间。打麦场里、柴火垛旁、河畔沟底,甚至犄角旮旯,都是我们的乐园。

我们那时拥有的最大的财富,就是快乐和自由:捉迷藏,开"飞机",跳绳,摔跤,戳马炮……

没人盯着背课本,没人逼着做作业,忘记了时间,忘记了吃饭,玩得天昏地暗,不亦乐乎。

一个村的母亲们做好晚饭,不约而同地走出厨房,站在院子里,对着空旷的夜空喊:

"娃蛋嘞,回来吃饭喽!"

…………

"毛孩嘞,回家吃饭喽!"

她们总会在孩子的乳名后面加个"嘞",在结尾加一个"喽"。尾音拖长,像一颗星星拖着长长的尾巴。

每一个孩子都能在无数个母亲的叫声中,精准地分辨出哪一声是在呼唤自己;每一个母亲的呼唤,总能穿透黑暗,精准地直抵孩子的耳朵!

七

娘曾说,土地是最大方的。你年年犁它耙它,打它骂它,你给它施肥,不给它施肥,它都不会抱怨。

你且看它,只要丢下一粒种子,它就心怀慈悲,尽心竭力用博大的胸怀全心全意地孕育着,不会落下发芽、开花、结果、收获,让你在合适的时间种瓜得瓜,种豆得豆。

所以娘说,做人,亏了谁,都不能亏欠土地。

八

娘说,咱不管谁,都有一块地!

娘没有文化,只认识人民币上的数字,她的意思是,这世界上无论哪一个人,都耕种着一块属于自己的土地。

这话极有哲理,不像娘说的话,但确实是她说的,是她站在土地上说的。

说这话的时候,娘头顶蓝白相间的毛巾,像顶了一头蓝天白云,环顾四周,用沾满泥土的手指着四面八方正在耕种的每一个人,以及土地上每一棵庄稼。

九

这世界上既然有聪明人,就必然有愚蠢的人。

你要容许存在一定量的愚蠢,否则这世界就会一片愚昧。

十

　　一个人独处的时候，常常会陷入冥想。那种状态下，神思会穿越到某种纯色的虚空，或者是无垠的蓝天，或者是寥廓的沙漠，抑或是满屏的黑与白之中。

　　我在那种状态中，总会如负重的驼，缓慢地走向无边的沙海。风吹沙动，湮没了足迹，甚或湮没了我，我只是沙海里微不足道的存在，与沙棘，与梭梭，与一只小小的蜥蜴，并无二致。

　　我们有时保护了生命，却丢失了内心，皆源于内心的荒芜。

　　在看似荒芜的沙漠里，生命始终彰显着顽强与倔强。我在追逐的过程中，听到了内心深处汩汩的流水声。

十一

　　关上窗户，我似乎屏蔽了嘈杂、喧嚣。

　　一支香烟开始在我的嘴角肆意地燃烧自己。我很少与它为伍，那一刻，它灼痛了我的孤独。

　　消我关山风雪怨，天涯握手尽文人。有文人的地方，就有圈子；有圈子的地方，就有纷争；而有纷争的地方，似乎总是少不了文人。

　　最憎恶的是圈子，可却无法逃离圈子，这是现实，是文人的悲哀。我无意做一个文人，只是喜爱写点儿文字而已，文字让我从过去几十年的浮躁中沉潜，却又将我抛向另一个更为喧嚣的牢笼。

　　一支烟，或许是我最好的伴侣。它用明明灭灭的一生，灼醒了我。

十二

走在林荫道上，一枚落叶挡住了我。

我低头对它说，请让开！

它躺在那里，用无边的沉默阻断了一条路。

我忽然想，落叶此刻应该是忧伤的。于是就绕开了它，继续前行。

走了几步，忍不住回头望去，那片落叶已经不见。它去了哪里？我试图左右寻找，仍旧不见。

是风将它带走了吧！

落叶只是一片落叶，它左右不了自己的方向，如同左右不了终将跌落的一生。

人生八十正当年

　　拐过街口五百米左右,从身后驶过来一辆电动三轮车。我和妻子只顾低头走路聊天,并没有注意到骑车子的是谁。三轮车超过我们十米左右后一个急刹车,戛然而停,然后骑车的老人回头向我打招呼,我才看清楚,是三爹。

　　三爹穿着泛白的蓝色涤卡布中山装上衣,那种白是历经岁月漂洗之后的杂着灰色的白。一双大手紧握着三轮车把,手面枯瘦干裂,像脱落多年的枯树皮,已经缺失了水分和光泽。但手掌宽厚,是粗壮有力的那种,一看就是一直没有撂下农活。

　　三爹热情地招呼我们坐他的三轮车,而他的三轮车里已经坐着一对老年人。狭窄的三轮车厢已经很满,三爹依旧坚持让我们坐上去。我和妻子百般推让,说路没多远,很快就到家了;说天冷,坐车上风大;说他年纪大了,我们不好意思让他拉着我们。三爹就不再坚持,说车上的老人就住在前面,送他们到家后再拉我们。然后他一握车把,三轮车就往前方驶去。走出一百米左右,两位老人到家下车,三爹停在那里等着我们。实在是盛情难却,我们就上了三轮车。

　　三爹家与我家隔一户人家,每次回家看望父母我都要路过他家的东屋山头。他的房子是多年前盖的土坯房,历经几十年的风雨剥蚀，墙体大多斑驳脱离，凸凹不平，很多地方已经陷下很深的沟。墙体上残留着一排排已经风化腐烂的高粱穗，这是一种保护墙体的措施，可以减少雨水对土坯的冲淋。原木色的门窗早已经失去了木质的本色，蒙上了一层厚厚的泥黑色的灰垢。灶屋的窗户由于烟熏火燎，日积月累，焕发出一种黑漆般的光泽。虽然我们村子是一个古村寨，但像三爹家依然有人居住的土坯房已经寥寥无几。

三爹今年八十岁了，身体却非常硬朗。他一个人种着三亩地，春播，夏种，秋收，冬藏，数十年来，总是他一个人忙来忙去，从不曾见有人来帮他。三爹是一个种地的好把式，每年他家的玉米穗总要比我家的个头大很多，少见病虫害，颗粒均匀饱满，总能卖上一个好价钱。三爹有一样手艺绝活——熘猪毛。每天下午他都要下乡四处收购猪蹄、猪头，回来后烧一锅热水，约五六十度左右，把猪头、猪蹄放在热水里烫，然后捞出来，用残碎的约有巴掌大小的陶盆或者陶缸片子使劲在猪皮上刮擦，猪毛应声而落。偶有残留在毛囊内的，三爹就用一根镊子夹住一根根往外拔，直到用手摸上去感觉没有了硬毛根。这个过程是一个很耗费体力的过程。我曾经尝试过刮一个猪蹄，一个未曾结束，手腕即累得酸疼不已。三爹将这些熘干净的半成品拉到街上售卖给卤制品店或者饭馆，以换取微薄的收入补贴生活。

三爹膝下育有三男一女。大儿子、二儿子在街上做生意风生水起，是当地出了名的生意人。女儿、女婿早年曾开办服装加工厂，家境殷实，在城里购有住房。只有三儿子，小名叫三河，自幼智力就低于常人。由于他低于常人的智力，我们都喊他三傻，后来他的家人也跟着喊三傻，至于到底他是不是真的傻，我们谁也不得知。我记得小时候三河特别爱听收音机，每日抱着收音机不撒手，甚至给三娘烧火做饭的时候也要把收音机贴在耳朵上。三河小学三年级尚未读完，但每次在饭场吃饭，我们总能听到三河滔滔不绝的演讲，无论是国内国际形势还是奇闻逸事，他都能口若悬河，说得头头是道。但三河似乎又是傻的，因为他的言谈举止明显不同于常人，所以一直未曾婚娶，与三爹相依为伴。前几年，近五十岁的三河被一辆机动车撞断了右腿，成了残疾人，完全依赖八十岁高龄的三爹照顾衣食起居。

虽然和三爹紧邻而居，但我却很少到他家坐过。我一直以为三爹自始至终都是务农。直到上次我用手机拍他的土坯房，他很开心地看着我拍，问我拍照片干什么。然后又问我，以前的老照片是不是能够重新翻拍冲洗？我告诉他可以，然后他就拉着我来到他的堂屋里。只见他堂屋里正中间摆放着一张老式八仙桌，桌子上凌乱地放着一些杂物，桌子最里边靠墙的位置放着一个相框，里面镶嵌着一张旧得发黄的老照片。照片上一个年轻帅气的小伙子，头戴军帽，身着戎装，左胸前的口袋位置绣着一个"中国人民解放军"字样的徽标。我问三爹这个人是谁，他说是他自己，我很诧异，不知道他什么时候参过军当过兵。三爹把相框取下来，用袖子轻轻擦去上面的灰尘，用嘴哈了哈气，又用袖子擦了一次，然后递给我，让我进城的时候给他翻拍。原来三爹年轻时曾参军入伍到广东，参加过金门炮战。按说那时参军入伍，退役回乡后大多会安排工作，但他却遇到了特殊年代的特殊时期，被统一安排回乡支农，不想竟扛锄拎耙一辈子，直至耄耋之年。但三爹是一个乐观主义者，从不曾抱怨过什么，每日乐呵呵地东奔西跑，忙着家里，忙着地里，忙着手头的小生意，一刻不曾闲歇。

今年暑假,我回家探望父母。由于想买两只猪蹄,就来到三爹家,看到三爹穿着大裤衩,光着膀子,在他房屋西侧河沟的泥洼里捉鱼。听村里人说,之前的一夜,三爹冒着暴雨,摸黑用铁锹在河底筑坝拦鱼。为了多换些收入,他在干涸的河底自己挖了一米多深的深洼,养了一些鱼。这对于一个八十岁高龄的老人来说实在是一件不可思议的事情,但他却胜似闲庭信步,从河岸下到河底,从河底爬到岸上,在泥水里蹚来蹚去,毫无难色,游刃有余。

我曾问过三爹,为什么他能一直保持这么好的体力和精力?他淡然一笑,说这没什么,人这一辈子说老就老了,但你别想着自己老了,这样就年轻了。我细想他的话觉得挺有道理,说白了就是一个心态的问题,"人生易老心难老",只要心态好,百岁不显老。他说自己曾经是一名军人,只要他活着就不能给国家找一点儿麻烦,就不会把三儿子交给政府照顾。他既种地,又做生意,每天还要洗衣做饭,照顾残疾的小儿子。曾经,大儿子、二儿子还有女儿都多次劝他别干了,但都被他拒绝。

不拖家人,不累国家,三爹用一生的时光和辛劳,诠释了一代人乐观、豁达、向上的优秀品质,更诠释了一种责任,一种担当!

在平原期待一场日出东山

皖北无山，这是所有皖北人最为耿耿于怀的事。更让人耿耿于怀的是，穷其一生，也难看到日出东山到底是什么样的，不仅我的父亲没见过，我的祖父没见过，我祖父的父亲，以及再往上的很多祖先，他们都没有走出过皖北平原，同样也没见过。日出东山，对他们来说，成了与夸父逐日一样遥远的传说。

在我居住的村子里，很多还不曾走出过平原的老人和孩子们，都想着或者说想象着，眼前能突然钻出来一座山，哪怕是山包，也就能看到真正的日出东山了。可是很遗憾，太阳每天从东方升起，西边落下，总也看不到山的出现。其实山出现不出现并不重要，重要的是那个埋在心里的念想，总是一次次地幻灭，又一次次地萌发。

当然，平原的太阳不会突然出现，也不会突然消失不见，邻居的王大爷就注意到了这个细节。每天早上，他会早早地圪蹴在屋山东头，一只手端着烟锅，一只手抚摸着身边的黄狗。那黄狗趴在地上，像王大爷一样，对着东方，眼睛一眨不眨，全神贯注地注视着地平线。那时候村庄隐藏在一片浓密的树荫之下，矮小又稀拉，阻挡不了一场盛大的日出。傍晚，王大爷转而又圪蹴在土屋的屋山西头，叼着一锅烟，深吸，长呼，不停地吞吐着让人永远无法琢磨的心事。烟火一明一灭，焰火燃红了西天连片的云，一轮落日在烟雾后面轰然落下，那气势肃穆而庄严。黄狗以同样的姿势趴在地上，两只耳朵偶尔呼扇一下，眼睛忽而张开，望向西方，又忽而闭上，似乎在沉思。

村里没人知道王大爷是否真的见过山，但是都知道他的身体里种植着一种不一样的东西。那东西不属于他的身体，却在他的身体里躲藏着，也折磨着他。在他当年端着枪冲向沂蒙山的时候，那东西随着迎面吹过来的风，钻进了他的身体。因此当他回到村子里的时候，他便养成了一个习惯，每天都要看看日出日落，似乎那里面埋藏着某种令他牵肠挂肚的东西。村子里不断地有人问，山到底是什么样的？王大爷摇了摇头说，哪顾得上看山，漫山遍野都是人，都在向前冲。问的人又问，什么山知道吗？孟良崮。其他还记得啥呢？王大爷定了定，吸了一口烟说，他倒下的时候，正好看到太阳从山后面出来，又大，又红，红得像血……

王大爷的话给了村里人以更大的希冀与幻想，于是就会有人坐在他身边，陪他一起看日出，也看日落。他们看到太阳落下去的时候，先是挂在了树梢上，然后就落到了屋山上，最后被村庄扯碎，打乱，又被大平原一点点地扯到地平线以下，活生生地吞了下去，直到什么也看不见。只留下他和他的黄狗，还有村子里许多的老人和孩子们，不得不去面对从很久远之前就已经反反复复出现的黑夜。

其实黑夜挺好。在漆黑的夜里，乡下一片麻乌麻乌的黑，淹没了一切参差不齐。有山或者没山都已经不再重要，重要的是，明天的太阳依旧会升起。很多年后我理解了王大爷为什么爱看日落，太阳本没有升起、落下之说，就像佛学中的动与静、生与灭，道教中的正言若反、进道若退，说得更白话点儿，就是换个角度去看问题。王大爷是在一次次的日落中期待着一次次崭新的日出。

就这样，太阳每天绕着村庄，绕着一座座低矮的土屋，绕着树尖，绕着沟河塘，绕着柴火垛，绕着鸡鸭鹅和牛羊狗，绕着所有以种种形态动着的和安静的生物，从东到西，周而复始，升起落下，落下升起。

大平原一望无际，像平原人的心胸。日出东山的梦想从来没有人忘记，一代人走出了村子，到了异乡；又一代人走出了村子，走向更遥远的异乡。

多年以后，王大爷随着一轮落日，隐入了尘烟。村人经常会看到一条狗，每天都卧在一个颓败的麦秸垛前，它的安静，让村庄陷入了一种神秘。

麦秸垛是东西走向，东头被主人掏出了一个凹槽，狗就卧在凹槽里，面向着东方。那时候太阳正好从东边升起，橘黄色的阳光斜斜地落在它的头顶，这种景象每天都在呈现，因为这条狗每天都会卧在那里，眯缝着眼望着前方的麦田。

春雨刚过，有了阳光的助兴，小麦抖落一身的水珠，兴奋地往上蹿，这是一种生命力的体现。可这只狗已经老弱不堪，它浑浊的双眼不知从什么时候开始昏花，眼角总是像正在流着泪一样。透过上下眼帘之间窄窄的缝隙，它每日都重复着望向麦田里微微隆起的一个土包。那个土包在它的眼里就是最高大的山，透过这座山，它每天都能看到一场日出东山的壮美。那是它主人给它留下的在这个尘世里最后的念想。

有些东西，并不会随着时间的流逝而淡去。

人间安有却鼠刀

1972年,岁逢壬子,那年我出生,所以成了鼠辈。

鼠身形虽小,传说它欺猫骗牛,而为自己带来鼠生的华丽转变,成为十二生肖之首,不能不说是个奇迹。人人都说这是个好属相、大属相,是十二生肖的领头人,哪怕是牛、虎、龙、马,也要屈尊降贵,尾随其后。传说里必有隐喻。其实我知道,老鼠之所以能成为领头人,不过是因为它狡黠过人,会耍小伎俩而已。现实生活中没几个人会喜欢鼠辈,包括我自己,要不何以有人说它"毛骨莫充于玩赏,脂肉不登于俎膳",因此仰脸慨而责问老天:"嗟天壤之含弘,产此物其何益?"也因此,我家乡的人用"水"避讳了"鼠",凡鼠年生人皆称自己属"水",不知老鼠们知道了会作何感想?

小时候我家住的是土坯房,冬暖夏凉。这样的房子接地气,很适合人与蛇同居,当然更适合人与鼠同居,尽管蛇与鼠是死对头。其实在我们家很少见到蛇,因为母亲笃信基督教,坚信蛇就是撒旦,是邪恶的象征,痛恨它,时刻欲除之而后快。母亲亲手给老鼠打造了一个安全舒适的居住环境,代价就是有蛇殒命。没了天敌,老鼠便高枕无忧,乐享幸福优渥的生活。相信那时老鼠在我家的幸福指数一定比我高,因为我害怕它们,可它们视我如不存在。

我家有三间主屋，我的床紧靠西屋和堂屋之间的山墙边。山墙不是墙，而是用高粱秆编织的篱笆。南墙窗户边放了一个四处都是窟窿的五斗橱，当然这也是老鼠的杰作，紧挨着的是用苇草编的芡子，里面放着粮食。西墙放着一个大缸，和一个土囤，这些都是盛放粮食用的。北墙边也有张床，是大姐、二姐睡觉用的，等我上了初中，大姐出嫁，上高中时二姐出嫁，然后小妹又长大，所以那个位置我根本就没能轮到。这些话是想说，我睡觉的地方实在是个极其危险的所在，为啥？因为它是老鼠夜间出行，从西屋到堂屋，或者从堂屋进西屋的必经之路。黑夜降临，老鼠们大摇大摆地走在篱笆墙上面，有时走走停停，有时疾驰而过，有时还会蹦蹦跳跳，尖锐的爪子攀抓篱笆墙会发出刺啦刺啦的声音，走得兴起还会吱吱吱地再唱几嗓子；有时又窃啮斗暴，不可开交。它们大多是从左往右走，顺着墙边下到我的床头，从我的脑袋边，有时甚至蹬鼻子上脸，然后顺着床腿下到地上。也有从右往左走的，沿着篱笆墙侧门边走下来，再从我的两脚旁顺着床腿下地。无论它们从哪边上下，它们的目的地出奇的一致，就是南墙西墙边的芡子、缸和粮囤。它们一定是商量好的，所以一到用餐的时间，便倾巢出动。

我躺在床上，听它们的脚步声时高时低，时急时缓，听它们唱歌，吵架，打闹；还有几只可能是在夜间出来幽会，相互之间说着我听不懂的情话。总之我很讨厌它们，甚至是夜夜心怀恐惧。它们营造出来的一切声响，对我来说都是噩梦，睡眠悄悄溜走，无奈我只能钻进被窝里，用手指紧紧塞住耳朵。可都不行，它们又钻进了粮囤和芡子，那里盛满了粮食，养着我们一家人，也养着它们。它们在粮囤里欣喜若狂，不仅大快朵颐，而且载歌载舞，那些嘈嘈杂杂的声响在黑夜里被无限放大。有时候我会壮着胆子拍一下篱笆墙，或者床，它们根本不怕，因为黑夜不仅给了它们黑色的眼睛，也给了它们强大的保护——它们知道，只要隐身于黑暗，它们就是安全的。它们夜间欢聚一堂，海吃海喝，白天躲在洞穴里睡觉，或者有外出消食的，也是躲着我走，我看不到它们。我童年所有的噩梦都源于这些老鼠，很烦恼，可我无能为力。

小学毕业后，我到十五公里外的一所中学读书。学校很人性化，允许学生自带馒头，免费加热。一千多名学生，自带馒头的占大多数，平时的存放就成了问题。睡在上铺的还好，可以把装馒头的袋子系吊在床头，睡在下铺的，就不得不面临着被老鼠偷吃的危险。老鼠确实很聪明，它们咬破外袋，再咬开馒头，分成若干的小块，然后运走。运到哪里，我不清楚。如果只是被咬了几口，并不妨碍我们继续食用，不过是将老鼠咬了的部位掰去而已——在贫困面前，很少有人会在意卫生和健康的重要性。馏馒头的笼屉很大，一次可以馏几十个人的。头天晚饭后，我们会把馒头装在网兜里，做上记号，扔在笼屉里，第二天早饭时再拿回来。这么多的馒头被集中在食堂，对老鼠们来说绝对是美食诱惑。食堂师傅们很粗心，也有可能是私下和老鼠达成了协议，经常会给笼屉之间留出来缝隙，方便老鼠自由进出。只要有一条缝就足够了，笼屉的底是格栅式的，它们可以自由上下穿梭于所有的笼屉，尽情享用所有的馒头。那馒头有黑面的，有白面的，有黑白相间的。老鼠不知道这颜色所代表的含义，黑白通吃。这样也好，让那些吃黑面的人心里稍稍得到些安慰——毕竟，在老鼠的眼里，他们和吃白面的人是平等的。

有个成语叫"忘乎所以"，老鼠有时候也会犯这个毛病，毕竟它们的智力还达不到灵长类动物的水平。食堂师傅起床做早饭，有老鼠以为和食堂师傅是老朋友，便继续在笼屉里不出来，师傅们哪管它们出不来，便合上了笼屉，架到了大铁锅上。上煤，点火，火越烧越旺，水越烧越热，气温越来越高，老鼠感觉大事不妙，左冲右撞，大喊救命，可正应了那个成语"老鼠搬姜"，是劳而无用。师傅们都在忙碌，没人听得见一只老鼠的求救。还有另一波老鼠，它们发现在另一口大锅里堆满了冬瓜块，里面偶尔夹杂着几块油脂腊子。油脂腊子是肥肉炼油的剩料，很香很馋人，当然老鼠也馋。它们奋不顾身地跳了下去，钻进了冬瓜堆，专挑油脂腊子吃，渴了就吃几口冬瓜。这群老鼠比那群钻进笼屉里的老鼠更会享受生活，可它们也犯了同样的毛病——忘乎所以，忘记了问自己几个问题：我是谁？我从哪里来？要到哪里去？等食堂师傅来上班了，它们依然没有撤退，等食堂师傅盖上了锅盖，开始点火，它们才感觉不妙，想逃，已经无路可逃。高僧寒山曾有偈云："寄语食肉汉，食时无逗遛。今生过去种，未来今日修。只取今日美，不畏来生忧。老鼠入饭瓮，虽饱难出头。"这些老鼠，都没能参透此中真意，在饱食无忧中走向了鼠生的终点，若有轮回，可能也是另一个起点。

所以，我们的初中、高中生活，时常是"以鼠为璞"的。每次看到笼屉里吸足了热气而膨胀如斗的"清蒸老鼠"，还有大铁锅里已经被搅得面目全非的冬瓜炖老鼠，我们都自谑为"加餐"。这都要感谢食堂里的那些师傅，知道我们的生活清贫拮据，所以就给我们想方设法地增加些油水，也给我们的生活带来了别样的滋味和思考。有人提出要罢课抗议，食堂师傅训我们说，倒退二十年，能吃到老鼠倒好了呢！时光是不可能倒退的，对二十年前的事，我们实在是知之甚少。有大学问的校领导引经据典地驳斥我们，最有力的就是《清稗类钞》中关于鼠的食用方法与药效的记载："得之者以沸水，毛尽脱，煮之、炒之均可，清脾爽口，润肺清痰。"如此一来，我们还有什么可说的呢？饭总归是要吃的，所以我们最终屈从了那句话：不干不净，吃了没病。至于鸢堕腐鼠之类的事，我们还做不出来。

我与老鼠的大规模的直接冲突，发生在婚后。

1995年国庆佳节，我与苗苗结婚，婚后住在她单位职工宿舍。先是住在两间逼仄的简易平房里，每间不到十平方米，冬冷夏热，阴暗潮湿，不宜人居，却老鼠成灾。没有冰箱，所有食用的东西都要盖在锅里，锅盖上再压上两块砖方才放心。那几年里与老鼠的恩怨从没有消停过，老鼠持续发动袭扰，我则各种方法用尽，老鼠药、老鼠夹、粘鼠纸，甚至掘室求鼠，目的只有一个，那就是坚决彻底消灭之，但收效甚微。老鼠性成熟早，是一个典型的生育机器，子又生孙，孙又生子，子子孙孙，无穷尽也！据说，一只雌鼠一年可以让其家族增加到上千只，这是一个多么可怕的数字。况且老鼠虽有领地之争，但一个鼠群在它们自己的地盘里可以自由出入，而且和睦相处，灭了这只鼠，还有后来鼠。苗苗最怕老鼠，尤其是刚生下的幼鼠，看一眼就浑身发抖。还有年幼的女儿，闻鼠色变，这让我必须时刻提高警惕，绝不容许老鼠在我家里安营扎寨，繁衍生息。所以，我将所有能灭鼠的方法集大成综合使用，老鼠药撒在角落里，粘鼠纸放在洞口，老鼠夹放在老鼠的必经之地，一个不够用购买多个，还将门下的缝隙用废旧车胎封死。可是依旧不行，老鼠最善于打洞挖穴，我始终无法阻断它们登堂入室的路径，要想彻底灭鼠，无异于乘车入鼠穴，根本不可能。

  几年后，苗苗单位新建了宿舍楼，我们终于告别了地面穴居，圆了多年的楼房梦。鼠凭社贵，但这不是土地庙，土地庙用土建造，有人供奉，老鼠的身价自然水涨船高。这是楼房，楼房自然是钢筋水泥混合结构，若想在楼房里打洞，绝对不可能。毕竟老鼠是属于土地的。我终于长舒了一口气，以为总算与老鼠彻底断了联系。

  新房进门左手侧是一个杂物间，摆放着一组衣柜。这组衣柜用复合板制作，使用日久，就变了形，走了劲，门合不严，留有一条缝隙。所谓"龙生龙，凤生凤，老鼠养儿缘屋栋"，一个夏季，有母鼠不知从何处溜了进来，大概是女儿玩耍的时候没有随手关门，被此鼠钻了空子。这厮在房间里逡巡了一圈又一圈，由于我们是刚搬的新家，没有过多的舍离之物供它栖居。经综合比对，它发现只有这间杂物间没人居住，平时也很少有人光顾，最安全，于是钻进了柜子里。被子很软和，很符号它的育儿标准，于是准备将幼崽生到被子里。被子是一床摞着一床的，压得很实在，必须要想法钻进去才行。这难不倒它，打洞是与生俱来的技能，何况这是棉絮，不是泥土、木材，容易得多。它一口一口地啮咬棉絮，从上到下，几床被子被垂直方向一洞穿心，直到柜底。这个过程是需要一些时间的，其间我也听到有老鼠在作作索索地活动，找遍各个犄角旮旯都没发现老鼠的踪迹——我去找的时候，它便停下了动静。在数次的寻鼠中，我独独忽略了柜子和柜子里的被子。天冷之后，需要翻晒被子，等我打开柜子，再看被子，惨不忍睹，整个被褥被老鼠尿染得焦黄，一股骚臭直扑鼻孔。这是我一生中对老鼠最为痛恨的一刻，当即决计对它们展开剿杀，斩草除根。

  我对老鼠我没有慈悲之心，但若非鼠患至此，我也绝不会痛下杀手。再说，之所以要这么做，我也是有典可查的。据说汉武帝时的御史大夫张汤，小时候家里的一块肉被老鼠叼走，父亲大怒，打了他一顿。张汤很生气，就到处寻找作案的老鼠，最后在一个鼠穴里发现有几只老鼠正享用那块肉。张汤很聪明，设计将它们一网打尽，并用绳索系牢倒挂在庭前，按"大汉刑律"一本正经地写了"盗人财物、构陷无辜"的判词，宣读后判处了老鼠死刑，立即执行。所以，我也要效法张汤。可器鼠难投，既然做了，就不留后患，必须要想好办法，做好预案，以防失败。我先是找来扫帚、铁桶和铁锨，关上门窗，将门下的缝隙堵死防止老鼠外逃，再将所有的衣柜桌子搬离墙壁，让它们无处躲藏，也留出足够的空间供我捉鼠。最后，我打开柜门，捂着鼻子将被子一床一床拿出来，发现那些幼崽也都已经长大成鼠了，有十几只"抱头鼠窜"，疯了一般跑来跑去。至此我方才相信，"十鼠争穴"是确有其说的。那场战争可谓残酷而精彩，这些老鼠被我脚踩、锨拍，最终都被投进了铁桶里，根本就没有经过审判，就被浇油焚之。

我家从此再无鼠患。

曾任颍州太守的苏东坡，幼时得一神刀，自名为"却鼠刀"，并作《却鼠刀铭》。文中说："畜之无害，暴鼠是除。有穴于垣，侵堂及室。跳床撼幕，终夕窣窣。叱诃不去，啖啮枣栗。掀杯舐缶，去不遗粒。不择道路，仰行踯壁。家为两门，窘则旁出。轻趫捷猾，忽不可执。吾刀入门，是去无迹。"细思之，或许越是孩子对老鼠恨之逾深。幼时我曾见有玩伴为老鼠行剥皮之刑，原因很简单，老鼠偷吃了他的半张焦馍。东坡先生便用却鼠刀，想必一定也是其深受鼠害的无奈之举，虽然此刀只是美好的想象。

人间安有却鼠刀啊？我是不大相信这世间会真有此刀的，若有，也必是仙人方能拥有。但除鼠未必这般。细心之人会发现，如今哪怕在乡下，猫也忘记了当年争夺十二生肖时被老鼠欺骗的旧仇，不会捉老鼠了，乡下也很少见到老鼠了。为什么？概因一座座土屋被推倒，一栋栋楼房拔地而起，一条条水泥路穿村过户，乡村正变得越来越美好，也越来越坚硬。坚硬的乡村让老鼠四处碰壁，它们生存空间逐渐被挤到了田野里。田野里有猫头鹰，有黄鼠狼，有蛇，有鹰，有隼，它们会对付这些个鼠辈。各负其责，各司其职，如此甚好。